KB115932

남빛 사유

국립중앙도서관 출판예정도서목록(CIP)

남빛 사유 : 남상숙 수필집 / 지은이: 남상숙. -- 서울 : 선
우미디어, 2015
        p. ;   cm
대전문화재단, 한국문화예술위원회에서 사업비 일부를 지원
받음
ISBN 978-89-5658-413-3 03810 : ₩12000
한국 현대 수필[韓國現代隨筆]
814.7-KDC6
895.745-DDC23   CIP2015026022

남빛 사유

1판 1쇄 발행 | 2015년 9월 25일

지은이 | 남상숙
발행인 | 이선우
펴낸곳 | 도서출판 선우미디어

　　　등록 | 1997. 8. 7 제305-2014-000020호
　　　02643 서울시 동대문구 장한로12길 40, 101동 203호
　　　☎ 2272-3351, 3352 팩스: 2272-5540
　　　sunwoome@hanmail.net
　　　Printed in Korea ⓒ 2015. 남상숙

값 12,000원

※ 잘못된 책은 바꿔 드립니다.
※ 저자와의 협의하에 인지 생략합니다.
※ 이 도서의 국립중앙도서관 출판시도서목록(CIP)은 서지정보유통지원시스템
　 홈페이지(http://seoji.nl.go.kr)와 국가자료공동목록시스템(http://www.nl.go.kr/kolisnet)에서
　 이용하실 수 있습니다. (CIP제어번호:2015026022)

ISBN 978-89-5658-413-3 03810

※ 본 사업은 (재)대전문화재단, 한국문화예술위원에서 사업비 일부를 지원받았습니다.

남빛 사유

思惟

남상숙 수필집

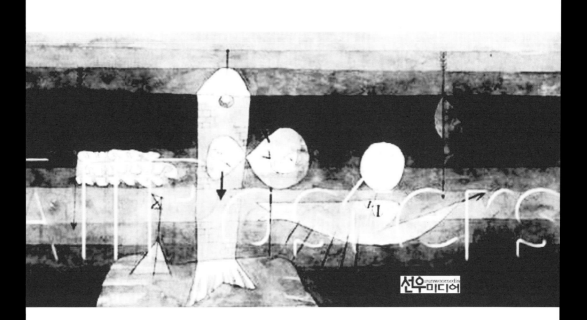

선우미디어

머리글

처음이 어렵지 두 번째는 쉬운가, 첫 수필집을 상재한 지 사 년여 만에 또 다시 별스럽지 않은 이야기를 묶어 세상에 내놓는 다. 초기와 근래에 쓴 글들을 정리하다보니 역시나 부끄러운 것은 어쩔 수 없다. 차마 버릴 수 없는 것은 부족해도 마음이 깃들었기 때문일 게다. 모자란 대로 보태고 뺄 것도 없이 글은 그 사람이 살아온 행적인데 어쩌겠는가. 먼젓번 책을 읽어 본 누군가 힘들게 살아 온 것 같아 뜻밖이라고 했다. 내 삶이 겉으로 보기에 평탄해 보였던 모양이다.

즐길만한 더 좋은 것이 있었으면 그쪽으로 마음 빼앗겼을지 모를 일이나 사물의 적확한 표현이나 적절한 낱말 찾기에 고심하면서 심상을 펼쳐놓는 일이 그윽하게 다가왔다. 광대무변한 우주에 비할 수는 없지만 언어세계 또한 광활하고 무궁무진하여 흥미로웠다. 마무리 지은 한 편의 글이 마지막 바늘을 뺀 진솔옷처럼 산뜻하고 버젓했다. 한참 빠져들면 먹는 것도, 잠자는 시간도 아까웠다. 이 지구상에서 유일의 내가 사유하는 것 또한 유일하기에 의미 있을 것이라 여겼다. 정작 쓰는 일은 살기위한 수단이며 수련이었고 남에게 말하기 전에 도량이 부족한 자신에 대한 연마였는지 모른다.

그동안 부모형제는 물론 타고난 환경, 학식이나 재력, 여러 면으로 다른 사람보다 많이 가지고 누렸으면 세상에 빚을 많이 진 사람이라고 생각했다. 그 속에 포함된다고 여긴 건 최근의 일이다. 지금의 나도 얼마나 많이 가진 사람인가, 이렇게나마 한 권의 책으로 묶을 수 있어 여간만 다행스럽지 않고 변변치 않은 글 읽어주는 사람이 여명의 아침햇살처럼 고맙다. 앞으로의 나날은 세상에 빚을 갚는 일이었으면 좋겠다. 남빛하늘에 노란 풍선 하나 날려 보낸다.

2015년 9월 대전에서

남상숙

남 상 숙 수 필 집 | 남 빛 사 유 思 惟

| 차례 |

Chapter

6

버
지
니
아
의

방
울
새

손길

촉

난초의 포기를 세는 단위 촉이 긴 물건의 끝에 박힌 뾰족한 것을 통틀어 일컫는 말 외에도 마음이 이끌리는 곳이라는 뜻도 있다. 촉은 의외로 뜻이 다양하며 요즘 많이 쓰이고 있다.

살아가는데 도움이 될 만한 이야기를 학생들에게 들려주는 '사람에게 배우는 학교'가 있다. 사회 각 분야에서 열심히 살아가는 분들을 학생들에게 연결해 주어 꿈과 열정을 갖고 인생을 살아가도록 도움을 주는, 소위 인생의 멘토를 연결해 주는 학교이다.

인터뷰 기사를 보다가 이 학교 대표의 재치 있는 답변에 무릎을 쳤다. 기자가 차 아무개 대표에게 어떤 교사가 되고 싶으냐고 물었다.

"멘토를 섭외하면서 여러 사람을 만나다 보니 촉이 오는 사람이 있어요. 인생이 행복해서 에너지가 넘치는 사람이지요. 그런 열정이 느껴지는 사람의 에너지가 아이들에게 전달되면 좋겠다는 분을 멘토로 삼아요. 저도 그런 사람처럼 아이들에게 애정을 느끼며 더불어 가슴 뛰는 삶을 직접 보여 주고 싶어요."

그는 임용고사를 한 달여 앞두고 자신이 공부해 온 공통사회 과목에 임용계획이 없다는 교육과학기술부(현 교육부)의 공고를 확인하고 좌절감에 빠졌다. 집에 틀어박혀 있다가 억울해서 죽을 것 같은 심정이었으나 떨치고 일어나 '임용계획 사전예고제'를 촉구하는 서명 운동을 온·오프라인에서 진행했다. 교육부 앞에서 "○○○ 장관님 데이트를 신청합니다"라고 쓰인 팻말을 내걸고 1인 시위를 했고 교육부 장관으로부터 제도개선 약속을 받아내어 6개월 전에 공고하는 임용고사 공고 사전예고제로 바뀌게 됐다고 한다.

차대표가 기간제 교사 생활을 할 때 아이들에게 꿈을 생각해 보고 어떤 삶을 살게 될지 앞으로의 계획을 써 보라 했으나 거의 모든 아이들이 아무것도 쓰지 못하고 백지로 냈다. 예전의 학생들에 비하여 좋은 환경 속에서 살고 있으니 훨씬 자유로운 분위기에서 다양하게 자기 꿈을 펼치리라 생각하였지만 실제로는 부모들의 지나친 간섭이나 보호로 꿈을 펼칠 기회가 차단되고 발등에 떨어진 불처럼 다급한 학교 성적이 그럴 겨를을 주지 않았다. 아이들이 날마다 집에서 학교 학원만 오가는 제한된 생활이 되풀이되어 꿈을 꿀 수도 없고 다양한 예술이나 문화를 체험할 기회조차 없는 것이 안타까워 자기 꿈을 찾아가는, 혹은 꿈을 이룬 이들의 이야기를 들려주고 싶었다는 말이 예사로 들리지 않았다.

그는 임용고사도 볼 수 없고 시위 전력이 장애가 되어 학교에서도 꺼리니 기간제 교사마저 할 수 없게 되었다. 교사되기를 포기하고 사회적 기업 형태인 이런 학교를 세웠다. 그의 발상이 신선하고 용기가 대단했다. 사람은 누구나 타고난 재능이 제각각이어서 재능과 소질에 맞게 계발시키면 하고 싶은 일을 하면서 세상을 재미있게 살아갈 수 있다는 자신감을 심어 주는 일은 의미 있는 일이다. 공부가, 성적이 우선인 세상에서 부모들이나 학생들에게 얼마만큼 호응을 얻을지 모르지만 나름대로 기대가 되었다. 이곳을 다녀간 학생들이 꿈을 가지고 자신의 앞날을 생각해 볼 수 있는, 꿈을 이루기 위해 매진할 수 있는 기회가 되기를 바란다. 젊은 그에게 펼쳐진 새로운 삶으로의 전환이, 모처럼의 도전이 부디 전화위복의 기회가 되기를 염원한다.

자기 일에 혼신을 다하는 사람이 좋다. 옳다고 생각하는 일에 투신하여 보람을 느끼는 사람, 열정을 바쳐 자기 성취를 이루고 남에게 삶의 의욕을, 기쁨을 주는 사람이 존경스럽다. 이 학교를 준비하면서 "매일같이 아이디어가 샘솟고 심장이 뛰었다."는 그의 가슴 뛰는 삶이 기꺼웠다. 시쳇말로 필이라 해도 좋고 감동이라 해도 좋았다. 매사에 열정이 느껴지는, 세상을 향해 감각의 촉수가 열려 나날이 즐겁고 삶의 에너지가 넘치는 사람이 부럽기 짝이 없다. 설령 옳은 일이라 하더라도 앞장서서 일을 만들거나 해결하려는 사람이 드문 것은 모든 사람의 생각이 같은 것이 아니기에 더러는 남의 비난을 감수해야 하는 과정이 힘들기 때문이다. 이런 것이 두려워 남 앞에 나서기를 싫어하다 보니 매사에 적극적인 사람을 보면 도대체 그런 열정이 어디서 솟아나는 것인지 경외감마저 든다. 그렇더라도 지금의 내가 그 나이 학생으로 돌아갈 수 있다면 당연히 그 학교를 찾아 열정적으로 살아가는 사람들의 이야기에 귀 기울이고 꿈을 꾸며 새로운 일의 기대감에 가슴 두근거릴 것이다.

누구나 좋아하는 것을 할 때는 흥이 난다. 기분이 좋아 콧노래가 절로 나오고 심장박동이 빨라지는 것을 실감한다. 가슴 벅찬 충일감은 새로운 것을 찾아 눈을 반짝이게 하고 이런 신선한 충동이 우리를 젊게 만든다. 열정이 솟구쳐 창조적인 일을 하는 사람, 남을 위하여 헌신하는 사람이 가슴 뛰는 삶을 산다. 그런 열정을 전파하는, 동기부여를 하는 사람이 과연 촉이 느껴지는 사람이다.

세상에는 늘 한 발 앞서가는 사람이 있다. 엄동설한 눈보라치는 신새벽 묵묵히 걸어가는 사람이 발자국을 만들고 다른 이들은 그가 만든 발자국을 따라간다. 그래서 길이 생긴다.

손길

비밀이랄 것까진 없다 해도 너무 소중해서 차마 발설하지 못하고 묻어 두었던 이야기가 더러 있기 마련이다. 오늘은 문득 아련한 추억처럼 그 이야기가 떠오른다. 보고 또 보아도 가슴을 징— 울리는 여운이 남는다. 애틋하고 고마워서 절로 고개가 숙여진다. 사방에서 들이닥치는 사람들이 입추의 여지없이 체육관을 가득 메우고, 백발의 노사제부터 홍안의 젊은 사제들까지 하얀 제의를 입은 수백 명의 행렬이 제단으로 이어지는 장관을 보노라면 어찌 가슴에 아무런 동요가 일어나지 않겠는가.

어려서 친가나 외가에 갔을 때, 큰 첨례를 앞두고 방문하시는 신부님의 출현은 집안 청소며 음식 마련부터 잔칫집을 방불케 하였고, 젊은 신부라 해도 그 앞에서는 긴 수염의 할아버지조차 두루마기 차려입고 삼가 큰절을 올리셨다. 공연히 신이 나 떠들던 데설궂은 아이들조차 누가 시키지 않아도 목소리 낮추며 몸가짐이 조신해졌고 신부님의 검은 수단 앞자락에 조르르 달려 있는 서리밤콩 같은 단추는 도대체 몇 개일까, 궁금해서 세어 보다 곧잘 잊어버리곤 했다. 어디서 들었는지 어머니들은 경문을 잘 외우고 명오(明悟)가 열린다 하여 신부님께서 드시다 남긴 음식을 아이들에게 서로 먹이려고 애썼다.

젊어서 언젠가부터 사제서품식 광경을 보는 것이 소원이었다. 말로만 듣던 예수님 대리자라는 신부님의 탄생이 보고 싶었다. 시골에서 살다 보니 기회가 없었다. 결혼하여 대전에서 살게 되자 서품식 광경을 보리라 별렀다. 첫해는 경황이 없어 날짜를 놓쳤고, 이듬해는 겨우 백일 지난 젖먹이를 서너 시간이나 떼어 놓을 수가 없었다. 다음 해에도 벼르고 있었는데 둘째가 태어나는 바람에 상황은 마찬가지였다. 이러다가 생전에 한 번도 보지 못할 것 같아 조바심이 났다. 큰맘 먹고 이웃집 아기엄마에게 두 아이를 부탁하고 집을 나섰다.

수십 년 전, 대흥동 주교좌성당에서 처음 서품식 장면을 보았다. 그날은 일찍 도착했어도 앉을 자리가 없었다. 서품자가 있는 본당에서 대여섯 대의 버스로 신자들을 태우고 왔으니 성당 위아래 층이 사람들로 꽉 들어찼다. 입장한 것만도 다행이니 서서 보리라 마음먹고 있는데, 안내하는 분이 긴 의자 옆에 간이 의자를 한 줄로 배치하며 앉으라 했다. 앞에서 둘째 줄이어서 전례의 모습을 자세히 볼 수 있었다.

젊은 날 목도한 이 광경은 내 정신을 뿌리째 흔들어 놓았다. 운집한 교우들의 수도 합창대의 웅장함도 권위의 상징인 주교님의 금빛 모관도 신비스러웠다. 집전되는 의식 하나하나가 화려한 듯하면서 위엄이 있어 무어라 말할 수 없이 장엄하면서 경건하였다. 분향으로 피워 올린 연기가 제대를 감싸고 교우들 앞으로 다가오자 더욱 몽환적인 분위기를 자아냈다. 이리 많은 수의 신부님이 계셨던가, 일사불란하게 움직여 제대를 꽉 메운 교구 내 전 사제들의 집합도 놀라웠다. 장백의를 입고 상기된 얼굴로 촛불을 들고 입장하던 젊은이들은 도대체 누구란 말인가. 목자가 되어 교우들을 친절과 온유로 잘 돌보겠다고 무릎을 꿇고 주교님께 두 손을 포개 놓으며 서약을 하는 이들은 어디서 왔다는 말인가. 의리로 뭉쳐 혈맹을 다짐하는 사나이들의 세계에서나 볼 것 같은 충성 서약이 엄숙하기 짝이 없는 서품식에서 재현된다는 사실이 어리둥절하면서 감격스러웠다.

서품자는 하느님께 순명하고 교우들에게 봉사한다는 의미로 가장 낮은 자세로 엎드린다는 사회자의 설명이 아니라 해도 그 모습은 숙연했다. 만인이 보는 앞에서 짧지 않은 시간 동안 꼼짝 않고 엎드려있다는 사실이 경이로웠다. 저들은 누구이기에, 무엇하러 저리 엄청난 삶을 택하였단 말인가, 도대체 현실감이 없어 이 세상 사람들 같지 않았다. 이해하고 받아들이기에 나는 젊었고 시간이 필요했다.

내 나이 서른이었다. 저들도 서른이지만 사고의 간극(間隙)은 아득했다. 성가대에서 솔로가 천상의 성인 한 분 한 분을 호칭하면 화답하듯 합창대에서 이 사람들을 위하여 빌어 달라고 노래하였다. 그동안 교우들은 모두 무릎을 꿇었다. 주교님을 비롯하여 모든 신부님들이 서품자 한 사람 한 사람에게 정성스레 안수를 해 주고 자리로 돌아가며 눈높이로 오른손을 들었다. 그 축복의 자세는 모든 신부님들의 안수가 끝날 때까지 이어졌다. 눈에 보이는 현상과 보이지 않는 손길을 감지하며 한없는 부러움으로 온몸이 부르르 떨렸다. 장엄한 예절의 찬연한 분위기가 나를 에워쌌다. 생소한 전례 하나하나를 놓칠세라 숨죽이며 지켜보는데 봇물 터지듯 걷잡을 수 없이 눈물이 솟구쳤다. 종내 흐느낌으로 이어졌다. 엄청난 사건 현장에 동참하고 있다는 기쁨이요 감사였다. 감동을 넘어 무아경에 빠져 들며 처음으로 이대로 죽어도 좋겠다는 생각이 들었다. 아까울 것이 없었다.

그즈음 개신교에서는 부흥회가 한창 붐을 이루고 있었다. 철야 기도를 마친 신도들이 "주여! 할렐루야!"를 외치며 울부짖는 모습을 텔레비전 화면에서 보며 눈살을 찌푸렸는데 그 심정이 이해되었다. 성령충만으로 가을 낙엽처럼 헌금이 쌓이고 금반지, 금팔찌를 빼 놓았다는 이야기가 실감이 났다. 나 또한 금반지라도 빼고 싶은 심정이었다. 기도는 절로 나왔고 첫아들 주신 이유를 분명히 깨달았다. 막연하게 품었던 사실이 구체적으로 다가오며 간절해졌다.

'당신의 도구로 써 주소서.'

살며시 가슴에 손을 얹었다. 전류가 흐르듯 쏴-하니 젖이 돌았다. 그제야 울며 보챌 젖먹이 생각이 났다. 젖이 돌면 세상의 어미들은 마음이 바빠지기 마련이다. 퉁퉁 불은 젖통에선 뽀얀 물이 뚝뚝 떨어지는데 모르고 있었다. 가제 손수건 여러 장으로 가슴을 미리 감싸 대비를 하였으나, 흘러나온 젖은 겉옷을 흥건히 적셨다. 풍선처럼 탱탱하게 부풀어 오른 양쪽 젖통은 뻐근하여 건드리기만 해도 터질 것 같았지만 안수를 받고 싶었다.

장내는 새 신부에게 안수받으려는 사람들로 장사진을 이루었다. 순연해진 마음으로 차례를 기다려 무릎을 꿇었다. 하느님께 소원을 아뢰고 안수를 해 주는 이 사제를 평생 돌보아 주십사고 기도드렸다. 얼굴과 본명을 익혀 두었다. 이후로 한 번도 직접 뵌 적 없지만 지금까지 그분이 잘 살고 계시는 것이 실로 고맙다. 평신도의 이런 기도 속에서 사제들이 소임을 다하고 건재하시리라. 우리는 알게 모르게 그물눈처럼 연결된 관계망 속에서 서로에게 힘이 되고 있으며 보이지 않는 손길을 감지한다.

그날로부터 30년의 세월이 흐른 후, 아들은 사제가 되었다. 올해도 서품식 광경을 보았는데 여전히 가슴 뭉클하다. 그러나 영육이 높다랗게 부풀어 올랐던 그날의 혼 뜬 기분, 황홀감은 내 필력으로 표현할 길이 없다.

어둔 밤 등불처럼

오랜 만에 TV문학관을 보았다.

주인공이 반항적이던 청소년기를 회상하고 있다. 젊은 여자를 만나며 밖으로 도는 아버지에 대한 반발로 공부는 뒷전이고 불량배들과 어울리더니 급기야 가출을 하였다. 그 나이에 할 수 있는 일이 무엇이 있겠는가. 바닷가에서 처음 해보는 부두 일은 만만치 않았다. 억센 사투리와 텃세, 불편하기 짝이 없는 잠자리며 고된 일이 힘에 겨웠다. 점심 후, 잠깐 동안의 휴식시간이면 집으로 돌아갈 수도, 이대로 있을 수도 없는 암담한 현실을 생각하며 끝간 데 없이 펼쳐진 수평선을 하염없이 바라보며 앉아 있다.

백방으로 찾아다니던 담임선생님과 아버지가 찾아오셨다. 내심 서로 반겼으나 누구도 말하지 않는다. 집으로 가는 기차 안에서 마주 앉은 아버지는 달걀을 사서 껍질을 까더니 아이 앞에 놓았다. 잠시 침묵이 흐르고 옆에 있던 선생님이 소금을 찍어 아이에게 준다. 목이 메는가, 희고 탐스런 달걀을 입으로 물었으나 순간 먹지를 못하고 그대로 있다. 아버지의 미안함이, 아들의 죄송스러움이 하얀 달걀에 머물러 있다. 화해와 연민이 달빛 아래 박꽃처럼 우련히 피어났다.

첫아이 출산을 앞두고 친정으로 가는 길이었다. 전에는 대전에서 온양으로 가는 직행 버스가 없으니 고속버스를 타고 천안까지 가서 온양으로 가는 버스로 갈아타야 했다. 임부복도 마련하지 못하여 만삭인 배를 가리려고 한복을 입고 있었다. 처녀가 아이를 가진 것도 아닌데 성격이 시원스럽지 못하니 남산만 한 배 때문에 자꾸 뒤로 젖혀지는 모양새가 부끄러워 아는 얼굴이라도 마주칠까봐 마음은 호박고지처럼 오그라들었다. 아기 옷이며 기저귀, 출산 용품이 들어 있는 가방도 제법 컸다. 천안에서 버스에 앉아 차가 어서 떠나기를 기다리고 있었다.

그때 모산에 사는 아버지 친구 분이 버스에 오르더니 누런 봉투를 던지듯 내 무릎에 놓았다. 회푸대로 만든 종이 봉투였다. 당황하여 일어서려는 내게 "힘들겠구나." 한마디 하곤 인사할 겨를도 주지 않고 급히 내려갔다. 아마 먼발치에서 내가 눈에 띄자 달려오신 것 같았다. 미안한 마음 미처 여미지 못했는데 저만치 걸어가시는 굽은 등 위로 가을 햇살만 자차분히 비추고 있었다.

봉투 안에는 땅콩과 갓 삶아낸 듯 따뜻한 달걀 두 개가 들어 있었다. 차 안에는 손님이 별로 없었다. 달걀껍질을 까는데 울컥

목이 메었다. 내 처지를 알아주는 어른에 대한 고마움인지, 출산하러 혼자 나선 것이 서글펐는지, 콩국수를 먹고 싶다니까 무슨 콩국수냐며 매정하게 내뱉고 앞장서 가던 눈치 없던 남편에 대한 서운함까지 보태져 눈물이 핑 돌았다. 달걀의 온기탓인지도 몰랐다. 아이를 가지면 까닭 없이 외로움을 잘 타는 것도 문제였다. 출산을 앞두고 혼자 먼 길을 나설 일은 아니구나, 남 보기에도 그렇고, 예측할 수 없는 돌발 상황에 대비해서도 그렇지만 홑몸이 아닌 임부의 심리적 안정을 위해서도 동행인은 필요하구나, 생각했다.

살아오는 동안 알게 모르게 영향을 준 사람이 한둘일까마는 그 뒤로 한 번도 만나지 못하고 이미 돌아가셨을지도 모르는 그분이 꽤 오랜 세월이 흘렀는데도 선명하게 떠오르는 건, 그분의 따뜻한 마음과 생명에 대한 고마움 때문인지 모르겠다. 살아 있는 모든 것, 목숨붙이에 대한 가련한 연모라 해야겠다.

지금까지 나를 형성하여 온 것이 비단 달걀뿐이랴. 무논의 벼이삭과 여린 배추 잎사귀 힘차게 물을 빨아올렸을 것이다. 살갗을 스치던 감미로운 봄바람 수만 리를 달려왔고, 스산한 가을비 몇 날을 뒤척였다. 도회지의 은성(殷盛)과 시골의 한적함이 어린 사고를 여물게 하였을 것이다. 무연히 지나친 얼굴이나 부모형제의 알뜰함과 선생님들의 가르침이, 친구들의 정겨움이 그물눈처럼 이어져 정신을 종횡으로 성숙시켜 왔다. 한 인격체를 만들기 위하

여 우주공간의 삼라만상이 협력하고 동조하여 힘을 모았다는 것
이 된다. 하여 우리는 얼마나 존귀하고 지극한 존재인가.

2011년 이른 봄, 일본 동북부지역 후쿠시마에서 발생한 지진해
일은 인간의 문명이 여지없이 짓밟힌 대재앙이며 세계가 경악할
만한 일이었다. 거대한 파도에 휩쓸려 떠내려가는 자동차며 비행
기들이 꼭 영화 속의 한 장면처럼 현실감 없는 허상만 같았다.
바닷물에 쓸려온 해초며 흙탕물, 온갖 가재도구와 잡동사니가 뒤
엉킨 속에서 구조대원들이 생존자를 찾아 헤매고 있다.

하루하루를 넘기며 구호의 손길을 기다리다 지쳐 까무룩 잦아
드는 목숨이 그 얼마이리오. 드디어 포대기에 싸인 아기를 찾아낸
구조대는 '오! 살아 있었구나.' 경이의 눈인사라도 나누는 양 아기
를 안고 빙그레 웃고 있다. 설상가상으로 방사능은 누출되어 연기
처럼 하늘로 솟아오르고 땅으로 스멀스멀 퍼져 가는데 주름진 얼
굴에서 피어나는 화사한 미소가 어둔 밤 등불처럼 다가와 우리를
비춘다. 사고가 난 지 이십여 일이 지났는데도 일본에서는 간헐적
으로 여진이 발생하고 있다는 보도가 연일 터져 나온다. "아니,
일본은 여기서 보글보글, 저기서 보글보글 팥죽 끓듯 지진이 보글
거리니 어디 무서워서 살겠어요?" 걱정스럽다는 듯 어느 분이 말
했다. 그렇더라도 어디로 도망가겠는가. 부모를 선택해서 태어나
지 않았듯 누구도 나라를 선택해서 태어나지는 않았다. 부모가
그렇듯 제 나라 제 땅에서 태어난 것은 여지없이 운명이라 할 수

밖에 없다.

천운이라 하던가, 재난에서 살아난 자는 살아 있어 진정 고마운 외경이다. 생명에 대한 외경으로 경배라도 하고 싶다.

손거울

점심을 먹고 나서 문우에게 거울을 빌렸다. 동그랗고 얄팍한 손거울이 손 안에 쏙 들어온다. 뚜껑에 성모자상 그림이 있고 겉면의 은회색 칠은 많이 벗겨졌다. 그림은 투명한 보호막으로 싸여 있어 처음처럼 오롯하다. 돌려주려다 예사로 보이지 않아 들여다보았더니 내가 십여 년 전에 준 것이라며 뜻밖의 이야기를 했다. 자기가 아파서 병원에 다닐 때나 아들이 아파서 병원에 드나들 때 이것을 두 손 안에 꼭 모아 쥐고 기도를 하였는데 성모님은 언제나 자기의 기도를 들어주셨다며 환하게 웃었다. 병명을 알고 꼭 고칠 수 있는 병이기를, 조금만 앓고 일어날 수 있는 병이기를 성모님께 간절히 빌면 불안하던 마음도 가라앉고 성모님이 나를 위해 하느님께 빌어 주실 것이라는 믿음이 생겨 위안이 되었다고 했다.

그는 천주교 신자도 아니고 다른 종교도 믿지 않는다. 성모님에 대해서라면 보통 사람이 생각하는 상식 정도일 터인데, 하느님도 아니고 어찌 성모님께 대신 기도해 달라고 빌었는지 궁금하여 내가 물었다. 성모님도 나도 엄마니까 엄마가 건강해야 아이를 건사할 것이고 아이가 아프지 않기를 간절히 바라는 자식 가진 이의 애달픈 마음을 성모님은 아실 것이니 하느님께 빌어 주실 거라는 믿음이 있었단다. 버렸어도 몇 번을 버렸을, 칠 벗겨진 손거울을 이 세월 동안 간직하고 있었다는 것도 놀라웠지만 그걸 들고 어려울 때마다 기도하였다는 말은 가슴 서늘한 감동이었다.

검사받으러 병원에 드나들 때 얼마나 무섭고 불안하였으면 이걸 가지고 남몰래 기도하였을까. 병원에 간다며 모임에 더러 빠져도 그런가 보다 지나면 잊어버리곤 했다. 그동안 마음고생이 심했구나, 애틋한 마음이 들며 10년 세월이 참으로 어이없도록 잠깐이라는 생각이 들었다. 이러저러한 일로 간간이 만날 때도 그가 이거울 사용하는 것을 본 적이 없다. 정작 나는 그걸 주었다는 사실도 긴가민가하여 처음엔 의아했는데 신자도 아닌 그에게 힘들 때들고 기도하라는 말은 물론 하지 않았을 것이다.

우리가 지니는 성물이나 성패는 신부님으로부터 축복을 받아야 은사를 받을 수 있다. 집에 모시는 십자고상이나 성상, 묵주처럼 기도의 목적으로 쓰이는 성물은 축복을 받아야 한다. 그러나 열쇠고리나 손거울, 책갈피, 허리띠에 부착된 성화나 모형은 장식이나 미적 의미가 큰 소모품이기 때문에 축복을 받지 않는다. 그러니 손거울의 성모자상은 명화를 디자인으로 빌려 여성들이 좋아할 그림을 마케팅에 이용한 것뿐이지 몸에 지니고 기도할 성구(聖具)는 아닌 것이다. 그런 교리 지식이 있을 리 만무한 그에게 그동안 기도는 헛것이었다거나 은사가 없으니 앞으로 그걸 가지고 기도하지 말라고 할 수 없었다. 문우의 개별적 믿음을 내가 감히 판단할 수는 없잖은가. 오히려 정표로 건네준 손거울 하나를 인생의 좌표로 삼듯 기도하며 위안을 삼았다는 사실이, 성모님에 대한 전적인 믿음이, 오롯한 신뢰가 무한감동으로 다가왔다. 또한 성모님은 믿는 이에게나 믿지 않는 이에게나 만인의 어머니라는 생각이 들었다.

절체절명 위기의 순간이나 인간의 한계에 부닥쳐 옴나위할 수 없을 때 우리는 결국 누군가에게 매달려 기도할 수밖에 없다. 자기가 믿는 종교 방식에 따라 혹은 막연히 절대자나 천지만물에게 경배하며 이 고난에서 벗어나게 해 달라고 빌게 된다. 믿음은 믿는 만큼, 믿는 대로 생긴다고 한다. 신앙은 이론적인 공부 이전에 이런 전적인 자기 믿음 안에서 태동하게 되는지 모른다. 그럼 이참에 천주교에 다녀 보자고 하니까, 남편이 개신교에 다니는데 한 집에서 두 종교를 갖게 되면 집안이 시끄러울 것 같아 내 방식으로 기도한다며 손거울을 가방에 넣었다.

어느 소설에서 주인공의 아버지가 함께 상경한 엄마를 서울 지하철역에서 잃어버린다. 기차가 아버지만 태우고 엄마가 미처 차에 오르기 전에 떠나버린 것이다. 주인공은 그제야 엄마가 가끔씩 깨질 듯 머리를 아파했던 사실을 기억하며 오 남매가 갖가지 방법으로 엄마를 찾아 헤맨다. 거짓말 같은 사실에 허탈해하며 그동안 각자 엄마에게 얼마나 무심했는지 자신들에게 엄마가 얼마나 소중한 존재였는지 깨닫는다.

엄마를 잃어버린 지 9개월째 되었을 때 주인공이 로마에 간다. 베드로성당으로 들어서자 이끌리듯이 피에타상 앞으로 나아갔다. 넋을 잃고 성모의 얼굴을 바라보았다. 그 자리에서 물러나 베드로 광장을 망연히 바라보던 주인공 입에서는 여인상 앞에서 차마 하지 못한 한마디가 흘러나왔다.

"엄마를, 엄마를 부탁해―."

여기서도 간구의 대상은 하느님이 아니라 성모님이었다. 엄마를 한 번만 만날 수 있게 해 달라고, 찾게 해 달라고, 아니 이미 이 세상 사람이 아닐지도 모르는 엄마를 지켜 달라고, 가엾이 여겨달라는 이 말을 세상 어느 누구에게 하겠는가. 모든 것을 함축한 이 한마디가 우리 마음을 뒤흔들어 놓으며 소설은 끝난다.

문우의 건강은 물론 에미 속을 끓이며 방황하던 그의 아들도 마음잡고 대학에 들어가 한시름 놓았다. 어두운 긴 터널을 빠져나온 듯 한결 밝은 표정의 문우가 대견하고 고맙다. 자신의 간절한 기도가 스스로를 구제하였는지 모른다. 물건에도 제각기 주인이 있다는 말은 누구의 손에 안기느냐에 따라 의미가 달라지기 때문일 것이다. 보잘것없는 손거울 하나가 그에겐 마음의 위안이며 안식처라는 생각이 들었다.

앞치마

"앞치마가 너무 이뻐서 며느리 줬어."

오랜만에 만난 친구가 빙그레 웃으며 말한다. 얼마 전에 앞치마를 만들어 줬더니 임자가 따로 있었나 보다. 아들네 갔을 때 며느리는 밥도 안 해 먹고 밖에서 사 먹는 것이 다반사라 정작 앞치마는 부엌 서랍 속에서 잠자고 있더란다. 말은 하지 않았지만 친구의 심정은 복잡한 듯싶었다. 곁에서 듣고 있던 다른 친구도 막내딸 시집 갈 때 주려고 농 속에 두었다는 바람에 우린 약속이나 한 듯 폭소를 터트렸다.

"요새 젊은 애들 꽃무늬 좋아하지 않아." 말은 그렇게 하였으나 잘산다 할 만큼 여유 있는 친구들이 대단한 무엇도 아닌 정표로 만들어 준 앞치마를 아까워 쓰지 못하였다는 말은 실로 뜻밖이었다. 물자가 귀하고 생활이 궁핍하던 시절, 귀하고 좋은 것은 차마 당신이 쓰지 못하고 자식들에게 물려주던 우리 어머니들의 모습을 별 수 없이 친구들도 답습하고 있다는 생각이 들었다. 예전과는 비교도 안 되게 모든 것이 흘러넘치는 풍요의 세월을 살면서 쉽게 이해되지 않는 이런 현상을 뭐라 할까. 잠시 혼란스러웠으나 마음은 애틋했다.

설 연휴를 맞아 서울에서 내려왔던 아이들이 가 버리자 집 안이 절간처럼 고요하다. 순간 잊고 있던 약속처럼 바느질 생각이 나며 갑자기 마음이 바빠졌다. 알록달록 고운 천을 끊어다가 단색과 배색하여 재단을 하노라면 마음은 설레기 마련이다. 콧노래가 절로 나오고 손놀림이 빨라진다. 무늬가 화려하고 디자인이 심플한 앞치마는 실용적이어서 만들어 주면 누구나 좋아한다. 나이든 우리 또래는 꽃무늬를 좋아하고 젊은이들은 물방울무늬나 체크무늬 아롱무늬를 선호한다. 줄 사람을 생각해서 만들게 되니 아무리 이뻐도 꽃무늬는 시어머니 취향이지 며느리 쪽은 아니기에 외면당하기 십상인데 친구는 그걸 잊은 모양이다. 예쁜 앞치마를 사랑 땜도 못한 채 며느리 주었는데 그 마음 몰라주어 속상해하는 친구를 생각하며 앞치마를 만든다.

새롭고 좋은 것을 어른이 탐한다는 느낌이 들면 곤란한 일이고 주고 싶은 마음에 선뜻 내주고 그럴 리야 없겠지만 다정도 병인 양 잠 못 들어서야 되겠는가. 청색 해지 천에 파랑 바탕 흰 물방울 무늬는 친구 며느리에게 주면 상큼하겠다. 남색 체크무늬에 청색 해지 천을 댄 것은 다른 친구 딸에게 어울릴 거야. 카네이션 꽃무늬와 푸른 숲 속 문양의 앞치마는 당연히 친구들이 좋아할 거다. 선물을 받는 것도 기분 좋은 일이고 남에게 무언가 주었을 때 그 것을 받고 즐거워하는 모습을 보는 것 또한 살아가는 기쁨일 터이다.

전문으로 하는 일이 아니라 좋아서 즐겨하는 일이 취미라 한다면 바느질은 혼자 즐기는 취미라 할 수 있다. 한 사람에게 모두 주는 것이 아니기에 똑같은 앞치마를 여러 개 만들어도 괜찮겠으나 만드는 즐거움도 있기에 같은 모양이라도 색깔과 배색을 달리하면 아기자기한 느낌이 제각각이다. 이런저런 빛깔의 아롱이다롱이가 흐뭇한 것은 완상의 기쁨이다.

바느질하다 보면 엄마 생각이 난다. 생존해 계시면 곁에서 시접 꺾어 주고 실밥도 끊어 주며 함께 즐거워하셨을 게다. 오늘은 네모모양 흰 광목천 가장자리에 주름 넣은 띠를 둘러 모양을 낸 엄마의 소박한 무명 앞치마가 추억처럼 생각난다. 예전의 앞치마는 다분히 생활 도구로서의 의미가 컸다. 설거지할 때 앞자락에 두르는 거야 말할 것도 없고, 아랫단 두 귀퉁이 허리에 잡아매 고추나 팥꼬투리를 따 담는 보자기이며, 깻잎 호박잎 가지 더러는 산딸기도 나오던 요술주머니였다. 흙강아지 같은 나를 세수시키고 닦아주던 수건이며 토닥이며 이불 삼아 덮어주던 거기서는 엄마 냄새가 났다. 등에 업혀 마을 고샅을 돌아 나오다 풋잠 깨어 올려다본 하늘엔 높다랗게 떠 있는 보름달이 너무 환해 얼굴을 묻었고, 엄마는 나를 어르며 앞치마 끈을 다시 조였다. "나 표 안 나지?" 일 안 하며 딴짓했다고 시어머니한테 야단맞을까 봐 작은엄마와 마주 보며 오딧물 까맣게 묻은 입술을 냇물에 엎드려 씻고 또 씻었다는, 노박이로 일만 하라는 시어머니가 무서워 돌아서서 눈물 훔쳤다는 엄마의 앞치마는 일 많고 식구 많아 부엌 벗어날 새 없었던 고되고 힘든 시집살이의 동반자가 아니었을까. 칡넝쿨 같은 얼룩으로 빤한 틈 없었던 그것은 고달픈 엄마 모습 그대로였다.

지금이야 사방에 널려 있는 게 화장지라 앞치마에 눈물 닦을 일 없다 해도 예나 지금이나 앞치마는 여인들과 떼려야 뗄 수 없는 숙명의 관계이다. 디자인이 조금씩 바뀌었다 해도 옷을 보호하려는 본래의 기능이야 어디 가겠는가. 그래도 만들 때는 다분히 미감을 고려하고 패션을 생각하며 정성을 다한다. 박음질이 시원치 않으면 그예 뜯어 아귀를 맞추어야 직성이 풀린다. 누가 무어라 하기 전에 스스로 마음에 차지 않기 때문인데 물(物)에 대한 예의라기엔 거창하고 내 손끝에서 태어나는 사물에 대한 애정이라 할까. 창작품이라 할 것까진 없다 해도 한낱 소모품이라 하여 함부로 할 수 없는 마음이 정확하고 꼼꼼하게 정성을 쏟게 한다. 옷이든 소품이든 시원찮더라도 바느질이 유희처럼 즐거운 것은 눈앞에 드러나는 성과물 덕일 것이다. 이 버젓함이 바느질에 눈 박고 골똘했던 마음에 보내는 흐뭇한 화답 같아 기분 좋게 한다.

밤하늘 별 무리처럼

　성하의 매미소리는 소리의 광장이다. 작열하는 햇빛과 푹푹 찌는 폭염 속에서 말매미 한 마리가 울기 시작하면 세상의 모든 소리를 모아 놓은 듯 질펀해진다. 오래된 아파트에 나무 또한 거목으로 자라 녀석들의 마땅한 서식처인 듯 진을 친 지 오래다. 도심을 관통하는 기적소리마저 그 소리의 위세에 눌려 가뭇없이 사라진다. 여름은 온통 매미 세상이다.

　하늘을 찢어놓을 듯 하늘을 들었다 놓듯 우렁찬 그 소리가 어느 날 무더운 여름 힘내라는 함성으로 들렸다. 요란하고 왁자한 소리가 혁명가의 구호처럼 역동적으로 들리며 열정적으로 살라는 메시지로 다가왔다. 광란의 요란함이 아니라 일사불란하게 전개되는 음악의 전주처럼 압도해 왔다. 쨍그랑, 답답한 가슴 후려치듯 드럼소리 웅장한 콘서트의 현장이었다.

　가수 조용필이 오랜만에 음반 19집을 내놓고 대전 월드컵 경기장에서 '헬로'라는 타이틀로 콘서트를 열었다. 살아있는 전설이라는 그가 신곡을 내놓자 십, 이십 대 젊은이들은 물론 오, 륙십 대 어른들까지 환호하며 새 음반을 사려고 끝 간 데 모르게 줄을 이었다는 소식도 있었다. 젊은 날이나 함께 나이 들어가는 지금이나 여전히 그가 곁에 건재하다는, 적지 않은 나이에 새로운 곡을 가지고 우리 앞에 나타났다는 사실이 고맙고 즐겁다. 우리 나이쯤 되면 애절한 그의 목소리와 노랫말에 젖어들어 공연히 가슴 아파 눈물 흘리던 추억 한 도막 간직하지 않은 사람은 아마 없을 게다.

얼마나 많이 그의 노래를 들으며 젊은 날을 보냈던가. 친구들과 만나는 거리나 찻집에서 항상 그의 노래는 흘러나왔고 노랫말은 그대로 우리들 이야기이고 추억이고 낭만이었다. 젊은 날은 물론 오랜 동안 그의 노래와 함께 동시대를 살아왔다. 연말이면 TV에서 뽑는 그 해 최고 가수왕 자리를 수년째 차지하면서 몹시 쑥스러워하던 모습이 잊히지 않는다. 오래된 친구라도 되는 양 조용필이 보고 싶다고 지나가는 말을 했더니 딸아이가 티켓을 보내왔다.

콘서트장은 인산인해였다. 바쁜 걸음으로 몰려드는 사람들은 지극히 평범한 이웃들이었다. 오페라나 연극공연 관람객들의 옷차림 하고는 확연히 구별되는 편한 바지와 티셔츠 차림의 아저씨 아줌마들이 빨려들 듯 입구로 들어갔다. 월드컵 경기장의 입장객수가 얼마인지 모르지만 엄청난 사람들이 빼곡히 들어찼다. '우리의 영원한 오빠, 조용필' 현수막이 여기저기서 나부꼈다. 생업에 매달려

일하던 사람들이 좋아하는 가수를 보려고 발걸음이 빨라지고 노래를 듣고 위로를 받는다면 바쁘고 빠듯한 일상에 숨통이 트일 것이며 그 또한 사는 즐거움일 터. 반면에 가수는 구름처럼 몰려든 관중들의 환호에 에너지를 받을 것이니 이런 노래 문화가 만들어내는 상호 작용이 건강한 사회를 만들기에 바람직한 현상일 것이다.

조용필이 〈모나리자〉를 부르며 등장했다. 관람객들이 경기장이 떠나가라 일제히 함성을 질렀다. 헬로를 외치자 더 큰소리로 화답했다. 신곡 〈헬로〉가 우레 같은 함성 속에 들려왔고 이런 소리에 익숙지 않아 분위기가 다소 생경스러웠으나 〈돌아와요 부산항에〉〈창밖의 여자〉 등, 귀에 익은 대표곡들을 메들리로 부르자 사람들의 만면에 안도의 미소가 번졌다.

무대가 앞으로 나오며 조용필이 다가오자 관중들이 와ー 함성을 질렀다. 선정적인 춤이 없어도 격렬한 기타의 선율만으로 마음을 들었다 놓았다. 친구들과 함께 맘껏 즐기려 작정하고 온 듯싶은 사, 오십 대 아줌마들이 도깨비, 토끼, 별모양의 야광 머리띠를 두르고 야광 막대기로 허공에 동그라미를 그리며 싱글벙글 신이 났다. 감정을 주체하지 못한 아줌마가 자리에서 일어나 온몸을 흔들며 노래를 따라 불렀다. 가수의 노래에 따라 일제히 관중들의 떼창이 이어졌다. 그러자 모두들 일어나 오빠! 오빠를 연호하며 형광막대기를 흔들었다. 캄캄한 밤, 하얗게 빛나는 형광 불빛이 초여름 밤하늘의 별 무리처럼 반짝였다. 가수 움직임대로 세 군데서 돌아가는 대형 화면은 오색 조명으로 번쩍였다. 관중들과 하나가 된 열광의 도가니였다.

한 사람의 가수가 몇 천 명의 마음을 하나로 묶어 활기차고 흥겨운 분위기로 만드는 일은 분명 예삿일이 아니다. 분출하는 열기와 열정적인 환호성은 좋아하는 노래와 가수에 대한 애정인 동시에 자신이 살아 있다는 뜨거운 확인이며 나와 같은 사람들과 함께한다는 동질감일 것이다. 사방을 둘러봐도 마음 기댈 곳 하나 없는 팍팍한 마음을 잠시나마 잊게 하고 살맛나게 하는 기꺼움일 것이다. 아직도 그대를 만나면 가슴이 두근거려 들킬까 겁난다는 〈바운스〉의 순정 어린 노랫말과 경쾌한 리듬이 미소 짓게 한다.

나이에 걸맞지 않게 여전히 그의 목소리는 젊고 힘차다. 10대가 듣든지 60대가 즐기든지 호소력 짙은 목소리가 우리 마음속에 들어갔다 나온 듯 절절하게 다가온다. 콘서트를 하는 두세 시간 동안 노래를 부르려면 힘을 기르고 리듬을 유지해야 해서 매일 서너 시간씩 연습한다는 말도 놀라웠다. 아마추어와 프로의 차이는 시간과 열정을 얼마나 투자하느냐로 가름될 터이다.

음악에 전 생애를 바쳐 끊임없이 새 노래를 만들고 부르며 대중과 함께하는 한 조용필은 나이를 먹더라도 영원히 젊은 오빠로 불릴 것이다. 소비하고 버려지는 것이 문화라 할지라도 대중들이 그의 노래를 좋아하고 즐겨 부르는 한 그의 음악은 생명력을 지니게 될 것이다. 열정적으로 부르는 노래가 힘을 북돋워 주기에 우리는 상승 에너지를 얻고 한 시대를 풍미하는 그가 있어 우리 인생 또한 즐겁다. 무더위 속 말매미의 우렁찬 함성으로 여름이 더욱 짱짱하게 여름답듯 이런 연대가 우리를 행복하게 한다.

서막을 연다

초등학교 3학년 때였던가, 선생님이 날마다 동화를 조금씩 들려주었다. 엄마 찾아 떠난 주인공이 나쁜 사람들에게 잡혔다. 꾀를 내어 달아나다 잡혀서 가슴 졸였다. 주인공이 노래를 부르면 따라 불렀고 엄마를 그리며 울면 따라 울었다. 수업 끝나는 종이 울리면 그렇게 아쉬울 수가 없었다. 선생님은 내일 다시 들려주마 했고 졸이는 마음으로 하마하마 내일을 기다리곤 했다. 안타깝고 아쉬운 마음이 여운처럼 남아 있다. 눈 맞추며 정성스레 들려주던 선생님 이야기가 어린 가슴에 촉촉이 젖어들었다.

나 아닌 어떤 아이가 살아가는 세상은 가슴 두근거리는 새로운 세계였다. 이야기의 묘미를 그때 처음 느꼈다. 느껴서 움직인 마음은 인간의 선한 본성으로 돌아가기 마련인지 힘없고 착한 사람에게 동정이 갔다.

옛날에는 돌이 될 때까지 어머니가 아이를 기르고 젖을 떼면 사내아이는 할아버지가, 여자아이는 할머니가 교육을 맡았다. 무릎교육이나 밥상머리교육은 옛 어른들의 자녀교육 방식이었다. 지켜야 하는 예의범절이나 인간의 도리를 어른이 데리고 생활하면서 성현들의 미담이나 전래동화를 통하여 가르쳤다. 어른께 드리는 효도나 형제간의 우애, 버릇, 신의 따위의 덕목을 이야기로 들려주며 은연중에 가르치니 인간이 지켜야할 품성이 자연스레 형성되었다.

핵가족시대에는 집 안에 아이를 돌볼 사람도 없거니와 엄마도 돈을 벌어야 하니 자연히 인성교육을 등한시할 수밖에 없다. 그러다 보니 정신 바탕이 허술하여 남을 배려할 줄 모르는 이기적인 아이로 자라나고 사람을 가벼이 생각하는 풍조 속에 청소년들은 심각한 사회문제를 일으키고 있다. 무책임한 부모에게 버림받은 울분이 또래를 괴롭히고, 친구들에게 소외당한 상처가 엉뚱한 곳으로 폭발하여 애먼 사람이 피해를 보기도 한다.

안동에 있는 한국국학진흥원에서는 '아름다운 이야기할머니'란 사업을 하고 있다. 인생 경험이 풍부한 할머니들에게 소정의 교육을 시켜 아름다운 옛이야기를 어린이들에게 들려준다. 한국적 정서를 담고 있는 재미있고 교훈적인 이야기를 유아교육기관인 유치원이나 어린이집을 방문하여 할머니의 육성으로 들려주어 감화를 줄 뿐 아니라 선악을 구분하는 분별력을 갖도록 한다. 남을 배려하는 마음과 전통문화에 대한 관심을 갖도록 이끌며, 이야기를 통하여 마음교육을 먼저 시켜 유아의 인성을 함양하는 데 목적을 두고 있다. 일반인에게 낯선 이 일은 연구원들이 성현의 기록에서 미담을 찾아내고, 전해오는 사연을 조사 발굴하여 아이들이 좋아할 이야기로 만들고 있다. 그동안 지식 전달 교육에만 질주해 온 우리의 자녀교육이 얼마나 잘못된 것인지, 자라나는 어린이들에게 인성교육이 얼마나 중요한지 절감한 사람들이 심각하게 고민하여 지혜를 모은 것이라 할 수 있다.

아름다운 이야기할머니에는 두 가지 의미가 있다. 성현의 아름다운 이야기를 전해주는 할머니라는 뜻과 인격을 갖추고 아이들을 사랑하는 마음이 아름다운 할머니가 들려주는 이야기란 뜻이다. 그만큼 이야기를 전하는 분들의 책임이 크고 일에 대하여 자부심을 가지고 있다는 의미도 된다. 어린이들도 이야기할머니를 좋아해서 그 시간을 손꼽아 기다리기에 유아교육기관의 반응이 좋다.

서류 심사를 통과하고 면접에 합격한 할머니들이 국학진흥원에서 2박 3일 동안 신규 교육을 받는다. 예전에 비하면 할머니랄 수도 없는 젊은 할머니들이 전국에서 모여 교육받는 내내 마냥 즐거운 표정이다. 무언가 새로운 일을 배운다는 긍지내지 할 일이 생겼다는 기대감 때문이며 또한 자신의 어린 손자, 손녀에게 이야기를 들려준다는 것은 생각할수록 가슴 뿌듯하고 행복한 일이기 때문이다.

한국국학진흥원은 1995년 문화체육관광부로부터 설립 인가를 받은 재단법인이다. 우리 조상들의 숨결과 삶의 흔적들이 담겨 있는 민간소장 국학자료를 수집 보존하여 훼손 및 멸실을 예방하고 미공개 자료를 조사 발굴하여 한국학 발전에 기여하고자 세워졌다. 소장되어 있는 30만 점의 자료는 전통시대 가치관과 삶의 지혜를 엿볼 수 있다. 퇴계 이황선생의 생가와 선생이 서당을 짓고 몸소 거처하면서 제자를 가르치던 도산서원이 가까이 있는 유교의 고장이기 때문에 이곳에 자리를 잡았다고 한다.

교육생들 대부분은 이곳이 처음인 듯싶다. 현장 학습으로 해설사 설명을 들으며 퇴계 종택과 도산서원을 둘러보았다. 도산서원 입구에는 받침목에 의지한 채 휘늘어진 두 그루 왕버들나무의 위용이 대단했다. 마당을 싸안는 풍채가 장관이다. 뜰에 아담한 매화나무 또한 세월을 느끼게 하고 위패를 모신 사당(祠堂), 강당인 전교당(典敎堂)과 서고인 광명실(光明室) 등의 고가가 아기자기하게 자리 잡고 있다.

막내가 결혼하여 작년에 할머니가 된 나는 이 소식을 듣고 반가워 기다리다 원서를 냈다. 손자에게 떳떳하고 자랑스런 할머니가 될 것 같은 예감은 기분을 유쾌하게 한다. 이야기에 귀 기울일 만한 나이가 되면 녀석이 바투 다가앉으며 빨리 이야기해 달라고 조를까. 흥미 있는 얘기를 재미있게 해 준다는데 도망가지야 않겠지 스스로에게 위안을 한다.

세월에 밀린 세대교체가 삶의 현장 곳곳에서 일어나고 있으니 억울한 일은 아니라 해도 서글픈 건 사실이다. 아무리 싫다 해도 지금껏 그랬듯이 연륜에 맞게 새로운 배역은 늘 주어지기 마련이다. 할머니가 되고 싶어 된 사람이 어디 있으며 할머니 역할을 맡고 싶어 맡은 사람이 어디 있겠는가. 이제 어린이와 함께하는 연극에 이야기할머니라는 배역으로 새로운 인생의 서막을 연다. 가슴 설레며 이야기에 빠져드는 아이들의 눈망울이 보고 싶다. 그 속에 내가 있다.

파경

살아가는 일이 고해라 하더라도 내 의지와 상관없이 남으로부터 받는 박해나 고통이라면 그것처럼 억울하고 슬픈 일은 없을 것이다. 더구나 성폭행을 당한 입장이라면 평생을 수치와 분노 속에서 보복의 칼날을 갈게 된다. 장애 어린이들이 당하는 고통이라면 더 말해 무엇하랴. 부모의 입장에서 보면 이중의 고통을 겪는 것이니 당해 보지 않은 사람들은 그 아픔을 알지 못할 것이다.

장애 어린이의 성폭행을 다룬 영화 ≪도가니≫가 상영되고 나서 사회 곳곳에서는 분노의 도가니가 부글부글 끓고 있다. 청각장애학교에서 5년 동안이나 교장과 행정실장과 교사들이 아이들에게 성폭행한 사실을 아이들의 진술을 토대로 보여주고 있다.

황동혁 감독은 물론 원작자인 공지영 소설가조차 영화가 이렇게 큰 반향을 일으킬 줄 몰랐다며 놀라워하고 있다. 소설가는 영화가 소설보다 나은 것은 처음이라며 자신이 표현하지 못한 것을 영화가 보여주어 고맙다고 했다. 소설에 비하면 영화의 내용은 일부분일 뿐이고, 소설은 사실을 반도 표현하지 못했다는데, 사실은 얼마나 더 잔인하고 악랄했다는 것인가.

감독은 불편한 진실을 세상에 알리고 싶었다며 사실만으로도 충격을 줄 만하여 사실 전달에 충실한 것이 공감을 얻은 것 같다고 한다. 그러나 영화가 사실을 그대로 보여 줬다 하더라도 이랬다는 사실을 알기만 하겠느냐, 우리도 무언가를 해야 하지 않겠느냐, 묻는 것 같았다. 흥분하지 않고 차분하게 이야기를 전개하며 공감대를 형성하였다고 할까. 관객에게 의식의 전환을 요구하는 것 같았다. 적어도 상식을 가진 사람이라면 무심히 지나칠 수 없는 시사성이 양심과 양식을 건드렸다. 결과적으로 진실이 통했다고 할 수 있다.

이 이야기는 7년 전, 실지로 광주 인화학교에서 근무하던 교사가 사실을 인권위원회에 신고하여 한겨레신문 기자가 신문에 기사를 씀으로써 세상에 알려졌다. 그것을 본 소설가가 영감을 얻어 소설을 쓰기로 마음먹고 기자를 만나 사실을 확인하고 취재하여 2년 전에 소설로 써서 인터넷에 올렸다.

날마다 연재되는 소설은 충격이었다. 그걸 읽으며 분노하고, 아이들이 불쌍하여 눈시울을 붉히곤 하였다. 듣지도 말하지도 못하는 어린이들에게 가하는 어른들의 행위가 너무도 잔인하여 인간이라는 것이 부끄러워 차마 끝까지 읽을 수 없었다. 소통 수단인 수화로 거부의 몸짓을 한들 통할 리 만무했다. 돈 천 원을 주거나 과자 한 봉지를 건네며 교장실이나 화장실에서 욕망을 채우려 무자비하게 달려드는 가해자들은 선생이 아니라 인간의 탈을 쓴 짐승이었다. 교육청이나 경찰, 시청이나 관계있는 공공기관에서는 사실을 알면서도 귀찮아하거나 서로 책임을 미루기만 하고 은폐하려 애썼다.

한참이나 지난 이야기에 사람들이 새삼스럽게 공분하는 이유는 무엇일까? 영화의 위력일까? 한 편의 영화로 세상이 바뀔 수 있다면 그 또한 대단한 국민이요 사회라 할 수 있다. 어느 문화평론가는 더 이상 낮아질 수 없이 밑바닥을 친 사람들이 벗어날 수 없는 현실과 현 정권에 실망한 나머지 사회적 약자에 대하여 눈 돌린 현상이라 하고 영화를 본 네티즌들은 공분하면서 가해자에게 너무 헐거운 법 개정을 요구했다. 몇 개월이 지난 지금 국회 법제사법위원회에서는 사회복지법 일명 도가니법에서 13세 미만 어린이와 장애인들에게는 친고죄를 삭제하고 공소시효를 폐지하기로 결정했다. 광주 인화학교는 시효가 끝났다 해도 소급해서 재조사를 하고 다른 장애학교에도 감사를 시작하고 있다.

내가 살고 있는 동네의 한 곳에는 몇 년 전만 해도 집창촌이 있었다. 지금은 사회 정화 차원에서 불법으로 정하여 영업을 못하게 하니 문을 닫아걸어 간판만 흉물스럽게 너덜거린다. 얼마 전만 해도 그곳을 지나노라면 유리로 된 진열장 안에 진하게 화장을 하고 머리를 풀어헤친 앳된 아가씨들이 껌을 우물거리며 서 있는 것을 볼 수 있었다. 회칠한 듯 유난히 얼굴이 뽀얀 그들이 앉아서 낄낄거리는 모습이 보이면 바라보기 민망하여 일부러 고개를 돌렸다. 더러는 빨간 불빛 아래 무표정하게 서 있기도 했는데, 남자들은 그들을 보고 진열장에서 물건 고르듯이 맘에 드는 사람을 고른다던가.

나는 세상에서 제일 불쌍한 사람이 저들이라고 말하였더니 함께 가던 사람이 돈도 벌면서 저 일이 좋아서 하는 것이니 그렇게까지 생각할 것 없다고 한다. 좋아서 한다니, 어느 날 갑자기 자신도 모르게 팔려 온 신세거나 감금된 처지가 아니라면 남성들과 육체관계를 맺는 것이 좋아서 직업으로 선택한다는 것에는 의구심이 든다. 사람에 따라서 특히 어린아이가 겪은 일은 평생 치욕으로 남는다.

1991년 김 아무개라는 여자가 9살 때 이웃 남자에게 성폭행을 당하자, 나날을 괴로움 속에서 살았다. 21년이 지난 후, 그 남자를 찾아가 살해하고 현장에서 검거되었다. 최후 진술에서 그가 말했다.

"나는 짐승을 죽인 것이지, 사람을 죽인 것이 아니다."

조물주는 신비 자체인 모든 피조물에게 아름다운 세상 즐기면서 대대손손 자손을 이어가라고 만들었다. 아름다이 즐기라는 뜻은 상호존중의 덕목이 함께한다. 정신적으로나 육체적으로 상대에 대한 이해와 배려가 존중될 때 아름답고 건강하게 종족은 보존되는 것이다.

얼굴 모습이 다르듯 모든 사람의 성향이 같을 수 없다. 내가 좋아하니까 너도 좋아할 것이라는 지극히 이기적인 생각이 이성을 겁탈하고, 빗나간 욕망이 어린이를 추행하고, 저항하지 못하는 장애인까지 탐을 내는 것이다. 차마 입에 올리기 부끄럽고 생각하기도 저어되는 파멸의 수렁으로 한 인간을 던져 버리곤 별 죄의식을 느끼지 않는 사람들이 문제인 것이다.

"너무 가혹하지 않나요?"

법 개정을 추진하는 과정에서 한 번의 실수로 실형을 받게 하는 것은 너무하지 않느냐고 어느 국회의원이 말했다. 민의를 대표하는 사람의 의식구조가 아직도 요 모양이라니. 성 문제에서 강제라면, 상대가 미성년이라면, 장애인이라면 더더욱 한 번도 안 된다. 성폭행은 육체적 아픔보다 정신적 고통이 더 크고 후유증이 평생을 가기도 한다. 내 인권이 소중하면 남의 인권도 더없이 소중하다.

도도히 흐르는 강물처럼

한겨울 햇살이 방 안 깊숙이 들어오고 있다. 태양의 남중고도가 낮기 때문이라지만 그런 과학적인 설명보다 추운 날 방 안으로 들어오는 햇살은 기다리던 손님처럼 반갑다. 불 켠 듯 환한 단풍길도 아름답고 벚꽃 날리는 꽃길도 운치 있으나 방 안으로 비껴드는 겨울 햇빛 또한 흐뭇하기 마련이다. 조명 밝힌 듯 환한 햇살에 대춧빛 나무 옷장도 덩달아 붉어져 아늑한 분위기를 자아낸다.

호사라 해도, 평화라 이름 해도 좋을 이런 날이 생애에 얼마나 있으랴. 온실처럼 따뜻하고 고즈넉한 이런 날은 이마에 햇살을 받고 앉아 소설을 읽어야 제격이다. 실핏줄만큼이나 갈래 많은 인생을 현미경 들여다보듯 보면서 살아보니 별거 아니더라, 인생살이 고추같이 맵기만 한 것도 박속처럼 밍밍한 것도 아니라는 아낙의 무심도 만나게 되겠지.

생각은 기억을 불러오는가. 바깥일을 그만두자 먼저 박경리의 소설 ≪토지≫가 떠올랐다. 전집으로 16권이 나왔을 때 사서 반을 읽고는 어쩌다 손 놓고 말았다. 대하소설은 인내와 끈기를 요하는데 바깥일, 집안일로 시간에 쫓겨 동동거리니 책 읽기가 수월치 않았다. 처음부터 다시 토지읽기를 시작했다.

책의 문학사적 가치와 역사적 의미는 많은 사람들이 얘기했으니 새삼 말할 것이 없겠으나 인물들의 개성 있는 묘사와 남도 사투리의 거침없는 입말이 정겨웠다. 등장인물들이 적재적소에서 펼쳐 놓는 적확한 심리묘사와 유려한 문장들이 가슴 서늘했다. 작가의 감성과 역량으로 엮어내는 예상 밖의 대사들에 감탄했다. 이런 말에 저런 대답도 가능하구나, 예측 불허의 대화체 문장에 압도되었다. 다양하게 창조된 캐릭터가 주위에서 얼마든지 찾을 수 있는 인물이기에 흥미로웠다. 비루한 인간의 천박함에 치를 떨다가도 너그러운 마음으로 감싸며 품어주는 인간에 대한 고마움으로 가슴이 더워졌다. 어진 본성, 타고난 성품의 인물 묘사가 고맙고 부러웠다. 현란하지 않게 드러나는 지문들이 비단 바탕에 직조한 당초무늬처럼 품위 있으며 인생에 대한 서사가 징소리처럼 울렸다.

작가는 1969년부터 〈현대문학〉에 연재를 시작하여 1994년 8월 15일에 끝마치기까지 도공이 흙을 주물러 아름다운 도자기를 빚어 내듯 아름다운 우리말을 주물러 찬연한 토지를 빚어냈다. 25년 동안 토지에 매달려 산 작가에게 무조건 경의와 찬사를 보낸다면 이제야 뒷북친다고 웃을지 모르지만 방대한 이 소설을 읽고 나면 언제라도 누구나 그런 마음이 우러나올 것이다. 적지 않은 분량 때문에 지레 겁먹고 지루하게 여겨지더라도 읽으려 한다는 것은 그 이상의 가치가 있기 때문이다. 눈길 주는 순간 활자는 성큼성큼 내 안으로 걸어 들어와 잠자던 의식을 흔들어 깨우고 정신에 영향을 줄 것이다. 우리는 과연 무슨 생각으로 어떻게 살아야 하는가, 그것이 토지의 매력인 동시에 값어치라 할 수 있다.

지난여름, 앞가슴이 반쯤 드러나도록 아슬아슬하게 파인 민소매 티셔츠와 허벅지가 다 드러난 핫팬츠를 입은 아가씨가 지하철에 올라탔다. 긴 머리와 대조를 이루는 시원스런 현대적인 패션이었으나 좁은 공간에서 정면으로 바라보기가 민망했다. 대학생인지 어깨엔 가방을 메고 손엔 두툼한 책이 들려 있었다. 빈자리가 나자 아가씨가 자리에 앉더니 책을 펼쳤다. 토지였다. 지하철 안의 모든 사람들이 스마트폰에 코 박고 있는 풍경 속에서 그 모습은 이질적으로 도드라졌다. 남을 의식치 않은 옷차림이 다소 경박해 보였으나 적어도 어디에 휘둘릴 것 같지 않고 정신만은 오롯할 것 같았다.

소설 토지로 인하여 경상남도 하동군 평사리는 예사 농촌지역이 아닌 소설의 배경, 혹은 역사적 현장으로 새롭게 태어났다. 주인공 서희와 길상이 뿐만이 아니라 등장인물, 한 시대를 풍미하던 주인공들이 마을 고샅마다 살아났다. 다채롭게 전개되는 역사적 사건, 한 가족의 몰락과 평범한 개인사들이 의미심장하게 다가왔다. 그것은 소설 속 이야기이면서 삶의 질곡을 헤쳐 온 뭇 사람들의 수난사인 동시에 한 세대 전 우리 할아버지, 아버지 세대의 풍속이고 역사였다.

수년 전에 강원도 원주에 있는 토지문학관과 토지를 집필하던 옛집을 찾았다. 넓지 않고 적당한 크기의 방에는 고가구가 고즈넉하고 위안처럼 재봉틀이 앉아 있었다. 통나무로 만든 두꺼운 책상을 마주하고 앉아 한 자 한 자 원고지 칸을 메웠을 작가의 고독이 물처럼 스며들었다. 외롭지 않고 한이 없이 어찌 글을 쓰겠는가, 흔히 말하지만 가난과 70년대 유신정권의 시대적 아픔을 겪으며 오로지 글을 쓸 수밖에 없었던 작가의 고달픈 처지가 절절하게 다가왔다. 남편의 옥바라지를 하러 다니는 딸의 아들, 어린 외손자를 업고 앉거나 서서 글을 쓰기도 했다는 이야기도 예사로 들리지 않았다. 여행도 별로라더니 천리안을 가진 것처럼 방안에서 만주의 심양, 용정, 길림성, 하얼빈의 거리를 눈에 보이듯이 그려 낸 것은 종횡무진 펼쳐 놓는 상상의 지평이 넓고 깊기 때문일 것이다.

무릇 작가란 뚜벅뚜벅 앞서 걸어가는 사람이고 독자는 그의 발자국을 종종걸음으로 따라가는 사람일 터인데 어찌 작가의 심중을 낱낱이 헤아려 볼 수 있겠는가. 사계의 햇살을 묵묵히 받으며 도도히 흐르는 긴 강물처럼 토지는 수많은 사람들의 지지와 사랑을 받으며 민족의 가슴속으로 연연히 흘러갈 것이다.

　겨울 햇살 방 안으로 깊숙이 들어오는 날은 이마에 햇살을 받으며 소설을 읽는다.

나도 엄마가 필요해

    새삼스러울 것도 없이 사람은 제가 지닌 역량이나 값어치대로 표현하며 살아가기 마련이다. 그 이상도 이하도 아니다. 허풍을 떨며 과시해봐야 말 몇 마디 나누다 보면 밑천이 드러나기 십상이고 너는 어찌하여 능력이 요것밖에 되지 않느냐고 탓할 일도 아니다. 타고난 성향대로, 배우고 익힌 지식만큼, 갈고 닦은 노력 여하에 따라 말이나 행동에서 혹은 글 속에 나타날 뿐이다.

    실로 오랜만에 ≪아름다움은 필경 선과 통한다≫라는 첫수필집을 냈다. "22년 만에 드디어 책을 내셨군요." 어느 문인이 등단 후를 언급해 주어서 세월이 그렇게 됐구나, 생각했다. 책머리에 밝힌 대로 글을 쓰면서 언제 책을 내겠다, 계획하진 않았다. 시간이나 경제면에서 쫓기듯 사는 처지라서 발등에 떨어진 불이 다급하였고, 책이란 것이 당장 급할 것도 없으니 밀려서 여기까지 왔다.

글쓰기가 힘들긴 했어도 머릿속 어딘가에 숨어 있다가 때맞추어 솟아나오는 말들이 재미있었다. 우리말과 글의 유장함과 맛깔스러움에 매료되어 문장을 만들어가는 글맛을 즐겼다고 할까. 같은 낱말이 지닌 동음이의어의 기발함이나 비슷하지만 뜻이 다른 글의 깊이와 정겨움은 섬세하고 예민한 감각을 타고난 민족만이 지닌 탁월함일 것이다. 누군가 한 땀 한 땀 수를 놓듯이 글을 썼다고 해서 웃었는데 정성을 들였다는 말로 들렸다. 쓸수록 생각을 집중하게 되고 정신이 확장되는 느낌이 좋아 정성을 들일 수밖에 없었다.

광대무변한 자연과 천차만별의 색이 주는 무량감이나 문장 속에 드러나는 언어의 문양이나 채색은 엇비슷하게 아름다웠다. 살아오며 겪은 추억이나 사연들이 다양한 빛깔로 심저에 켜켜이 지층처럼 쌓여 있는 것이 보물 창고처럼 뿌듯했다. 자랑스럽거나 아름다울 것도 없는 그것들이 새로운 사물과 번개처럼 만날 때 모티브가 떠올라 기술(記述)되었다. 세월과 함께 원고가 쌓였다. 이걸 어쩔 것인가. 보다 못한 문우가 답답해했다. 책도 안 내고 죽으면 나중에 아이들이 엄마가 쓴 글 버릴 수도 없고, 여기저기 흩어져 있는 글 찾아 유고집 내느라 고생깨나 하겠으니 애먼 아이들 고생시키지 말라고 부추겼다. 꼭 그 이유만은 아니었지만 용기를 내어 원고를 출판사에 넘겼다.

두 번째 교정을 보는데 추석에 내려온 막내가 결혼을 하겠다

했다. 취업한 지 일 년밖에 되지 않았는데 입사 동기인 아가씨와 올해 안에 하겠다니 당황스러웠다. 결혼에 적령기가 따로 있으랴만 요즘 젊은이들이 이런저런 이유로 결혼을 늦추거나 독신을 고집하는 사회현상이 부모 입장에서는 우려스런 일이기에 저 좋다는 짝과 결혼한다면 반가운 일이지 반대할 일은 아니었다.

큰일은 겹쳐서 왔다. "결혼한다고 했으면 책 내는 것을 미룰 걸 그랬구나." 말했더니 "아이구, 제가 책을 내 드리려고 했는데…. 잘 하셨어요." 빈말이라 해도 의외로 아쉽다는 듯 말하는 막내의 말이 반가웠다.

낮에는 직장에서 일을 하고, 주말에는 서울로 가 신접살림집을 보러 다니고 한복을 고르며 패물을 맞추고, 저녁에는 원고 교정을 보면서 바쁘게 돌아갔다. 결혼 준비와 겹치기는 했어도 마지막 교정지를 보낸 지 보름 만에, 결혼식을 앞두고 책 뭉치가 집 안으로 들이닥쳤다. 기쁨인지 아쉬움인지 복잡한 심사로 선뜻 책을 펼치지 못했다. '이런 날이 오긴 오는구나.' 얼떨떨한 기분이었다.

한꺼번에 큰일을 치르고 나니 큰 짐이라도 내려놓은 양 후련하면서 허전했다. 휑한 마음에 엄마가 생각났다. 엄마에게라면 무슨 얘기든 할 것 같았다. 돌아가신 박완서 선생님도 지치거나 상처받아 잠 못 이루는 밤이면 머지않아 증손자 볼 나이에도 엄마를 부르며 훌쩍였다는데 나도 이럴 때 엄마가 필요했다.

한나절을 보내고 책을 펼쳐 보았다. 우선 산뜻한 느낌이 들었다. 책이란 누가 읽어 주어야 하지 않는가. 쌓아 둘 수는 없었다.

사나흘 후, 동생들에게 책을 보내고 저녁 때 아버지께 전화를 했다. 우편으로 책을 보냈으니 보시라고 했다. 그러냐, 심드렁하게 말씀하시더니, 내가 읽겠니? 아무개에게나 읽어 보라고 주어야겠다, 그리곤 말머리를 돌리셨다. 무심결에 나온 말씀이라 해도 서운했다. "아버지, 아버지가 안 읽으시면 남이, 누가 읽겠어요? 자식이 책을 냈다 하면 무슨 소린가 궁금해서라도 읽어보시겠네요." 볼멘소리가 나도 모르게 불쑥 튀어나왔다. "그래 읽으마." 미안한 듯 말씀하시곤 전화를 끊으셨다.

나 좋아서 한 일이라 해도 수십 년 동안 써 온 글 가운데 어느하나 수월하게 쓴 것은 없었다. 편편마다 심혈을 쏟았다. 그런데 아버지께 칭찬을 기대하진 않았으나 날마다 신문을 보시어 시사에 밝고 아직도 증권 회사에 드나드시니 마음만 먹으면 얼마든지 읽을 수 있는 분인데 딸의 일은 언제나 대수롭지 않게 여기는 것이 여전했다. 여든이나 넘은 분이 무슨 책을 읽으시랴, 생각하면서도 읽어보지도 않고 남에게 준다는 말씀이 그렇게 서운할 수가 없었다. 아버지한테 푸대접받는 글이라면 누구에겐들 환영받으랴. 세상 사람들 책 안 읽는 풍토까지 아버지 탓이라도 되는 양울컥 눈물이 솟구쳤다. 어머니께서 일찍 돌아가신 것까지 서러웠다.

때마침 문우가 전화를 했다. 목소리가 이상하다기에 사연을 말했더니 "그래도 아버지께서 생존해 계시잖아요." 위로인 듯 부러움인 듯 말했다. 돌연 내 응석(?)이 무안해졌다. 그는 내 수필집을 한 번 정독하고 두 번째는 오, 탈자를 찾으려고 샅샅이 읽었다고 했다. 글은 누군가 정성스레 읽어 줄 때야 의미가 있을진대 애정을 가지고 읽어 준 그가 실로 고마웠다. 책을 읽어 본 사람들 가운데 누구는 슬프다 하고 누구는 재미있다 하였다. 뜻밖에도 글은 날개를 달고 여기저기 돌아다니며 봄날 민들레 씨앗처럼 내 생각들을 퍼뜨렸다. 이제 연민은 떨쳐 버리기로 했다. 책을 받아 든 사람들이 표지화를 사진으로 보는 것이 아쉬웠다. 풍경이긴 하여도 사진이 아니라 〈고궁(古宮)〉이라는 제목의 또렷하고 정교한 동판화였다. 20여 년 전이었던가, 우연한 기회에 정확 치밀한 극사실화의 아기자기한 정밀함에 매료되어 샀는데 이렇게 책 표지로 사용할 줄은 몰랐다.

책을 냈다고 해서 달라질 것은 아무것도 없다. 늦었지만 내 삶을 한 부분 정리하였다는 느낌이 들었다. 또다시 해 뜨고 지는 일상에서 거창할 것도 야단스러울 것도 없는 자잘한 이야기들을 모아 조각보를 만들 것이다. 그것만이 무망(無望)의 현실에서 나를 표현하는 유일한 방법이라 할 수 있다.

색청

꽃차를 마시며

모임에 갔더니 문우가 꽃차를 나누어 주었다. 이렇게 작은 국화 꽃이 있던가, 비닐봉지 속에 든 검지 손톱만 한 자잘한 꽃송이가 젖먹이 아기 코처럼 앙증맞다. 색깔도 선명한 노란 꽃이 선선한 가을바람과 청명한 가을볕을 그대로 담고 있다. 화심은 더욱 짙어 샛노랗다. 작은 고것이 생글생글 웃으며 나도 분명히 꽃이에요, 하고 말하는 것 같다. 아무렴, 너도 분명히 예쁜 꽃이야. 눈인사를 보낸다.

생명체랄 수도, 물질이랄 수도 없는 개체 하나가 온 가을을 품고 있다. 싹 틔우던 봄날의 나른함부터 염천의 후끈한 숨결과 뒤척이며 몸 말리던 가을의 한유는 물론 계절의 고난과 환희가 그대로 꽃잎 속에 머물러 있다. 지켜보지 않았어도 보이는 것은 목숨 붙이에 대한 애틋함이고 살아주어 고마운 연민이다.

펄벅이 쓴 소설 〈대지〉에서 남편이 엽차를 내오는 부인에게 찻잎을 이렇게 많이 넣으면 어떻게 하느냐? 책망하는 말이 나온다. 중국 사람들은 기름진 음식을 먹어 차를 많이 마신다지만 기껏해야 차 잎사귀 몇 개 더 넣었을 텐데 그리 나무랄 건 무얼까 의아했으나 찻잎을 아껴야 할 만큼 가난한 사람들의 생활 모습이 그대로 드러난 정경일 수 있다는 생각이 들었다.

그러나 찻잎 하나에도 동토를 견딘 수고와 모진 비바람과 땡볕을 이겨낸 고단함이 스며있다는 것을 생각하면 의미가 달라지고 아껴야 하는 이유가 분명해진다. 함께 살아가는 자연에 대한 고마움이요 예의라 할 수 있다. 낭비가 죄라고 하는 말이 설득력 있는 이유이기도 하다. 최소한의 투자로 최대의 효과를 내는 것이 경제에만 적용되는 것은 아니며 이 원리는 자연과 더불어 사는 우리 삶의 곳곳에서 필요할 터이다. 그런 순환 구조가 잘 돌아갈 때 삶은 누구에게나 여유가 있으며 살아볼 만한 터전이 될 것이다. 필요한 만큼 취하고 나누는 것은 인류의 기본 상식이고 의무일진대 물질의 풍요시대에 살면서 편리함에 길들여진 우리의 의식은 무디어져 자연을 함부로 대하고 물질을 낭비한다.

무릇 생명체는 생이 다하여 끝나더라도 새로운 무엇으로 길이 살아남는 것이 보람일 것이다. 자기가 죽으며 남에게 도움을 주는 헌신의 삶도 보람이겠으나 그런 대단한 일이야 보통 사람으로서는 어림없는 일이니 남에게 누가 되지 않는 삶도 잘 살았다 할 것이다. 세상을 떠나면서 주위 사람들에게 잠깐의 서운을 면하게 몇 송이의 꽃차 같은 흔적도 괜찮다는 생각이 든다. 이름을 떠올리는 것만으로도 진저리를 치게 되는 사람보다야 낫지 않겠는가.

불현듯 생각나면 한 잔 마시고 버리는 꽃차처럼 함께했던 추억이 떠오르면 그가 남긴 글줄이라도 읽다가 곧 잊어버린다 해도 괜찮겠다. 꽃향기를 음미하듯 행간에 스며든 정신을 헤아려보는 것도 뜻있는 일이겠다. 이런 생각을 하며 살았구나, 이런 생이었구나, 회억해 보는 것도 애정이 있을 때에야 가능할 것이다. 이 바쁜 세상에 그런 것을 바라다니, 생존하는 사람의 글도 흘러넘치는 세상에 떠난 사람의 글을 누가 읽겠느냐고 정색을 하며 묻는다면 입을 다물 수밖에 없지만 살아 있는 사람, 떠난 사람의 문제가 아니라 어떤 글이냐가 문제일 것이다. 그렇다면 후세에 길이 남을, 인구에 회자될 글을 써야 한다는 말이다. 그거야 불세출의 위인에게나 가능한 일이고 지금은 내 몫의 생을 부단히 노력, 정진하며 살 일이다. 매 순간 살아 있음이 실로 아름다움이고 기적이지 않는가.

젊은 날, 모든 사람이 필경엔 죽는다는 사실을 깨닫고 안도했다. 까닭 없이 괴롭힘을 당하며 억울하여 살 수 없겠다싶을 때 찾아온 이 말은 크게 위안이 되었다. 무소불위의 권력도, 엄청난 재력도, 대단한 학식도, 한 시대를 풍미하던 인기도 언젠가는 아침이슬처럼 스러진다는 엄연한 사실이 진리처럼 다가오며 그렇게 감사할 수가 없었다. 세상에 그보다 공평한 일은 없을 듯싶었다. 모든 것에는 반드시 끝이 있으며 마음의 평온도 깨달음으로부터 비롯된다는 사실도 반가웠다.

젊은 시인인 그가 단독주택으로 이사했다더니 마당가에 식용국화를 심었단다. 국화 전시회에서 씨앗을 구했다며 신이 난 듯 까르르 웃는다. 늘 바쁜 직장 일 때문에 모임에도 어쩌다 나오는 사람이 심심파적으로 꽃을 따서 말리지는 않았을 것이다. 꽃을 갈무리해 여러 사람에게 나누어 준 그가 바로 이 가을, 꽃이라는 생각이 들었다. 시가 통통 튀게 젊어서 보는 이를 활기 있게 하더니 누군가를 위해 꽃을 말리는 바로 이런 마음이었구나, 그의 시심이 마음을 따뜻하게 한다. 아마 이 꽃차를 마실 때마다 그를 떠올리고 시를 생각할 것이다.

노란 꽃 송아리가 뜨거운 물에 종이꽃처럼 풀어지며 노르스름한 물이 우러나온다. 신생의 기쁨도, 열정의 순간도, 환희의 절정도 함께 용해되며 전 생애가 무너져 내린다. 꽃은 한 모금의 음료로 뭇 중생의 제물이 된다. 나는 의식을 치르듯 찻잔에 손을 받쳐 차를 마신다. 다섯 송이에서 우러난 국화 향이 의외로 향기롭다. 쑥 냄새를 동반한 특유의 향이 입 안을 개운하게 하며 온갖 미각에 길들여진 혀를 순하게 한다. 쑥 냄새가 나기에 차향이 진하지 않을까 염려했는데 순전히 선입견이었다. 맛과 향이 생각처럼 진하다면 어떻게 꽃으로 차를 만들 생각을 했겠는가. 오감 중에서 가장 오랫동안 기억하는 것이 미각이라 하던가. 어렸을 때 먹은 음식 맛을 찾는 것도 바로 맛의 기억력 때문이라는데 단순하게 반응하는 미각의 친화력이 고맙다.

눈 오시는 날 창밖을 바라보며 이 꽃차를 마시면 겨울이라도 가을의 운치를 느끼겠다. 조명등을 밝힌 듯 빨갛게 타오르던 단풍의 열정도 볼 수 있겠다. 햇볕 따사로운 가을, 감국(甘菊) 다복다복 피어 있는 정원을 거닐고 있겠다. 그리곤 떠나간 세월을 아쉬워하기보다 눈 내리는 그 날의 정경에 행복해 하겠다.

횟잎나물

아파트 울타리 안에 키 작은 횟잎나무가 있다. 목련이 피기 시작할 무렵이면 이 나무에도 반짝반짝 윤기가 돌며 연둣잎이 돋아난다. 가느다란 나뭇가지 여기저기 점찍은 듯 물이 오르더니 금세 파릇파릇 깃발을 달고 하늘거린다. 꽃샘추위가 심술을 부리거나 말거나 세상이 하수상하든 말든 봄은 오고 누가 밀어내듯 나뭇잎들은 계절을 수놓고 있다.

"아유! 올봄 젤 부지런한 사람이네."

일주일에 한 번씩 아파트에 와서 야채를 파는 아줌마에게 횟잎나물을 달랬더니 반색을 하며 한마디 한다. 봄에 이 나물을 세 번 먹으면 부지런한 사람이란다. 횟잎 나뭇잎은 뜯어도 자꾸자꾸 새잎이 돋는데 봄이야 잠깐이니 그것도 부지런해야 세 번 먹을 수 있다는 말이다.

횟잎나물은 횟잎나무에서 막 돋아난 어린잎이다. 보통 '혼잎나물' 또는 '햇잎나물'이라 부르기에 그런 줄 알았는데 올해 이름을 정확히 알았다. 그동안 즐겨 먹던 나물 이름을 제대로 알고 보니 옆집 아이 이름을 똑똑히 알았을 때처럼 자꾸 불러보고 이야기해 보고 싶다. 모든 사물이나 상황은 그에 대한 감동이나 관심이 있을 때 말하고 싶으니 아무래도 횟잎나물이 내게 적잖은 영향을 주었나 보다. 해마다 이맘때 눈에 띄면 별 생각 없이 별미로 사 먹곤 하였으나 나물을 사면서 이런 기분이 드는 것도 처음인 듯싶다. 끓는 물에 살짝 데쳐 놓으니 녹색 봄이 그대로 뭉쳐 있다. 삶은 그대로야 별 맛이 없지만 고추장에 갖은 양념으로 무치면 마늘 깨소금이 어울려 독특한 맛을 내며 씹히는 맛이 은근하다. 양념 따라가며 맛을 낸다는 말은 양념에 대한 친화력이 좋다는 말이지만 양념 이상의 맛을 내는 것이 이 나물이다. 보통 나물은 풀이나 채소에서 나는데 나무에서 뜯는 새순은 고소할 것까진 없다 해도 나물의 풍미랄까, 맛의 깊이가 있다. 어린순을 따서 삶아 볶아먹는 뽕잎나물도 마찬가지이다. 맛있는 음식을 찾아다니는 미식가는 아니지만 이맘때는 꼭 이 나물이 생각나고 이것을 먹어야 봄을 난 것 같다. 몸에 밴 식습관이랄까, 봄나물로 두릅 순도 있고 미나리도 있지만 향이 강하고 맛이 세다 싶으면 혀끝에서부터 거부감이 일어 먹기가 싫다. 아무리 몸에 좋다 해도 입에서 받지 않으면 목에 걸려 넘기기 어렵다. 이 나물을 챙겨먹었던 것이 3, 40년은 족히 되었을 성싶으니 참으로 숱한 세월을 함께 했다.

흔히 제철 음식이 보약이라 한다. 제철에 나는 채소나 열매로 만든 음식은 재료가 싱싱하여 영양가도 풍부하다는 것을 새삼 말해 무엇 하겠는가. 원기 뻗쳐오르는 대지의 기운을 받고 한결 유순해진 바람과 따사로운 봄볕에 몸 풀며 한 해 봄에 세 번 새잎을 틔울 만큼 횟잎나무의 생명력은 왕성하니 필시 우리에게도 햇봄의 정기를 줄 것이다. 어쩌면 해마다 나는 나물을 먹은 것이 아니라 봄의 정기를 받아먹은 것은 아닐까.

사람에게 영혼이 있듯이 모든 식물에는 생혼(生魂)이 있어 번식하고 성장하며 목숨을 이어 간다. 식물이 무성하지 않으면 땅은 그대로 황무지가 되고 말 것이다. 생혼은 곧 생명력인 것이다. 흙도 없는 시멘트 틈바구니나 돌 사이에서 뿌리내리고 꽃 피우는 식물을 보면 작다고 해서 얕잡아 볼 것은 아니다. 목숨붙이의 살아내려는 힘은 벋나가는 초생(草生)이나 동물의 본능이나 그것이 무엇이든 어기차고 대단한 것이다.

제철 없이 푸성귀가 풍성한 세월을 살고 있지만 김장 김치가 물릴 때쯤 찾아오는 봄나물은 겨우내 무디어진 우리의 미각을 흔들어 깨워놓는다. 깨소금 듬뿍 넣어 김에 얹어먹는 달래장이 입 안을 산뜻하게 달래고, 묵은 장 풀어 끓인 냉이의 향이, 초고추장에 무쳐낸 쌉싸래한 씀바귀가 입맛을 돌게 하고, 횟잎나물의 풍미가 순하고 독특한 맛으로 입맛을 당긴다. 모든 일에는 순서와 때가 있듯이 이 나물 먹는 것도 때가 있고 그 또한 잠깐이다. 서너 번 사 먹다 보면 봄도 기울고 나뭇잎도 세어서 먹을 수가 없다.

어울리지 않게 졸지에 부지런한 사람이 되었으나 봄나물 고유의 맛을 즐길 수 있는, 감각을 잃지 않았다는 것만으로도 고맙고 대견한 일. 대단할 것 없는 소찬이지만 나를 위해 지구 끝에서 삼동을 달려온 이파리라 생각하면 성찬인 양 과분할 따름이다. 횟잎나물뿐이겠는가. 알게 모르게 해마다 제물인 양 바쳐진 푸성귀와 낟알들, 생명체가 내 육신을 지탱하게 한 에너지원이었으니 만물의 영에게 경배를 드리고 싶다. 내 육신을 위하여 삼라만상이 부추기고 도왔다는 은공을 생각하면 절로 고개가 숙여진다.

차츰 봄도 무르익어 횟잎나무 이파리 윤기를 잃고 보일 듯 말듯 노랑연두 꽃송아리 전설처럼 피어나면 우리 인생도 기약 없이 봄날처럼 흘러가는 것이다.

소명

우리는 매순간 무언가를 선택해야 한다. 누구에게나 그런 순간이 있고 크든 작든 결과가 좋든지 나쁘든지 우선 최선의 결정을 해야 한다. 그것이 책임 따르는 일이라면 마음 무거운 것이 사실이나 인생의 기로에서 예기치 않던 일은 늘 생기기 마련이다. 더구나 어려움 앞에서 사람의 됨됨이, 그릇의 크기도 드러나기 때문에 마음의 용량이나 일의 경중에 따라 중대한 사건의 판단 여부도 사람에 따라 주어지는 것이라 여겨진다. 인생의 고난도 견딜 수 있고 감당할 수 있는 사람에게 주어진다는 말이다. 그런데 많은 사람들의 생사와 운명이 자기에게 달려있는 일이 분, 초를 다투며 급박하게 벌어지는 상황이라면 얼마나 당황스러울 것이며 심적으로 느끼는 압박감 또한 얼마나 클 것인가.

한국전쟁이 한창이던 1950년 12월 19일, 북쪽에서 눈보라가 사정없이 몰아쳤다. 흥남 부두에는 곧 밀어닥칠 중공군을 피하여 남쪽으로 피난 떠나려는 사람들이 구름처럼 몰려들었다. 머리에 짐을 이고 등에는 젖먹이 아이를 업고 어린아이 손을 잡은 남녀노소 피난길에 나선 사람들은 밀고 밀리며 눈보라에 휩싸여 아우성을 쳤다. 가만히 앉아서 죽을 순 없으니 무작정 집을 나선 피난민들의 행렬은 끝 모르게 이어지고 멀지 않은 곳에서 대포 터지는 소리가 사람들을 공포 속으로 몰아넣었다.

선원 십여 명을 태우고 일본 요코하마 항에서 연료를 가득 채운 미국 선박 매러디스 빅토리호는 흥남 부두에 정박하여 전쟁 물자를 공급하고 부두를 떠나려고 했다. 언제 폭탄이 떨어져 아수라장으로 변할지 모르는 다급한 현실에서 미군 병사는 빨리 떠나야 한다고 선장에게 재촉했다. 배 후미에서는 밀려온 피난민들이 배에 태워 달라고, 우릴 살려 달라고 애원하며 매달렸다. 곁에서 지켜보던 한국군 병사도 제발 우리 국민들을 살려 달라고 절박하게 외쳤다. 이러지도 저러지도 못하는 상황에서 미군 레너드 라루 선장은 묵묵부답으로 고개를 숙인 채 고뇌에 잠겼다. 잠시 후, 결단을 내린 듯 말했다.

"짐을 모두 내리고 사람들을 태우시오. 타려는 사람은 모두."

마침내 선장은 원하는 사람을 모두 배에 태우라고 명령했다. 그곳엔 사람이 있었다. 제발 살려 달라고 애원하는 사람과 그 애원을 외면하지 않은 따뜻한 가슴을 가진 선장이 있었다. 군중들의 환호와 함께 거세게 부는 바람 속에서 배 외벽으로 그물망이 내려지고 사람들은 바람에 흔들리는 그물망을 사다리 삼아 배에 오르기 시작했다. 전쟁 물자를 싣기 위해 건조된 오층으로 된 화물선이었다. 커다란 판자에 콩나물 시루같은 사람들을 태워 짐을 운반하듯 화물칸 가장 아래층으로 옮기고 뚜껑을 덮었다. 다시 이층으로 사람을 옮기고 뚜껑을 덮고, 삼층으로 옮기고…. 다음 날까지 모든 사람을 태운 배는 흥남 부두를 출발했다. 배에 탄 피난민은 모두 만사천 명이었다. 상상할 수조차 없이 많은 사람들이 탄 배의 키를 돌리며 선장은 이미 자신의 의지로 어찌할 수 없다는 것을 깨달았다. 하늘의 뜻에 맡기는 수밖에 없었다. 화물칸에는 조그마한 환기통이 몇 개 있을 뿐 마실 물도 먹을 것도 덮을 것도 없었다. 사람들은 서로가 서로를 의지한 채 운명에 맡기고 선장은 기뢰를 탐지할 장비도 없이 먹물 같은 어둠을 뚫고 출발하여 사흘 후 거제항에 도착했다. 그 와중에 네 명의 아이가 태어나 만사천 사 명이 되었으나 다친 사람도, 아픈 사람도, 굶어 죽은 사람도 없었다. 하선하는 데 이틀이 걸렸고 배에서 모든 사람이 내린 후 레너드 라루 선장은 그 날이 크리스마스 이브인 것을 알자 자신도 모르게 털썩 주저앉았다. 이후 그의 행방은 알 수 없었다.

몇 년 후, 미국 정부가 훈장을 주기 위해 레너드 라루 선장을 찾았을 때에야 그가 마리너스라는 이름의 수도자가 되어 수도원에 살고 있다는 것이 알려졌다. 수도원 사람들도 말수 적고 조용한 그의 활약상을 신문에서 보고 전쟁 영웅이었다는 사실을 알았다.

영화 ≪국제시장≫의 윤제균 감독이 본래 그리고자 했던 이야기는 힘겹게 살아온 우리 시대 아버지들의 모습이라 하으나 도입부 화면에 필사적으로 화물선에 매달리던 피난민들의 모습을 보면서 공지영의 소설 ≪높고 푸른 사다리≫에 나왔던 이야기가 떠올랐다. 영화 속 피난민들의 안타까운 모습과 레너드 라루 선장의 고뇌가 겹쳐지면서 그의 판단과 선택에 가슴 뜨거워지고 수도원에서 있는 듯 없는 듯 조용히 기도하며 보냈다는 그의 여생이 감동으로 다가왔다.

자신의 능력으로 도저히 할 수 없는 일을 이루고 난 사람이 느끼는 감정은 절대자에 대한 경탄이요 순명일 것이다. 7,600톤급 화물선에 사백 명도 아니고 만 사천 명이라는 사람이 탈 수 있었다는 것도 경이로운 일이며 조그마한 사고도 없이 안전하게 목적지에 도달할 수 있었다는 것 자체가 불가사의한 일이다. 보이지 않는 누군가의 도움 없이 불가능하다는 것을 깨닫는 순간 '제가 무엇이기에 이토록 사랑해 주시나이까?' 감사의 기도가 절로 나오며 감당할 수 없는 은총에 부복하여 몸을 떨게 되는 것이다.

바람에 흔들리는 나뭇잎 하나에도 생명력을 느끼고 우주를 통찰하게 되거늘 한 인간의 존재가 별거 아니라고 어찌 얕잡아 보고 함부로 말할 것인가. 인간은 저마다 세상에 타고난 이유와 맡은 몫이 분명하기에 자긍심을 가져야 한다. 아무리 우리 힘으로 불가능한 일이라 할지라도 내 의지가 아니라 하느님의 뜻을 먼저 생각하고 실행에 옮길 때 그건 이미 인간의 일이 아니고 하느님의 일이 될 것이므로 이루지 못할 일은 없을 것이다.

"저는 가끔 궁금할 때가 있습니다. 어떻게 작은 배에 그 많은 사람을 태우고 한 사람도 잃지 않고 위험을 극복하여 목적지에 갈 수 있었는지-. 그 해 크리스마스에는 하느님의 손길이 제 배의 키를 잡고 계셨다는 생각이 듭니다."

레너드 라루 선장, 아니 마리너스 수사의 말이 가슴 뭉클하게 한다. 그가 세상에 드러나길 꺼려 숨어들 듯 수도원에서 봉헌의 삶을 살았던 것은 하느님을 체험한 사람으로서의 운명이며 부르심이었는지 모른다.

색청

어떤 소리를 들을 때 소리에 따라 일정한 색채 감각이 일어나는 현상을 색청(色聽)이라 한다. 색깔을 보고 가락이 떠오른다는 말은 알고 있었지만, 그 반대의 현상은 신기하게 들렸다. 소리나 음악을 듣고도 색깔은 고사하고 아무런 감흥이 없는 사람이라면 말할 것도 없지만, 소리에 따라 순발력 있게 감정이 전환되면서 색깔로 표현하고 싶은 욕구가 솟구친다면 색채 감각이 남다른 사람이라 할까, 음감이 뛰어난 사람이라 할까. 그러나 지극히 평범한 사람에게도 이런 느낌이 있다는 것은 다분히 흥미로운 일이다.

난데없이 개구리 소리가 들려왔다. 조용하던 집 안에 와글와글 소리가 영락없이 오뉴월 무논에서 와글대는 개구리 소리였다. 웬 개구리 소리지? 환청 같았지만 분명 환청은 아니었다. 발원지는 아파트 거실에 놓아 둔 두 개의 열대어 어항 산소 배출기에서 나오는 소리였다. 물고기들이 기운 없는 것 같다며 남편이 그걸 사다 달아 놓은 것이 엊그제였다. 방 안에서 듣거나 부엌에서 소리에 귀를 모으면 여전히 와글대는 개구리 소리로 둔갑하여 들리는 것이 이상했다. 바짝 다가가 들어보면 뽀글뽀글 올라오다 사라지는 공기방울소리인데, 거리를 두면 여전했다. 소리의 착이(?) 현상이라 할까. 아무리 아니라 해도 귀에 들리는 소리와 머리에 인식된 소리가 같았다. 가감 없는 개구리 소리로 들리자, T읍에서 살던 시절이 연두(軟豆)로 떠올랐다.

처음 세 들어 살던 집은 단독주택으로 길갓집이었다. 지나가는 사람들의 발자국 소리와 두런거리는 말이 그대로 방 안까지 들어왔다. 좁다란 길 건너편에는 널따란 논벌이 펼쳐져 있어 논도랑으로 흐르는 물소리도 담을 넘어왔다. 초등학교 2학년인 큰애 아래로 두세 살 터울의 아이들과 집안일로 동동거렸지만 하루하루 해는 뜨고 졌다.

훈풍에 너울거리던 모 포기 속에서 첫여름이 찾아오고 밤마다 머리맡에선 개구리 소리가 쏟아졌다. 한여름 소나기 같기도 하고, 많은 사람들이 한꺼번에 떠드는 것 같은 갈피 모를 소란 때문에 어리둥절했다. 집채를 들었다 놓을 듯 큰 소리는 잠을 설칠 만큼 낯설었다. 보름달이 휘영청 환한 달밤이나 칠흑같이 캄캄한 밤에도 거대한 소리는 덮칠 듯 다가왔으나 무섭지는 않았다. 아이들은 잠든 지 오래고 집에 들어올 사람은 아직도 기척이 없고 이래저래 잠들지 못한 나는 거실에 나와 소리의 홍수에 잠겨 무연히 서 있곤 했다.

이만큼의 세월이 흐른 지금에서야 비로소 얘기지만 당시에는 외로웠다. 누가 말만 붙여도 글썽, 눈에 눈물이 고였다. 고도에 홀로 떨어진 듯 막막하고 쓸쓸한 기분을 떨칠 수 없었다. 젊은 날부터 금기시하던 외롭다는 말이 쉽게 나오는 것을 보면 나이를 먹었기 때문일까. 어우렁더우렁 어울리지 못하는 생래적인 성격 탓도 있겠으나 인간의 근원적인 외로움이라 할까. 인간은 불완전하기에 늘 외로운 존재라는 사실을 이제야 깨달았다는 편이 옳을 듯싶다. 젊을 때는 날마다 귀가가 늦는 남편이나 타관 사람들에게 배타적이고 뻣센 그곳 사람들의 텃세와 춥고 사나운 기후 때문이라고 당연한 것처럼 생각했었다. 그러나 그런 처연한 감정은 딱히 거기가 아니라도 언제든 출몰하기 마련이고 스스로 싸안아 삭이고 풀어내야 하는 것이 인간의 숙명이다. 충청도 바닷가 T읍이 아니라 광활한 미국 땅이나 아프리카 오지 어디에 있다 해도 마찬가지라는 말이다. 그걸 종교에서는 본향에 대한 그리움이며 신에게 귀의하려는 염원 때문이라 설명하지만 그런 생각이 미치는 것도 적잖이 흐른 세월의 덕이라 할 수 있다.

어쨌든 소리의 증폭은 대단했다. 다른 어떤 소리도 허용하지 않을 힘찬 소리는 아메바의 세포분열처럼 확장하며 점점 커져 위협적으로 달려들었다. 소리의 질량만큼이라면 개구리 수도 한 트럭 분량은 될 것 같았으나 그건 상상만으로도 끔찍했다. 아침이면 눈에 띄지도 않는 그것들이 도대체 어디 숨어 있다 밤만 되면 그리 쏟아져 나온단 말인가, 신기할 지경이었다. 소리는 한참 동안이나 계속됐다.

어느 날, 거대한 생물체처럼 밤마다 습격해 오던 소리의 포위망은 위협적이라기보다 왕성한 생명의 소리로 다가왔다. 짝을 찾기 위한 구애의 소리라 하던가, 목 놓아 우는 함성이었다. 생태계의 일원으로 충실하게 임무를 다하는 것이라고 생각이 들자 와글와글 소리가 오순도순 정겨운 소리로 들리며 위로인 듯 토닥토닥 그 밤을 위무해 주었다. 칠흑의 밤이 휘장을 걷어내며 성큼 다가오는 서광이었다면 지나친 비약일지 모르지만, 누구나 자신이 해야 할 몫이 있다는 자각이었다. 화답인 양 감성의 촉수가 발끈발끈 열꽃처럼 일어서며 각성을 재우쳤다. 초록이 아닌 연두로 찾아온 개구리 소리로 말미암아 나는 자신과 화해하는 계기가 되었다.

따분하고 암울하던 T읍에서의 생활은 생각지도 않았던 글쓰기로 이어지며 사물이 새롭게 보이기 시작했다. 외로움의 산물이라할까, 주위의 모든 것이 따뜻하게 보이는 개안은 신명나는 일이었다. 누가 앞에서 들어주어야 노래를 부르는 것이 아니듯 쓰는 일또한 누가 읽어주어야만 생각을 털어놓는 일은 아니었다. 머리에서 떠오르는 대로 네모 칸 원고지에 생각을 풀어내는 일은 연을 만드는 일이었다. 조잡스러워 옹색하거나 그럴 듯하여 볼 만하거나 모양도 크기도 다양한 연을 만들어 띄우는 일이었다. 바람을 타고 훨훨 미지의 세계로 날아가 누군가의 눈에 띄어 이렇게 사는 사람도 있구나 공감하여 날개를 달든지, 바람 따라 허공에서 몇 번 솟구치다 논두렁이나 산기슭에 쑤셔박혀 흔적도 없이 사라지든지 그것 또한 글의 운명일 터. 쓰고 지우며 만들고 부수며, 나는 하늘로 세상으로 자꾸자꾸 연을 날려 보내며 지금에 이르렀다. 내가 날려 보낸 연이 혹여 눈에 띄어 괜찮다 싶으면 그대가 더 멀리 창공으로 날려 보내 주시길….

덮칠 듯 다가오던 집채만 한 개구리 소리는 삼십 대 초반의 젊은 아낙에게 위로를 주고 용기를 북돋우며 꼬물꼬물 움직이게 했다. 외로움은 살아내기 위한 생명력, 자생력과 뿌리가 닿아 있었는지 모른다.

소리로 말미암아 색깔로 환치되는 기억의 장치가, 감각의 기능들이 풀가동하는가, 와글와글, 오래전에 잊고 있었던 때 아닌 개구리 소리가 집 안을 온통 연두로 물들이고 있다.

물꽃

추억이 많으면 나이 들었을 때 저축해 놓은 재산이 많은 것과 같다는 글을 읽은 적이 있다. 기력이 없어 활동할 일도, 긴히 밖으로 나갈 일도 적은 노인에게 추억이 많으면 과거를 회상할 일이 많으니 무료하지 않게 노년을 보낼 수 있다는 말이다. 노인뿐이랴, 소중한 기억이나 내밀한 추억거리가 많으면 인생이 다채로웠다 할 것이니 젊을 때 보람 있고 아름다운 이야기를 많이 만들라는 말이다.

젊은 쪽에서 본다면 나도 나이 든 축에 들겠으나 추억만 파고 있을 때라고 생각하진 않는다. 새로운 것을 보면 호기심이 동하여 눈이 반짝이고 미처 하지 못한 일 언젠가는 하리라 벼르면서 곱씹어도 흐뭇해지는 추억을 만들고 싶다. 마음인들 어디를 못 가랴만 가고 싶은 곳도, 보고 싶은 것도 많아 언제든지 어디든 떠나고 싶다.

세월이 흐른 후에 떠오르는 기억들이 미화되기 마련이라 해도 아름다운 건 사실이다. 사람끼리의 사연이나 사물과의 인연과 마찬가지로 자연과 나눈 교감도 울림을 줄 때가 있다. 그곳이 아니면 느낄 수 없었던 분위기나 온몸에 와 닿던 풍광들이 오래도록 가슴에 남아 아련하기 때문이다. 동해의 광활함이나 유리구슬처럼 투명하게 바다 밑까지 보이던 남해의 청록빛 속살이나 비 내리는 몽산포 서해 바다의 은밀함은 아득한 물의 시원(始原)을 생각하게 한다. 한 방울의 물로 시작된 바다의 광대함에, 차올라 솟구치는 자연의 외경에 감동을 한다.

크고 작은, 정적인 듯 동적인 바다의 움직임은 힘이 넘치는 생명력이다. 정지한 듯 고요한 바다가 바람에 의해서든 지구의 동력에 의해서든 하루에 두 번씩 밀려오고 밀려간다는 사실이 신비롭다. 숨죽이고 엎드려 있기에 잔잔해 보이는 바다가 끊임없이 움직이며 만들어내는 거대한 힘은 우주의 동력이다. 인력(引力)으로 만들어내는 역동성이 우리를 움직이고 살게 하는 힘이다.

누구는 밥이 이 세상을 살게 하고, 누구는 자식이 이 세상을 견디게 하고, 시난고난한 생을 누구는 음악으로, 누구는 시의 힘으로 부지한다. 우리를 세상에 살게 하는 힘이 자애심에서 비롯되어도 견딜 수 있는 동기가 되는 건 사람이고, 자연이고, 예술이고, 추억인 것이다. 그것이 우리 인생의 꽃, 우리를 살게 하는 힘, 그것이 무엇이든 꽃인 것이다.

바다가 육지를 향해 달려오며 혹은 달려가면서 만들어내는 물결을 물꽃이라 한다. 물이 만들어내는 무늬를 꽃이라 하다니, 그 감각이 부럽다. 고요 속의 소요처럼, 격랑 속의 침잠처럼 쉬지 않는 가운데 피워내는 무늬를 꽃이라 이름 지어 주다니 얼마나 아름다운 감성인가. 새로운 것을 발견하고 떠오르는 이미지대로 드러나는 미감은 학습된 것이 아니고 저절로 촉발되는 감각이라 할 것이다. 감청색 바다에 계절도 없이 하얗게 피고 지는 세월의 꽃. 모든 생명체나 무생물 가운데 가장 아름다운 것을 통칭하여 꽃이라 한다면 누구에게나 꽃인 시절이, 꽃이었던 때가 있을 것이다.

지금까지 살아오며 내게도 그런 시절이 있었을까. 기쁨의 절정에서 피어나는 꽃처럼 내게도 개화의 정점이 있었는가 말이다. 흔히 말하는 꽃다운 20대를 보냈으니 꽃 시절이 있었으랴만 어쩐 일인지 떠오르는 것이 없다. 여러 형제들 틈에서 평범하게 자라 결혼이라는 것을 하고 보니 실망과 좌절만 이어져 주눅 든 삶을 살아왔으니 있을 턱이 있으랴, 자조적인 생각이 머리를 드는데 그렇지 않다고 마음속에서 외치는 소리가 들린다.

아이들하고의 삶이 기쁨이고 꽃이었다. 분만실에서 첫아이를 출산하고 고요한 순간 친정어머니가 의사에게 물었다. "아들이에요? 딸이에요?" "낳았다 하면 아들이지-." 연세 지긋한 의사가 기분 좋은 듯 말꼬리를 늘이며 리듬감 있게 말하는 소리를 들으며 혼미한 잠 속으로 빠져 들던 그해 아침이 꽃이었으리. 세 아이들이 태어나고 커가면서 보여준 재롱과 귀여움이 아침이슬 털고 피어나던 청초한 꽃이었고, 대학에 입학, 졸업하고 원하던 직장에 취업한 일이 보람이었다. 그들이 아니었으면 실로 허깨비 같은 세월을 어찌 견딜 수 있었으랴. 가슴 설레는 개인사가 없지도 않았는데 어찌 가슴엔 한겨울 들판처럼 황량한 바람이 부는지 알다가도 모를 일이다.

수필을 쓰기 시작하여 등단했을 때 눈앞이 환해지던 기분이 정녕 꽃이었을까. 평생 글 쓰느라 애면글면 마음 바작대며 고생한 스스로가 대견하여 위로하듯 첫 수필집 내놓고 쓸쓸해지는 마음 달랠 길 없어 겉장을 쓰다듬으며 가슴이 먹먹해지던 그해 겨울, 그 저녁을 꽃이라 부르랴.

생애를 돌아보면 아직도 응석 같은 억울함이 목까지 차올라 견딜 수 없지만 이 또한 이미 정해진 길을 가고 있다는 생각이 든다. 나이를 먹으면서 좋은 점은 젊어서 보이지 않던 삶의 모습들이 보이는 것일 게다. 그렇다고 삶을 달관 내지 통투하였다는 뜻이 아니라 희미하게나마 이치들이 깨달아진다는 것이다. 일찍 터득했다면 시행착오도 덜 겪었겠지만 그게 어디 거저 얻어지는 것이랴.

바다가 쉬지 않고 격랑 속에서 물꽃을 피워내듯 끊임없이 복대기치는 삶의 소용돌이 속에서 새로운 꽃을 피워내리. 살아 있음이, 무엇이든 하고 싶은 일을 할 수 있음이, 보잘것없더라도 창의적인 일을 한다는 그 자체로 우아한 꽃이 아니냐고 스스로에게

최면을 건다. 젊은이들이 들으면 웃을 일이지만 예순 해가 지나도록 나는 언제든지 꽃이었고 앞으로도 여전히 새빨간, 혹은 샛노란 꽃을 피울 것이다.

규아상

"여름 손님은 호랑이보다 무섭다."고 한다. 무더운 여름, 아궁이에 불 때서 밥을 하려면 얼굴이 활활 달아오르고 등에선 땀이 줄줄 흐른다. 그렇더라도 끼니때가 되면 그런 수고를 하면서 음식 만들어 손님 대접을 해야 하니 여인네들에게는 대단한 고역이다. 여인네 쪽에서 보면 그토록 힘이 드니 여름엔 남의 집 방문을 삼가라는 뜻이고 남정네 쪽에서는 부녀자에 대한 고충을 십분 이해한다는 말이다. 손님 접대를 최고의 미덕으로 생각하던 옛 분들이 여름날 음식 마련을 무섭기 짝이 없는 호랑이에 비유한 것은 상대에 대한 배려인 동시에 해학이다. 그러나 날씨가 아무리 덥다 하더라도 나들이 갈 일이 있으면 나서야 하고 여름에도 손님 치를 일은 생기기 마련이다.

오랜만에 여동생이 온다기에 무얼 해줄까 생각하다가 규아상이 떠올랐다. 하필 만들기 쉽지 않은 그게 떠오른 것은 동생을 핑계 삼아 나도 먹고 싶었다. 동생은 내가 만든 음식을 잘 먹는다. 무얼 해주어도 기막히게 맛있다는 듯 먹어서 기분 좋게 한다. 그러면 신바람 나서 새로 무얼 해줄까 고민하는데 내가 음식 솜씨가 있어서라기보다 동생 식성이 좋고 무어든 고마워하는 착한 심성 때문일 것이다.

규아상은 만두피를 해삼 모양으로 주름잡아 빚은 여름 만두이다. 오이를 채 썰어 소금에 살짝 절여 볶아 놓고 쇠고기 살코기를 양념하여 볶고 표고버섯과 양파를 볶아 잣을 섞어 소를 만든다. 소고기와 어울릴 것 같지 않은 오이가 표고버섯의 깊은 맛과 어울려 독특하고 고상한 맛이 난다. 잣알의 고소한 맛과 아삭아삭 씹히는 오이가 식감을 돋우고 담백한 맛이 별미여서 임금님 수라상에도 올랐다고 한다.

더운 여름에 손이 많이 가고 번거로워 서민들이 만들어 먹긴 쉽지 않으나 조선오이가 통통하게 살 오르는 계절이면 잊고 있던 소식처럼 생각난다. 담쟁이 잎을 깔고 쪄서 한 김 나간 후에 초간장을 찍어 먹으면 순하고 은근한 맛이 질리지 않아 마냥 먹게 된다. 담쟁이 잎을 까는 것은 향기가 좋고 한꺼번에 많이 찔 수 있기 때문인데, 오늘은 담쟁이 잎이 없으니 찜통에 삼베보자기를 깔고 만두를 쪘다.

처음 규아상을 만들어 본 것은 여학교 가사 실습 시간이었다. 고등학교 들어가서 처음하는 실습 시간에 이름도 생소한 만두를 만들었다. 보통 두부와 당면을 넣는 만두와 달리 재료 수가 많지 않아 만들기 쉬울 것 같았으나 오이를 채 써는 것부터 만만치 않았다. 그때 처음 채썰기를 배웠다. 모든 재료를 가늘게 채 썰어 가지런히 놓았다. 금방 팬에 볶을 것일망정 보기 좋게 가지런히 접시에 담아 놓는 것은 음식 만들기 기본이었다.

가사 선생님은 여학생들이 품행바르기를 조용한 말씀과 조신한 행동으로 모범 보이셨다. 순박한 시골 아이들이 선생님 말씀에 눈을 반짝였다. 눈대중 손짐작으로만 음식 만드는 엄마를 보다가 계량컵과 계량스푼으로 양을 재어 만든 맛이 기가 막혔다. 재료 맛인지 무게의 정확성 때문인지 깔끔하면서 입에 착 안기는 느낌이 신선했다. 우정, 우린 가사 실습 시간을 기다리곤 했다.

음식의 궁합이라 하던가, 잘 어울리는 식재료가 있다. 야채나 식품 고유의 성분이 다른 재료와 어우러져 새로운 맛을 내는 것은 음식 만드는 즐거움이다. 어떤 맛일까, 기대와 설렘을 주기에 음식 만들기는 다분히 창의성이 필요하다. 재료가 같아도 만든 사람마다 맛이 다른 것은 각자 눈썰미, 손맛이 다르기 때문이다. 식도락가가 아니라도 계절음식이나 별미 음식을 먹으면 맛을 변별하는, 먹는 즐거움이 있다.

옥계동 단독주택에 살 때 동생은 우리 집에서 대학교를 다녔다. 버스를 두 번이나 갈아타고 종점에서 내려 언덕배기 우리 집까지 오려면 얼굴이 홧홧해지고 등에선 땀이 흘렀다. 나는 동생이 올

때를 기다려 완두콩이나 강낭콩 듬성듬성 넣은 팬 케이크이나 빨간 팥 삶아 찐빵을 만들었다. 대여섯 살의 우리 아이들은 이모가 올 때를 기다렸다. 출출하던 그 시간이면 무언들 맛이 없었으랴. 맛의 추억 때문인지 동생도, 아이들도 그때 먹은 빵 얘기를 하며 유쾌하게 웃곤 한다.

날씨가 아무리 덥다 한들 대수이랴, 동생과 마주 앉아 규아상을 먹는다. 느끼하지 않고 담백한 만두소와 방망이로 밀어서 만든 만두피의 쫀득하고 구수한 맛이 그만이다. 감미로운 맛의 친화력 덕분으로 입 안이 즐겁다. 입맛에 사치를 부려 본들, 구중궁궐의 맛을 향유한들 누가 무어라 하리. 더러는 그래 볼 일이다.

"우리도 임금님처럼 우아하고 품위 있게-."

서로 암말 않고 먹다가 이 한마디에 누가 먼저랄 것도 없이 푸하- 웃음을 터트렸다. 매미들이 놀란 듯 일제히 소리를 뚝 그치고 긴긴 여름날이 뭉게구름처럼 유유히 흘러간다.

수필꽃

아파트 담장 위 넝쿨장미는 붉다 못해 저 혼자 이울고 유월 초입의 날씨가 후끈 더워지고 있었다. 주택가 골목길을 걸어 나오다 원 교수님의 부음을 들었다. 아! 탄식이 절로 나왔다. 교수님을 모시고 식사 대접해 드리자고 문우 K와 입을 모은 게 며칠 전이었다. 참으로 고맙다고, 당신으로 인하여 충청도 사람이라는 것이 자랑스러웠다고 언젠가 한번은 꼭 말씀드리고 싶었는데 어찌 그리 미루기만 하였을까. 당신은 먼 길 총총히 떠나시고 유족들은 고인의 유언이라며 부의금조차 받지 않았다.

모 수필 잡지사에서 '내 인생에 감사할 일'이라는 주제의 원고 청탁을 받자 원 교수님이 떠올랐다. 그분은 공주교육대학교 영문과 교수로 재직하였고 ≪하늘 높이 차올린 구두≫ ≪사랑과 미움≫ ≪녹음일기≫ 등 6권의 수필집을 내셨다. 그리고 2005년, 생전에 사재를 털어 '원종린수필문학상'을 만들었다. 당시에 개인이 만든 수필문학상으로는 유일했다. 1회에서 4회까지는 대상 상금 300만 원, 작품상 100만 원을 시상하였고, 5회부터는 대상 상금 500만 원, 작품상 100만 원을 주면서 의기소침한 수필가들에게 힘내라고 용기를 주었다. 2014년에 10회째가 된다. 이 문학상은 주요 일간지 신춘문예에서 수필장르는 아예 뽑지도 않고 문단에서조차 문학으로 인정받지 못해 서자 취급 받는 것이 억울하다고 푸념하는 마음 달래 주었다. 주눅 든 수필가들에게 주는 위로요 서광이었다. 우리 인생사가 빛나 보이는 건 이런 분들의 소리 없는 시혜 때문이리라. 잊지 않는 것만으로 역사가 되고 전설이 되리라. 실로 고마웠다.

1988년에 창간되어 격월간으로 나오던 〈수필문학〉지에서 '원종린 자전에세이'란 제목의 글을 통해 그분을 알게 되었다. 매호마다 연재되던 장편수필이 재미있어서 신문 연재소설처럼 기다리곤 하였다. 글이 소탈하면서 문장이 유려했다. 오 년제 휘문중학 시절, "세상에 너처럼 씨름 잘하는 아이는 처음 보았다."던 체육 선생님의 칭찬도 재미있고 달리기, 배구, 테니스 따위의 여러 운동을 즐기던 이야기가 실감나게 펼쳐져 흥미로웠다. 공주사범학교 재직 시 '미 국무성 초청 파견 교원 선발 시험'에 응시해 낭보를 받기까지의 절묘한 순간과 미국 유학생활의 모습들이 신선하게 위안을 주는 것은 다감한 성격과 성실성에서 비롯된 인품 때문일 것이다. 글을 읽으면 긴장할 것도 없이 기분이 호쾌해지고 마음이 확장되는 느낌이 들었다. 이 년 가까이 되어 에세이 연재가 끝나는 것이 서운해서 전화를 드렸더니 반가워하셨다.

〈현대문학〉 10년 독자에게 부여하는 특전으로 원고 청탁을 받자 감읍하여 쓴 글이 조연현 주간의 마음에 들었는지 추천을 받아 수필의 길에 들어섰다고 환하게 웃으며 얘기하시던 모습이 눈에 선하다. 그 세월 동안 문학지를 구독하였다면 이미 문학인이나 진배없으니 글을 써 보도록 기회를 주었다는 출판사의 이야기도 기분 좋게 한다. 교훈, 설교적인 수필이 주류를 이루던 시기에 솔직, 담백하면서 유머와 해학이 들어 있는 교수님의 글은 발표되는 대로 장안의 화제가 되었다는 말을 다른 분에게서 들었다.

1980년대는 수필인구가 급팽창하던 시기였다. 당시 그분의 글은 대전에서보다 전국 수필가들 사이에서 명성이 높았다. 매년 열리던 수필가협회 세미나에서 글을 읽은 독자들이 교수님 주위로 몰려와서 글을 언급하며 화제로 삼곤 했다. 소위 충청도로 통칭되던 대전이나 충남의 수필가들은 참가 수에서도 열세이고, 기죽을 것까지야 없다 해도 비교적 조용하였는데 충청도 선비로 통하던 그분의 인품과 글의 위상으로 자부심을 가질 수 있었다. '글은 곧 그 사람이다.'라는 말은 그분에게 합당했다. 글뿐만이 아니라 누구에게나 친절하고 따뜻했다.

어느 해, 전남 진도에서 1박 2일 일정으로 세미나가 열렸다. 낮에는 주제발표를 하고 저녁에는 모닥불을 피운 모래사장 잔치

마당에서 수필가들이 손에 손을 잡고 둥글게 원을 그리며 강강술래를 추었다. 잠시 쉬는 틈을 타 부산에서 온 구 아무개 수필가가목에 걸린 내 이름표에서 지역을 보더니 원 교수님에 대해 물었다. 좋은 글은 밝은 눈에 띄기 마련이고 필자도 만나고 싶어 한다는 걸 그때 알았다. 교수님을 찾았으나 어디에 계신지 보이지 않았다. 밤안개 낀 바닷가 노란 달빛 아래 그분의 글에 대하여 이야기 나누던 기억이 새롭다. 진도에서 배를 타고 목포로 오던 두시간 동안 예닐곱 명이 갑판에 앉아 시원한 바닷바람을 맞으며들던 말씀도 그립다. 이태준의 소설에 감동을 받아 소설을 쓰려하였다거나 소설 같은 수필이 더 재미있어 그렇게 써 보려 한다는이야기에 빠져 들던 유쾌한 시간들이 언제 또다시 올 수 있으랴.

좋아서 따르든 비판하며 내치든 문학의 후배는 선배들의 글을읽으며 알게 모르게 영향을 받기 마련이다. 당시, 문단에 겨우발을 들여 놓았던 나는 글을 써놓고 자신 없어 마음만 바작대다교수님을 찾았다. 까마득하게 어린 사람이 여쭙는 대로 조용한말투로 편안하게 용기를 주시던 말씀에 감화를 받았다. 어렵게써도 쉽게 읽히는 글이 좋더라며 젊을 때 부지런히 열심히 쓰라하셨다. 이후로 책에 실린 내 글을 보시면 어떻더라고 전화를 주셨는데 나뿐만이 아니라 모든 분들에게 그리하셨다는 것을 나중에야 알았다.

문학 단체에서 주관한 영결식은 조촐하였다. 둘째 자제분이 답사를 하면서 '원종린수필문학상'은 아버지의 뜻과 어머니의 생각이 모아진 것이라고 배경을 설명하였다. 적지 않은 돈을 쾌척하면서 가족과 상의 없이 하였겠는가마는 그야말로 부창부수라는 말이 어울렸다. 모든 아름다움의 통칭이 꽃이라 한다면 누가 있어 이렇게 아름다운 위안의 꽃을 피울 수 있으랴.

원 교수님은 평생 문학에 순정을 바치고 후배들의 위상을 높여 준 충청인의 기개요 자존심이라고 말하고 싶다. 해마다 봄이면 들판에 꽃이 피어나듯 유월이면 그분을 기억하는 수필가들의 가슴에 수필꽃도 만개하여 향기를 전할 것이다.

무더운 여름, 시를 읽으며

"좋은 시는 독자로 하여금 시인을 그리워하게 한다."라는 글을 읽고 공감한 적이 있다. 어떤 사람이기에 이런 생각을 했을까, 얼마나 예민한 감각을 지녔기에 이런 시를 다 썼을까에 생각이 닿으면 사람인 것이 고맙고, 나를 위해 시를 쓴 것만 같아 시인이 그리워지기 마련이다.

'이야기할머니' 교육을 받던 중 안동 하계리에 있는 이육사문학관에 갔다. 그곳에서 뜻밖에 연세 지긋하신 이육사 시인의 따님을 만났다. 이육사 탄생 100주년 기념으로 나온 ≪청포도≫ 시집을 사서 시인에게 사인을 받듯 따님의 사인을 받았다. 이옥비(李沃非)라는 이름은 남에게 베풀며 살라는 뜻으로 아버지께서 지어 주셨다고 했는데 그분의 모습 또한 애잔했다.

민족시인으로 상징되는 이육사는 고등학교 교과서에 〈청포도〉와 〈광야〉라는 시가 실려서 많은 사람들이 애송하고 있다. 많이 알려진 시라서 새삼 설명할 필요도 없지만 처음 느낌은 아직도 생생하다.

"… 이 마을 전설이 주저리주저리 열리고/ 먼 데 하늘이 꿈꾸며 알알이 들어와 박혀 …"라는 구절에 매료되어 시를 외웠다. 청포도가 주렁주렁 열린 것을 시인은 그렇게 표현했다. "하늘이 꿈꾸며 알알이"라는 말에 가슴이 설렜다. 청포도 연록의 투명한 속살이 하늘의 꿈으로 영글어 마음 안에 들어와 박히면 풋풋하고 싱그러웠다. 서정시 그대로이든 해방을 염원하는 상징으로의 시든 어린 가슴을 뭉클하게 했다. 청포도 과육이 달콤새콤한 미각으로 전이되면 더없이 행복했다. 시 하나에 불 켠 듯 머릿속이 환해지고 과일 하나의 풍미가 천하를 얻은 듯 기쁨을 주었다. 확장되는 마음 안에 희로애락이 숨 쉬고 있음을 새삼 말해 무엇하리. 우리 삶이 어찌 보면 별 거 아닐 수도 있으나 대단하다는 생각이 드는 연유인 것이다. "… 내가 바라는 손님은 고달픈 몸으로/ 청포(靑袍)를 입고 찾아온다고 했으니…" 국어시간이면 광복을 염원하는 지사들의 마음을 은유적으로 표현하였다는 말을 귀에 못이 박히도록 들으며 자란 세대인데도 그랬다.

시를 쓰게 되는 나이가 따로 있으랴만 시인은 비교적 늦게 30세부터 시를 쓰기 시작하여 40세에 생을 마칠 때까지 시를 썼으나 시의 의미는 넓고 깊다. 10년 남짓의 세월 동안 그와 어울려 지낸 신석초 시인은 〈이육사의 인물〉이라는 글에서 말했다.

"그의 겸허한 얼굴은 언제나 폭풍 앞의 정적과 같은 고요를 지니고 있었다. 그 혼의 불꽃을 그는 시로 불태웠다. 그가 서거한 후 아우가 수습한 유고 〈광야〉는 신어(神語)이고 바로 그 혼의 불꽃의 결정이다. 옛날부터 천재적인 시인은 죽기 전에 절명시(絶命詩)를 남긴다고 한다. 광야는 절명시의 느낌이 있다. 이것은 벌써 인간의 소리가 아니다."

　중국 북경 감옥에서의 수인번호 264를 필명으로 사용한 이육사는 퇴계 이황 선생의 14대 손으로 본명은 이원록이다. 항일 투쟁 운동으로 감옥에 갇혔다 풀렸다를 17번이나 반복하다가 북경 감옥에서 순사(殉死)했다. 자신의 죄수 번호를 호로 삼을 만큼 그에게는 여유와 풍류가 있다고 어느 시인은 말하였으나 수인번호를 그대로 이름으로 사용한 것이 젊을 때 나는 이해되지 않았다. 민족 시인으로 불리게 된 것도 사후의 일이고 보면 당시야 모진 학대와 고문으로 이어지는 감옥살이가 자랑스러울 수는 없잖은가. 자신의 생각과 정체성을 당당히 표현하고 주지시킬 줄 아는 용기는 어디서 비롯된 것이며 어찌하여 가능한 것인가. 그만큼 자신의 생각과 행동이 옳고 떳떳하다는 뜻으로 읽힌 것도 훨씬 후의 일이다.

　한 사람의 일생을 더듬다 보면 안타깝고 아쉬운 마음이 들기도 한다. 특히 일제 강점기의 우리나라 지식층은 힘든 세월을 살았다. 늘 감시의 눈길을 느껴야 했고 행동에 제약을 받았으니 제대로 살기가 힘겨웠다. 그러기에 구국의 일념으로 뜻있는 젊은이들이 중국으로 건너가 민족의 독립을 위해 애썼다. 이육사 개인으로 보면 정절과 지조와 선비의 고장 안동에서 나고 자라 제 나라 제 민족에 대한 긍지와 자부심이 대단했다. 이미 옳은 일에 마음을 바쳤기에 아까울 것 없다 하였으나 조상의 봉제사를 위해서 고향에 왔다가 일제에 붙잡혔다는 것은 안타깝기 짝이 없는 노릇이다. 해방을 몇 달 앞두고 옥사한 일 또한 그렇다.

　이육사 시인의 따님은 우리를 안내한 측에서 미리 말씀드려 모셨다고 했다. 아버지에 대하여 방문객들에게 비교적 소상히 말하였다. 위로 오빠와 언니는 어려서 병으로 세상을 떠나고, 아버지는 세 살 때 돌아가셔서 기억에 없지만 어머니를 모시고 살아서 얘기를 들을 수 있었다. 어머니는 혼자 아이를 키우며 잘못될까 봐 몹시 엄격하였다. 아버지 형제는 육 형제였는데 동기간에 우애가 각별했다. 삼촌들이 오시면 당신을 끌어안고 통곡 하셨다며 애틋해했다. 아버지는 감성이 섬세해서 새벽부터 식구들을 깨워 산자락의 유연함과 산빛의 아름다움을 보라 하셨다. 깔끔하고 멋쟁이인 아버지는 외출하고 돌아오면 바지를 요 밑에 깔고 주무셨다. 예전에는 온돌방이었기에 요 밑에 바지를 깔고 자면 방바닥의 열기로 바지선이 다림질한 것처럼 줄이 섰다. 아버지가 워낙 많이 알려진 분이라 부담스러워 여학교 때는 평범한 아버지와 함께 오래 살았으면 좋겠다고 생각했단다. 키는 자그마하나 일흔 넘은 노인의 목소리는 젊고 힘 있으며 빨랐다. 민족시인의 유일한 혈육이라는 분의 말씀을 듣는 감회가 새로웠다.

결빙의 시대에는 제 나라 제 글자도 마음대로 쓰지 못하고 숨죽여 살아야 했으니 어디에 하소하리오. 그래도 "… 북쪽 툰드라에도 찬 새벽은 눈 속 깊이 꽃 맹아리가 옴작거려…." (이육사 〈꽃〉 중에서) 시는 이렇듯 살아남아 우리 곁에서 꽃을 피우고 있다. 〈절정(絶頂)〉 〈파초〉 〈편복(蝙蝠)〉의 시를 읽으며, 시인의 생각과 사상에 젖어들며 한없이 기껍다. 생각을 행동으로 옮겨 우리나라의 독립에 한 줌 밑거름이 된 시인, 고맙고 서슬 푸른 시의 기개가 가슴을 울린다.

염천의 하늘 아래 포도알은 탱글탱글 여물어 가고 불우한 시대를 살다 간 선인의 시를 읽으며 무더운 여름을 살아낸다.

하롱베이에서의 아리랑

    천년의 역사를 품고 있다는, 세계 최대의 석조사원인 캄보디아 앙코르와트 유적지를 보러가던 중이었다. 우기가 지나서 관광하기 좋은 철이라더니 각국에서 온 사람들이 밀려가듯 걸어가고 있었다. 하늘이 보이지 않게 밀밀히 우거진 열대림과 습습한 열기 속에서 땀은 등줄기를 타고 내렸다.

    앞사람을 따라 바삐 걷는데 난데없이 〈아리랑〉 노랫소리가 들려왔다. 이국의 숲길에서 들려오는 낯익은 소리가 의아해 걸음을 멈췄다. 낯선 그 나라 현악기와 우리나라 북 비슷한 타악기는 그대로 아리랑의 음률을 짚어내고 있었다. 특유의 애절한 음색 때문이겠으나 마르고 검은 얼굴의 이방인들이 연주하는 아리랑은 다분히 애조를 띠었다. 자세히 보니 얼굴엔 미소를 지었으나 연주하는 사람들이 예사 사람들이 아니어서 눈을 똑바로 바라볼 수 없었다. 앞서가던 가이드가 되돌아와 설명해 주었다.

자연산 벌꿀을 채집하러 산에 들어갔다가 꿀은 따지도 못하고 지뢰를 밟아 다리를 잃은 사람들이다. 까무잡잡하고 남루한 행색으로 두 다리가 없거나 의족을 한 채로 앉아 있다. 산에 있는 천연 꿀통을 따기만 하면 한 달을 살 수 있는 수입원이니 그 유혹을 떨치기 어려워 나섰다가 화를 당한 것이다. 전쟁의 잔재가 아직도 복병처럼 언제 터질 줄 모르고 상흔은 여전히 그곳에 존재하고 있었다. 정부에서는 그들의 호구지책으로 관광객들을 상대로 도움을 받으라고 허락해 주었다는데 음악을 연주하고 자선을 유도하는 이국의 풍물이 애틋했다. "1달러만 도와주세요." 앞에 놓인 판자에는 여러 나라 글자로 쓰여 있었다. 한국 사람들이 지나가면 아리랑을 연주하고, 일본 사람들이 지나가면 일본 음악을 연주하고, 중국 사람이 지나가면 중국 노래를 연주한단다. 몹시 시끌벅적거리며 지나가면 중국 사람들이고 깃발을 보며 앞사람만 따라가면 일본 사람들이고 한국 사람들은 비교적 자유롭게 움직인단다. 물론 서양 사람들도 많이 눈에 띄지만 그만큼 우리나라 사람들도 많이 찾아온다는 말이다. 잠시 스쳐 지나가는 인종을 구별하는 그들의 방법이 재미있다고 생각했으나 끝까지 그들의 연주를 들을 시간은 없었다.

아리랑 노랫소리를 들으니 전날 관광을 한 베트남 국립공원 하롱베이에서의 일이 무연히 떠올랐다. 1,900여 개의 크고 작은 섬들이 그림처럼 앉아 있는, 너무도 잔잔하여 바다라기보다는 호수

같은 그곳은 유네스코 세계자연유산으로 등재되어 있다. 초록빛
바다와 섬들로 어우러진 절경은 세계인들의 휴양지로 찬사를 받
으며 영화 ≪인도차이나≫와 ≪굿모닝 베트남≫의 배경이 되기도
하였다.

　하롱은 하늘에서 용이 내려왔다는 뜻이다. 전설에 의하면 주변
국들이 자꾸 쳐들어오자 하늘에서 한 무리의 용들이 여의주를 물
고 내려와 터뜨려 침략군들을 물리치고 그 조각들이 모두 섬이
되었다는데 과연 일부러 만들어 놓은 조형물처럼 섬들이 아기자
기하며 아름다웠다. 멀리 보이는 섬들이 담채화처럼 고졸하고 옻
칠한 것 같은 자줏빛 목선(木船)이 주위의 풍광과 어울려 제법 운
치를 자아낸다.

　활어회와 해물 반찬으로 점심을 먹고 얘기꽃을 피우며 얼마 동
안 꿈같은 시간을 보냈다. 그런데 잠시 후, 가이드는 협곡 같은
해로가 나타나는데 우리가 탄 배는 커서 들어갈 수 없으니 작은
배로 옮겨 타야 한다고 말했다. 우리는 잠금 장치도 시원찮은 주
황색 구명조끼를 옷 위에 입고 두 대에 나누어 스피드보트를 탔
다. "살아서 돌아오세요." 가이드가 배에 타지도 않고 농담인 듯
큰 소리로 말하며 손을 흔들었다.

　정작 보트가 속력을 내며 질주하자 갈기세운 바람이 얼굴을 잡
아 뜯을 듯 달려들었다. 일행 중 젊은이들은 스릴 만점이라는 듯
탄성을 지르며 좋아했으나 기껏 열 명이 탄 동력 보트는 창파에

뜬 일엽편주였다. 직사광선은 인정사정없이 내리쬐어 얼굴에선 땀이 비오듯 했다. 배 타기 전에 나누어 준 챙 넓은 고깔모자가 달아날까 봐 손으로 부여잡으며 떨리고 무서운 생각이 들었다. 뱃전에 부서지는 물보라가 선체를 뒤집을 듯 위협적으로 다가오자 갑자기 고장이라도 난다면 어쩔 것인가, 노파심이 똬리를 틀었다. 웃으며 던지던 가이드의 한마디도 목에 걸린 가시처럼 마음에 걸렸다. 여차하면 하나라도 살아남아야지, 내가 탄 배로 마지막에 남편까지 올라타서 불안했으나 그것도 순간이었다. 망망대해에 송곳 같은 시선을 꽂으며 모쪼록 아무 일 없기를, 무사히 돌아갈 수 있기를—, 절로 기도가 나왔다.

그때 어디선가 아리랑 노랫소리가 들려왔다. 반사적으로 고개를 돌렸다. 배의 후미에 서 있던 앳된 젊은이가 맑고 경쾌한 음색으로 휘파람을 불고 있었다. 그러자 누가 먼저랄 것도 없이 화답하듯 일행은 가락을 따라 노래를 불렀다. 음악은 만국의 공통언어라는 말이 실감났다. 노래의 힘일까, 이상한 전이였다. 무색하리만치 긴장이 풀리며 나도 모르게 따라 부르고 있었다. 어느새 유속을 줄인 배가 굴속 같은 뱃길을 지나고 있었다. 그제야 아늑하고 유려한 비경이 눈에 들어왔다. 돌연 여반장 같은 마음을 들킨 듯 쑥스러웠다.

엿새 동안의 여행은 꿈같이 끝났다. 일정에 따라 바삐 움직이다 보면 바로 어제 일도 잊게 되는 것이 패키지여행이라지만 조수로 보이던 그 젊은이가 휘파람으로 부르던 아리랑 노래를 들은 것이 오래전 일인 듯 아득하다. 1달러면 하루치의 끼니가 해결된다던가, 생업으로 나선 젊은 그가 1달러를 원하며 노래를 불렀는지, 불안한 우리를 위해 객기로 불렀는지 알 수 없다. 아무튼 무섭고 불안하던 마음 달래 주었던 것은 사실이다. 언제 우리가 앞일까지 내다보며 살겠느냐, 변명한다 해도 고마움은 무엇으로든지 표했어야 했다. 물결처럼 빠르게 흘러가는 세월 속에 언제 또다시 그곳에 갈 수 있으랴. 간다 한들 너를 만날 수 있으랴. 새삼 산다는 것이 고마워 늦은 밤 홀로 아리랑이나 불러본다.

오렌지빛 머플러

물건을 사고 나서 나중에 보면 살 때보다 훨씬 더 좋을 때가 있다. 갖고 싶은 물건을 샀을 때의 기쁨은 말할 것도 없지만 가격 대비 만족도를 생각할 때 가격 그 이상의 가치가 있거나 마음에 쏙 들면 뜻밖의 횡재처럼 기쁘기 마련이다.

캄보디아에서 앙코르와트 사원을 보러 나섰다. 관광을 나설 때는 버스로 이동하는데 타고 내릴 때면 어디서든 행상들이 달려들었다. 알록달록 고운 나무 팔찌를 들고 1달러를 외치는 아이들과 실크 머플러 뭉치를 둘러메고 다가오는 여인들은 어디든 있었다. 염색물이 빠질 수 있으니 살 때 조심하라고 가이드가 알려 주었지만 옷이나 수공예품이 조악하고 유치해서 살 만한 물건도 없었다.

그런데 어딘가로 이동할 때 물빛 고운 오렌지빛 머플러가 눈에 들어와 이천 원을 주고 샀다. 에어컨 때문에 버스 안이 선득해서 몸에 두르다 물색이 빠지면 버리려고 했다. 마침 오렌지빛 체크남

방셔츠에 검정바지를 입고 있었으니 머플러가 잘 어울린다고 일행들이 한마디씩 하였다. 녹색의 열대림 속에서 그 빛깔은 주위를 환히 밝히며 화사하게 돋보였다. 색깔에 굳이 성격을 붙여본다면 오렌지빛깔은 명랑 쾌활하다 하겠으나 우아한 아름다움도 있어 나는 이 빛깔을 좋아한다.

정작 머플러를 살 때는 몰랐는데 펼쳐 보니 오렌지색 실크 바탕에 황금색으로 앙코르와트 사원을 섬세하게 직조하였다. 세계 7대 불가사의 중 하나라는 사원이 이미 캄보디아를 상징하는 상품으로 자리매김한 것 같았다. 긴 머플러 양쪽에 짠 사원 문양이 제자리에서 약간 밀려 내렸을 뿐 형태는 그대로였다. 그래서 상품 가치가 떨어졌는지 모르지만 실크의 부드러움과 천연섬유의 짯짯한 힘이 느껴져 피부에 닿는 감촉은 그지없이 좋았다. 그제야 이곳이 뽕나무가 자라기에 적합한 토질인지라 누에를 많이 길러 실크를 주로 생산하는 국가라는 생각이 났다. 나중에 실크용 세제로 빨았더니 물도 빠지지 않고 윤기가 났다.

12세기 전에 부족을 장악하고 있던 크메르제국이 왕궁과 신전을 하나로 여기고 세운 앙코르와트는 천년의 역사를 품고 있는 석조사원이다. 파인애플모양으로 솟아오른 다섯 개의 석탑이 명성에 걸맞게 의젓하고 장중하며 독특한 아름다움으로 세계인들을 불러 모으고 있다. 바라보는 것만으로 경건해지고 감동이 차오르는 것은 축조하느라 애쓴 수많은 사람들의 정성이 마음에 전이되기 때문일 터이다. 사원을 쌓느라 인력과 경제력을 너무 많이 쏟은 탓인지 이웃 나라에게 빼앗기고 수도도 프놈펜으로 옮기는 바람에 방치되었던 사원은 크메르족의 영화와 함께 밀림 속에 묻히고 말았다. 그러다 수백 년이 지난 1980년에 프랑스의 박물학자가 밀림 속을 헤매다가 발견하여 세상에 알려졌다. 사원에 쓰인 그 많은 사암은 어디서 났으며 도대체 어떻게 쌓아 올렸단 말인가. 그냥 축조한 것이 아니라 돌마다 조각을 한 것 또한 신기했다. 아직도 지뢰가 땅 곳곳에 묻혀 있으니 접근이 어려워 그런 사원이 얼마나 더 있는지 여전히 알 수 없다고 한다.

참배하러 온 백성들이 보고 깨우치라는 뜻으로 수십 미터에 이르는 사원 벽면에 건국신화나 역사적 사건을 벽화로 새겨 놓은 솜씨 또한 정교했다. 전쟁터의 모습을 재현한 군인들의 복식이나 승리의 기쁨을 환호하는 왕들의 표정이나 묘사가 천 년 전의 솜씨라기엔 너무도 생생했다. 뽕나무를 묘사한 단순미는 지금의 안목으로도 격조가 있으며 한두 사람의 솜씨가 아닌 듯 방대한 규모의 오밀조밀한 섬세함에 감탄이 절로 나왔다. 극히 일부분만 스치듯 보는데 자세히 다 보려면 얼마를 더 돌아야 하는지, 회랑을 지나 미로 같은 방을 수도 모르게 지나니 현실감 없이 아득해지는 느낌이었다. 신께 나아가는 길 어찌 감히 서서 걸어 오르겠는가. 층계는 가파르고 발 디딜 수도 없이 폭이 좁아 꼭대기에 오르려면 층계를 손으로 짚으며 기어올라야 하니 자연히 고개는 수그릴 수밖에 없다. 자칫 한눈팔다가는 굴러 떨어지기 십상이다.

신에 대한 경외심이나 왕에 대한 충정이 아니라면 이리 엄청난 일은 가능치 않았을 것이다. 인간의 지극함이 하늘에 닿아 불가사의한 일로 조물주의 위대함이 드러난 것은 아닐까. 하늘을 뚫을 것 같은 승리의 기쁨도 땅이 꺼져 버릴 것 같은 패배의 슬픔도 절대자의 도움 없이는 불가능하다는 진리를 깨달은 자들이 돌덩이를 쪼아 생명을 불어넣었을 것이다. "천년도 당신 눈에는 지나간 어제 같고, 하룻밤 숫막 같다"는 노래가 절로 흥얼거려졌다.

돌덩이에 얼굴, 귀, 다리, 엉덩이를 쪼고 다듬은 돌 수십 개를 퍼즐처럼 맞추어 코끼리 형상을 만들고 일곱 개의 머리가 달린 뱀의 조상(造像)이나 힌두교 신화에 나오는 압살라 무희들의 부조들은 저마다의 사연을 품고 제자리를 지키고 있다. 비바람에 떨어지고 세월에 풍화되어 발에 채이듯 뒹구는 이끼 낀 돌덩이조차 예사로 보이지 않는다. 유적지 한쪽에서는 현대의 지혜를 모은 보수공사가 한창이고 여전히 전 세계에서 관광객들이 날마다 물밀 듯 밀려오고 있으니, 천 년 전 크메르족의 영화(榮華)뿐만이 아니라 지금 우리 인류의 영화도 함께 보여주고 있다는 생각이 들었다. 이런 경이로움은 나무와 사원이 공존하는 소위 나무 사원이라 하는 타프롬사원을 돌아볼 때 더했지만 보아 주고 인정해 주는 사람들이 있기에 건재할 것이다. 저녁에는 무희들의 춤과 노래로 벽화의 내용을 각색하여 재현한 《스마일 앙코르》라는 뮤지컬을 관람

하며 다시 한 번 크메르족의 역사를 상기하였다.

"작년에 왔었는데 이번에 또 왔어요."

공연장을 함께 나서던 젊은이가 앙코르와트가 보고 싶어서 올 휴가에 다시 찾아왔다며 밝게 웃는다. 젊은이를 매료시킬 만치 앙코르와트는 분명 매력 있는 유적지이나 그의 열정과 자유가 부럽기 짝이 없다. 캄보디아의 지나간 역사가 화려하고 대단하더라도 장중한 사원의 선 굵은 조각이나 섬세한 벽화가 아무리 보고 싶다 해도 이웃집 나들이 가듯 갈 수는 없잖은가.

언젠가 그날의 일들 생게망게하게 떠오르면 오렌지빛 머플러 목에 두르고 주변 숲이라도 찾아들어야겠다. 추억은 얼마나 대견하고 아름다운가. 삶은 얼마나 풋풋하고 정겨운가. 노변 정담이라도 나누어야겠다. 그때에는 누구라도 그대가 되어주시길-.

꽃수를 놓는다

작은 어른

　아기가 자고나서 방그레 웃는 웃음은 꽃이다. 달밤에 벙싯 피어나는 박꽃이다. 초봄의 아침 햇살이며 이슬방울이다. 선이며 행복이다. 아기를 껴안으면 몸에서 달착지근하고 새콤한 향내가 난다. 아기는 비할 데 없는 선물이다.

　손자 장우는 생후 일곱 달이 되었다. 젖도 먹고, 우유도 먹고, 하루 한 차례 이유식을 먹는다. 젖이나 우유를 먹을 때는 열심히 젖꼭지를 빨아서 얼굴이 발그레하고 볼우물이 생긴다. 힘이 드는지 이마에 작은 땀방울이 솟으며 얼굴이 촉촉해진다. 눈은 꼭 엄마를 바라본다. 말하지 않아도 엄마가 저를 바라보는가 주시한다. 젖꼭지를 떼고 등을 두드려 주면 소리 내어 웃으며 끊임없이 몸을 움직인다. 발을 쭉쭉 뻗기도 하고, 몸을 휘딱 뒤집으며 수없이 팔을 내두른다. 엉덩이는 젖살이 올라 토실토실하고 장딴지는 통통하다. 기저귀를 갈아주는 동안도 가만히 있지 않고 제 발가락을 빨거나 만진다. 스스로 움직이며 성장하려고 부단히 노력한다. 아기 속에는 밀며 끌며 애쓰는 보이지 않는 손이 있다. 아기를 보며 엄마와 아빠는 아기가 잘 자라도록 도와줄 뿐이구나, 제 아이라 하여 제가 키운다고 말할 것은 아니구나, 생각하게 된다.

보행기처럼 생겼으나 스프링이 달린 놀이기구에 앉혀 놓으면 발을 팔짝팔짝 구른다. 놀이기구는 발을 구르는 대로 돌아가며 다른 모양의 장난감이 나타난다. 나비를 건드리면 동요가 나오고, 새를 건드리면 날갯짓이 들린다. 나뭇잎도 흔들리고 잠자리도 난다. 그러다 팔짝 뛰기도 하는데, 잘한다! 잘한다! 응원해 주면 더욱 힘차게 구르며 특유의 얼굴 표정을 짓는다. 이쁜짓! 소리치면 다시 한 번 반복한다. 알아듣고 반응하는 지혜와 소양은 누가 가르쳐 주었나.

손에 닿는 것은 무엇이나 입으로 가져가 물고 빤다. 잇몸이 근질근질한지 물고 잡아당긴다. 이가 솟으려나 보다 살폈더니 아랫니 하나가 새순처럼 올라왔다. 단단하며 탄력 있어 입으로 물기에 제격인 과자 모양의 장난감을 손에 들려주자 잇몸으로 물어뜯으며 즐긴다. 가지고 놀다 바닥에 떨어뜨려도 그뿐, 주우려 하거나 달라고 떼쓰지 않는다. 초월한 듯 무심하다.

엄마와 까꿍놀이를 하며 까르르, 그 웃음소리로 방 안이 환하다. 건드리면 노랫소리가 나온다는 것을 아는지 장난감 피아노 건반을 투덕거리며 혼자서 논다. 장우야! 내가 부르면 고개를 돌리고 소처럼 씩- 웃는다. "네가 장우니?" 하고 물으면, 할머니는 알면서 뭘 자꾸 물어보세요? 하는 표정으로 일별하곤 천연스레 하던 놀이에 집중한다. 그리곤 텔레비전에서 나오는 '뽀로로' 동요에 눈을 반짝인다. 너무 집중하니까 제 엄마가 얼굴로 시선을 막으면 반대편으로 머리를 돌린다. 그것이 재미있어 이쪽저쪽으로 시선을 방해해도 짜증내거나 소리 내지 않고 제 시선을 돌린다. 그 모습이 귀엽다고 엄마는 깔깔대지만 개의치 않는다. 이때는 엄마가 아기 같고, 아기는 무념무상의 도인(道人)같다.

양수 속에서 살다나와 그렇다지? 목욕물에 담그면 더없이 좋아한다. 목욕을 끝내도 나오려 않고 물장난을 즐긴다. 눈에 물이 들어가고 수돗물을 먹으면 어쩌냐고 엄마는 걱정이지만 손으로 물을 탁탁 치며 그렇게 신이 날 수 없다. 새 옷으로 갈아입혀 놓으면 뽀얀 얼굴이 한결 자란 것 같다. 그러다 슬그머니 엄지손가락이 입으로 들어가고 손가락을 빨기 시작하면 은행 껍질 같은 눈꺼풀에 오소소 졸음이 내려와 있다. 이게 어디서 놀다온 무언가 현미경을 들여다보듯 관찰해도 보이지 않는다. 앙앙 소리를 내지만 소리에 힘이 없고 크지도 않아 토닥토닥 등을 두드려 주면 잠이 든다. 근심 없이 유유자적하는 나그네 모습이다.

1920년대에 방정환 선생이 어린이잡지를 만들며 아이에게 어린이라는 말을 쓰기 시작했다고 한다. 근대화가 시작되기 전에 어린이는 '작은 어른'이었다. 아직 자라지 않은 어린 사람이니 노동을 할 수 없는 작은 사람이라는 뜻이다. 농경시대를 살아오며 노동력으로 사람의 가치를 셈하던 시절의 표현 방법이라 할 수 있다.

아기 손바닥만 해도 그렇다. 단풍잎같이 작은 손바닥에 손금이 또렷하게 그어져 있다. 쏙쏙 내민 손가락에 싸라기 같은 손톱이 붙어 있는 여리디여린 하얀 손이 어른 손과 비교해서 작을 뿐이지 형태와 모양은 그대로 아닌가. 엄마 뱃속에서 나온 자그마한 몸이 섭생과 끊임없는 움직임으로 어른이 되듯 아기 정신 속의 맑고 향기로운 마음이 자라 지혜롭고 너그러운 어른이 되는 것이다. 조물주가 창조하신 인간 본연의 순수한 마음을 지닌 어린이, 작은 어른인 것이다. 그러나 미처 자라기도 전에 오염된 환경에 노출되어 순수한 마음이 변질되고 성장 과정에서 상처를 주고받는다.

우리는 작은 어른으로 세상에 와서 달덩이처럼 환한 얼굴로 누구에게나 순진무구한 웃음을 별빛처럼 뿌려 주었다. 무량의 기쁨을 주었다는 사실이 무량의 기쁨으로 다가온다. 오감으로 나타나는 아기에게서 희로애락을 초월한 성자의 모습을 본다. 인류가 계속되는 한 새사람은 언제나 우리에게 안겨지므로 절망하지 않고 속진(俗塵)의 세상을 살아갈 수 있는 것 아닌가. 작은 어른이 위안인 까닭이다.

녹슨 숟가락

부엌 찬장에는 작은 숟가락 세 개가 있다. 찻숟가락보다 조금 크고 모양이 앙증맞은 이것은 우리 집 아이들이 아기 때 밥을 먹던 것이다. 끝부분이 조붓해서 아기 입에 드나들기 좋고, 손잡이는 법랑 흰 바탕에 파란 꽃무늬를 놓았으나 무늬가 벗겨진 것도 있어 세월의 흔적이 느껴진다. 몇 차례 이사를 하면서 묵은 살림을 버리기도 하였으나 이것은 차마 버릴 수 없었다.

첫돌 지난 아기들의 몸짓 말짓 어느 것 하나 이쁘지 않은 것이 있으랴. 이때쯤이면 자립심이 생겨 아무거나 짚고 일어서다가 걷고 혼자 밥을 먹으려고 엄마 손에서 숟가락을 빼앗기도 한다. 아기 때부터 깔끔하고 꼼꼼한 맏이는 숟가락질도 일찍 배우더니 밥도 흘리지 않고 혼자 잘 먹었다. 순하고 조용한 둘째는 여자 아이라 그랬을까, 혼자 밥 먹기 시작해서는 가끔 밥알을 세듯 입에 넣으며 작은 입을 오물거렸는데 밥 한 알씩 집어내는 일이 딴에는 재미있어 즐긴 듯싶다. 먹성 좋던 막내는 숟가락질도 푸짐하고 아무거나 잘 먹었다. 먹여주는 반찬이 시원찮으면 제 손으로 덥석 음식물을 입으로 가져가 우물거렸는데 그 동작이 어찌나 날래고 잽싼지 식구들 모두 한바탕 웃기도 했다.

유물이라기엔 보잘것없지만 언젠가 아이들에게 무언가 주고 싶을 때 이걸 주리라 생각했다. 제 논에 물 들어가는 것과 자식 입에 밥 들어가는 것이 세상에서 제일 좋다는 어미지만 요즘 세상에 끼니 굶을까 봐 그런 건 아니고 아이들 어릴 때 기억이 상기도 기쁨을 주기 때문이다. 우리 아이들이 아니면 누릴 수 없었던 행복감이라면 말이 될까. 자네도 요걸로 밥 먹던 작은 사람일 때가 있었지, 우리에게 무한한 설렘을 주곤 하였다네, 꿈같은 이야기 전하며 건네주고 싶었다. 결혼할 때 줄 걸 그랬나, 그렇다면 타이밍을 놓치고 말았지만 기회는 얼마든지 있을 것이다.

고샅 돌담에는 넝쿨장미가 제풀에 겨워 이울고, 뒤란 우물가 앵두나무에서 혼자 익어 떨어지는 앵두 지천일 무렵이면 소리 없이 첫여름이 찾아온다. 마전하려 널어 논 빨랫줄에는 하얀 기저귀 깃발처럼 펄럭이고, 유록으로 번진 녹음 더욱 짙어지면 고요 속의 불안처럼 그날이 있었다.

6·25가 발발한 지 60주년이 되어 정부에서는 미국과 캐나다에 살고 있는 참전 용사들을 초청하였다. 홍안의 젊은이들이 허리 굽고 주름진 백발의 노인이 되어 우리나라를 찾아왔다. 전쟁으로

폐허가 되어 절망스럽던 코리아, 여기가 바로 그곳이었던가, 믿어지지 않는다는 듯 시가지를 둘러보며 회한에 잠긴다. 초토화되었던 불모지의 땅, 피난 떠난 사람들로 서울은 동굴처럼 휑 하니 비었고 전쟁 고아들만 벗은 몸으로 울부짖으며 사지를 헤매고 있는 비극의 현장을 텔레비전에서는 영화의 한 장면처럼 보여 준다. 기억 속의 한국과 눈에 보이는 현실의 간극이 너무도 엄청난지 어리둥절한 표정이다. 젊은 날 목숨을 내놓고 싸웠던 일들이 헛되지 않았노라 기꺼워하고 있다.

한 노병이 경기도 격전지를 찾아 회상하고 있다. 밀고 쫓기며 생사를 넘나들던 전투 현장에서 함께 싸우던 전우가 총탄에 쓰러졌으나 퇴각하느라 슬퍼할 겨를도 시신을 거둘 새도 없이 떠나오게 되었다. 어쩔 수 없는 일이었다 해도 젊은 그에겐 평생 짐이었으리라. 혼자만 살아온 세월이 미안하여 사진을 들여다보며 울먹인다. 비상식량마저 떨어지고 쫓기는 신세가 되어 기진맥진 숨어든 화전민 움막에서는 식구들이 저녁을 먹고 있었다. 꾀죄죄한 행색의 패잔병 몰골을 보고 물을 것도 없이 앉으라며 주인은 손에 숟가락을 쥐어 주었다. 굶고 지친 이방인에게 먹을 것을 권하던 산속 순박한 사람들은 그에게 생명줄이었다. 그는 기운을 차리고 다시 걷고 걸어 아군을 만날 수 있었다며 하얀 손수건에 싼 숟가락 하나를 펼쳐 보여준다. 세월의 흔적인 듯 푸르스름하게 녹이 슬었다. 살아오면서 어려운 고비마다 이것을 꺼내 보며 힘을 얻었노라고, 그때를 떠올리며 이겨 낼 수 있었노라고 눈물 글썽인다.

그에게 숟가락은 험난한 산길 지팡이었고, 어둔 밤길 밝히는 등불이며, 망망대해 헤치는 등대가 아니었을까. 그러기에 아직도 그것을 보물처럼 간직하고 있었을 것이다. 전쟁의 상흔은 젊은 가슴에 전각처럼 뚜렷하게 고통을 새기지만 이렇듯 아름다운 이야기도 채문처럼 간직하여 우리에게 인생을 이야기하고 있다. 요즘 세상은 굶주림에 목숨 잃지 않더라도 견딜 수 없는 정신의 고통은 누구에게나 있을 것이다. 고비만 잘 넘기면 언제 그랬냐 싶게 편안한 일상이 펼쳐지고 더러는 잊기도 한다.

우리 아이들 작은 숟가락이 어린 시절의 상징이듯 녹슨 숟가락은 벽안의 젊은이들이 목숨을 담보로 이국의 전쟁터를 누볐던 젊음과 패기, 박애의 상징은 아닐까. 유월의 신록처럼 짙푸른 한때의 젊음이 대견해서, 전우를 잃고 혼자만 살아온 굽이굽이의 세월이 미안해서, 산속 화전민 밥 한 술의 인정에 목이 메어 60여 년 세월 동안 그는 보잘것없고 볼품없는 숟가락 하나를 훈장인 양 가보처럼 간직해 온 것은 아닐까.

사연 없는 인생이 어디 있으며 까닭 없는 사물이 어디 있겠는가. 너와 나, 삼라만상에 존재하는 모든 것들 사연이고 까닭인 것을…. 밥 먹는 도구로서의 숟가락 하나가 새삼 천지를 싸안는 보름달처럼 크게 보인다.

어디 정령들뿐이랴

"아이들 마음속 우주에는 온갖 정령(精靈)들이 살고 있다."

책을 읽다 보니 이 구절이 무척 흥미롭게 다가왔다. 끊임없이 움직이는 아이를 보면서 부단히 애쓰고 있는 알 수 없는 손길, 조력자를 감지하고 있었는데 마음을 우주 공간으로 본 것이나 조력자를 온갖 정령들이라 표현한 것이 공감이 되었다. 아이는 연거푸 움직이면서 궁리가 생기고 작은 소리에도 민감하게 반응한다. 오감의 정체를 느낌으로 알 수 있는데 그 정령들에 의하여 몸과 마음이 자란다는 말이 꽤 설득력 있게 들렸다.

장우는 생후 십 개월된 사내아기다. 궁금한 것이 많아 온 집 안을 가리지 않고 기어 다니며 참견한다. 장식장 서랍을 빼놓고 긴한 물건이라도 찾는 양 손에 잡히는 대로 공중으로 휙휙 집어던지는 폼이 마술사의 손놀림처럼 재빠르다. 못하게 하거나 손에 든 것을 빼앗으려면 소리를 지르며 뻗대는 힘이 여간 아니다. 비장의 에너지가 솟구치는 느낌이다. 가위, 문구용 칼, 약봉지 따위의 일상용품이 아이에게는 해로운 것뿐이니 서랍마다 모두 접착 테이프를 붙여 놓았다. 테이프를 떼려다 그만두고 손잡이를 잡고 서서 놀다가 다리에 힘이 부친다 싶으면 털썩 주저앉는다. 제 몸무게 때문에 엉덩이에 충격이 컸던지 얼굴을 찡그리더니 다음부터는 조심스레 앉는다. 이걸 누가 가르쳤던가, 가르쳐 준다 한들 하겠는가. 바람결에 누웠다가 서서히 일어서는 여린 풀잎의 생명력과 같이 스스로를 위한 보호본능이며 저절로 터득되는 지혜라는 것을 알 수 있다. 인간에게는 엄청난 우주적인 자생력이 있다는 것을 실증하고 있는 셈이다.

녀석은 장난감을 토닥이며 놀다가 금세 거실 유리문 받침을 잡고 또 일어선다. 손바닥으로 유리를 탁탁 치며 신이 나는가 싶더니 밖으로 지나가는 사람이나 차들을 유심히 바라본다. 하루에도 몇 차례 그곳을 살피는 것은 정지된 사물이 아니라 움직이는 것에 대한 호기심이 아닐까 싶다. 다시 살며시 앉으려다 장난감 때문에 공간이 좁았던지 야긋한 받침대 모서리에 이마를 톡, 부딪쳤다. 순간 앙─ 집 안이 떠나갈 듯 서럽게 울어댄다. 희고 뽀얗던 이마가 물감 번진 듯 빨갛다. "아이구, 이걸 어쩌냐, 네 엄마가 너 안 보고 딴짓했다고 흉보겠다." 중얼거리며 손바닥으로 이마를 문질러 주니, 울음 딱, 그치고 빤히 쳐다보는 눈망울이 '괜찮아요, 할머니!' 위로하는 것 같다.

어느 시인이 노래하였지. 어깨 토닥거려 재워 놓고 살금살금 방을 나가려는데 네 이놈, 어딜 가려느냐? 호통 치듯 앙- 울어버려 이크, 들켰구나, 주저앉으며 아기 안에는 큰스님이 들어앉았다고. 함께하며 지켜보아도 예측 불허인 아이의 행동은 순간에 튀는 불꽃이고 사방으로 퍼지는 봉숭아 씨주머니 같다.

장우는 하루에 세 번 이유식을 먹고 세 번 우유를 먹는다. 불린 쌀에 감자나 호박 다져 넣어 끓인 죽을 꿀떡꿀떡 받아먹는 모양새가 영락없이 제비 새끼 주둥이네, 생각하는 순간 죽 그릇을 급습하여 뒤엎고는 언제 그랬냐는 듯 시침떼고 앉아 티브이 뽀로로 동화에 열중하고 있다. 우유를 먹을 때는 얼굴이 발그레하고 땀이 촉촉이 배어 나온다. 벌떡벌떡 단숨에 우유를 다 먹고 쪽, 소리가 나면 타수(打手)가 공을 치고 달리듯 우유병을 탁 치고 발딱 일어나 달아난다. 어찌나 순발력 있고 기민한지 어안이 벙벙하여 혼자 웃노라면, '뭘 그리 놀라세요. 십 개월 우유 먹은 실력인데 그거 모르겠어요?' 말하듯 힐끗 쳐다보고는 반대편으로 급히 기어가 달그락거리며 플라스틱 공을 가지고 논다. 그 또한 잠깐이다. 거실 빨래 대도 흔들어보고, 줄에 널린 빨래를 봄날 목련꽃잎 떨어뜨리듯 죄다 떨어뜨리고 줄달음질이다. 현관에 놓인 신발을 보자 멈칫하더니, '만질까, 말까, 이건 안 되겠지요?' 체념한 듯 돌아선다. 녀석을 보고 있으면 저 속에 뭐가 들어앉았는지 모르겠다는 말이 절로 나온다.

제 어미가 퇴근하여 오면 좋아서 어쩔 줄 몰라 두 팔을 앞으로 흔들어 대며 탄성을 지른다. 말하지 않는다 해도 생각이 없는 것은 아니구나. 온몸으로 환호하는 아기의 화법이 새의 날갯짓처럼 요란하다.

"장우 잘 놀았어?" 어미가 덥석 들어 안아 주다가 내려놓으며 옷 갈아입으러 방으로 들어가면, 금세 음—음—음, 울음 섞인 슬픈 소리를 내며 자석에 쇠붙이 끌려가듯 어미 따라 쏜살같이 기어간다. 어미들은 이런 순간의 아기 마음을 헤아려 볼 일이다. 잠시라도 이럴진대 어찌 아이를 팽개치고 돌아설 수 있겠는가. 가족해체라는 말이 용인되어서는 안 되는 이유이다.

아이와 함께하다 보면 하루가 어떻게 가는지 모르게 해가 저문다. 어디로 튈지 모르는 공깃돌처럼 변화무쌍한 아이의 행동을 예의 주시하며 주의와 긴장을 해야 하기 때문이다. 그것이 실로 버겁긴 하지만 아이의 표정과 몸짓이 혼 빼게 기쁨을 주며 동력으로 작용하니 허리 무릎 시원찮은 할머니들이 아이의 솟구치는 에너지와 씨름하며 시름을 잊는다. 그러다 빨려들 듯 집중하고 무심한 듯 바라보는 아이의 순진무구한 눈망울에 미안해진다. 세상이 환하고 반갑고 기쁜 일만 있는 것이 아니고, 궂은일과 놀라운 일과 한심한 일은 세상 곳곳에 널려 있으니 안 보려 해도 보이기 마련인데 어디에 장막을 치겠는가.

아이는 무척 바쁘다. 세상 모든 것이 새롭고 궁금하여 알고 싶고 배우고 싶은 것도 많으니 신칙할 것도 많다. 세상에 대한 눈뜸이 할 일이고 놀이이고 성장인 것이다. 몸 끝마다 촉수가 달려 있어 미세한 움직임에도, 작은 소리에도 우주의 반동으로 다가온다.

어디 마음속 정령들뿐이겠는가. 본능이라 할 수 있는 온갖 정령들이 아이 안에서 부추기며 생명체를 키워 내듯 엄마, 아빠, 할머니, 주위의 모든 사람들 또한 인격체가 자라도록 도와주고 있다. 광휘로운 우주공간에서 목숨 붙어 있는 모든 것과 움직이지 않는 무생물까지 영차영차! 어서어서 자라라고 아기에게 힘을 보태고 있다.

뚜껑밥

'이야기 밥'이라는 말이 있다. 엄마나 할머니가 아기에게 들려주는 옛이야기나 동화를 칭하는 말이고 아기가 자라기 위하여 음식물을 먹듯 정신이 자라기 위해서 이야기 밥을 먹어야 한다는 것이다. 이야기를 들으며 귀가 트고 말도 배우며 생각도 자란다. 세상에서 제일 큰 봉사(奉仕)는 들어주는 일이라는데 어려서부터 이야기를 듣고 자란 아이는 남의 말에 귀 기울인 줄 알며 내용을 생각하면서 이해하게 되니 마음이 너그러워진다는 것이다.

이 말은 이재복이 쓴 ≪아이들은 이야기 밥을 먹는다≫라는 책에서 나온다. 우리 아이들이 어른이 된 마당에 이런 글을 읽었다는 것이 서운하지만 이런 책이 있었다 한들 세 아이들과 씨름하다 하루가 저물던 젊은 날에 찾아 읽었을지도 의문이다. 아이 키우는 안내서는 예전에 비해 널려 있으니 좋은 시절에 살고 있는 것은 분명하나 세상 이치는 때가 있기에 이제 깨우쳤다 해도 지금이 그때라 생각하면 서운해할 일은 아니다. 이 세상에 내 아이만 소중하랴, 모든 목숨붙이가 생성하고 소멸하듯 아이들은 끊임없이 태어나고 젊은 엄마들은 아이를 키워내느라 밤잠을 설칠 것이다.

남의 말을 끝까지 들어줄 마음의 여유나 인내심이 부족한 현대인들은 남의 말을 들어주는 일에 익숙하지 않기 때문이라는데 이 말도 수긍하게 된다. 내 생각을 말하는 것 못지않게 남의 말을 듣는 것도 중요하다는 말이다. 그건 어느 날 생기는 것이 아니고 어렸을 때부터 이야기를 통하여 습득해야 한다는 것이다. 그러나 6·25 전후 세대의 가장들은 당장 입에 풀칠해야 하는 생존의 문제가 더욱 절박하였기에 정신에까지 눈 돌릴 겨를이 없었다. 특히 아이들에게 먹고 입혀야 하는 호구지책이 가장 큰 문제이므로 언제 한유하게 앉아 옛날이야기나 들려주고 동화책을 읽어 줄 수 있었으랴.

친척 어른 중에 밥 이야기만 나오면 빠트리지 않고 하시는 말씀이 있다. 전쟁 중에 남편을 잃고 오갈 데 없어 친정살이를 하였다. 데리고 온 남매와 조카들과 네 아이, 내 아이 구별 없이 아이들을 키웠다. 고만고만한 아이 대여섯 명 중에 유달리 밥 욕심 많고 울기 잘하는 사내아이가 있었다. 먹을 것을 똑같이 나누어 주어도 늘 적다거나 작다면서 부엌일을 주로 하는 고모에게 매달려 징징거렸다. 먹을 만큼 먹어 배가 똥똥하게 나왔어도 밥을 더 달라고 울며 보챘다. 울음 끝도 질겨 한번 울기 시작하면 한 나절씩 늘어져 진을 뺐다. 그럴 때 애 우는 걸 질색하는 오라버니가 보시기라도 할 양이면 밥 달라면 줄 것이지, 집 안 시끄럽게 한다고 버럭 소리치며 역정을 내시니, 하루도 마음 편한 날이 없었다. 할머니, 할아버지가 계시다 한들 농사일에 바쁘고, 올케인 아이 엄마 또한 젖먹이 데리고 들일, 집안일로 동동거려 아우 본 아이 달랠 겨를도 없었다. 참다못해 부지깽이를 들면 줄행랑을 치다가 눈치 빤한 고것이 약 올리는지 어느 틈에 다가와서 또다시 앙앙 울어댔다.

아이에게 먹을 것 주는 것도 어느 정도지, 달랜다고 무턱대고 줄 수 없는 일이어서 생각다 못해 어른 밥그릇 속에 종발 하나 엎어 놓고 그 위에 밥을 퍼 담았다. 커다란 밥그릇에 밥이 수북한 걸 보고 입이 표주박만 해져서 녀석은 푸지게 밥을 먹었다. 양껏 밥을 먹고 그래도 아이는 아이인지라 밥상 밑에서 달그락거리며 종발을 가지고 놀았다. 한동안 그것에 마음을 붙였다. 그러다 고모가 깜빡 잊고 종발을 넣지 않고 밥을 펐을 때는 왜 그게 없느냐고 또 트집을 잡으며 울음이 늘어졌다.

밥사발 속에 종발이나 종지를 엎어놓고 밥을 수북하게 퍼 담아 밥이 많아 보이도록 하는 뚜껑밥. 먹을 것이 귀하던 시절에 임기응변의 궁리라 여겨지나 뚜껑밥 먹고 자란 세월은 종발을 가지고 노는 아이의 천진함으로 남아 우리를 웃음 짓게 한다. 반가에서는 반찬을 가짓수대로 홀수로 세어 오첩반상, 칠첩반상, 구첩반상이니 격식 갖춰 상차림을 하였지만, 서민들은 지혜롭게 퍼 담은 밥

그릇으로 아이를 달래고, 재미있는 이름 붙여 삶의 시름을 달랬다는 생각이 든다.

해 뜨기 전에 나가 일하고 별 보고 집에 들어와야 하는 농촌 아낙의 하루하루가 아이에게 애정을 쏟기에는 육신이 너무 고달팠을 것이다. 어린 나이에 아우를 본 아이는 빼앗긴 엄마의 관심과 사랑을 차지하고 싶어서 징징거리며 뚜껑밥을 먹고 밥사발 속에 있는 종발을 가지고 놀며 자랐는지 모른다. 이럴 때 누가 있어 아이에게 옛이야기나 동화를 들려주며 이야기 밥을 먹였더라면 어린 마음도 한 뼘씩 자라나 남의 마음도 헤아릴 줄 아는 괜찮은 사람으로 성장하였을지 모를 일이다. 정작 육신의 배가 고파서라기보다 마음이 허전하니 나랑 놀아달라고, 동생에게 빼앗긴 엄마 품이 그리워서 애먼 고모에게 그렇게 투정을 부렸는지 모를 일이다.

지금은 육신의 밥이 해결된 풍요의 시대에 살면서도 균형 있게 정신의 밥을 채우지 못한 젊은이들이 공복감으로 방황하고 있다. 겉으로 멀쩡해 보이지만 영혼의 허기에 지친 아이들이 옥상에서 뛰어내려 생을 마감하고, 남의 고통을 헤아리지 못하고 재미있다는 이유로 친구를 괴롭혀 죽음으로 몰아가는, 재미가 사람 잡는 기막힌 현실이 된 것이다. 어디 차 타고 돌아다니며 인생 공부를 하겠는가. 주변의 다양한 형태의 굴절된 삶의 모습을 보면서 반성하고 궁리해야 한다. 아이에게나 어른에게나 정신을 비옥하게 하는 글들은 쏟아져 나오는데 발아할 토양을 찾지 못한 생각의 씨앗들은 창고에 쌓여 숨도 제대로 쉬지 못한다. 황무지라도 좋고 가시밭길이라 해도 좋으니 나에게 숨쉴 수 있는 터전을 달라, 소리쳐 외친다. 책은 누가 읽어 줄 때에야 생명력을 가지고 본분을 다할 것이다.

육신의 밥이 아닌 영혼의 허기를 메울 수 있는 방법은 어린 아이들에게 이야기나 동화를 들려주고 한글을 터득하면 지속적으로 책 읽기를 도와주어야 한다. 그것이 삼라만상을 눈부시게 바라보게 하고 정신의 지평을 넓히는 행간의 힘인 것이다. 이야기 밥과 뚜껑밥, 참으로 소중한 일용할 양식 아닌가.

연적

모처럼 손녀를 업고 밖으로 나갔다. 그늘이 짙고 시원하여 노인이나 유모차를 탄 아기들이 주로 모이는 아파트 옆 숲길로 들어섰다. 천천히 걷는데 마주 오던 어른이 아기를 보고 반색을 하며 한마디 하신다. "아유, 얼굴이 꼭 연적같이 생겼네." "연적요?" 나는 무슨 말인가 싶어 어른을 바라보며 물었다. "아, 희고 뽀얀 백자연적 말이우. 옛날 어른들은 얼굴이 하얗고 예쁜 아기를 보면 그랬다우." 하면서 다시 아기를 어른다. "눈도 영글었네. 눈 맞추며 웃는 것 좀 봐."

연세 드신 분들은 아기를 보면 꼭 예쁘다는 찬사나 듣기 좋은 덕담을 한마디씩 한다. 예쁘지 않은 아기가 어디 있으랴만 설령 빈 말이라 해도 듣기 좋은 건 모두 아기였던 때가, 그렇게 고운 시절이 있었기 때문이며 아기의 해맑은 웃음 때문일 것이다. 그러나 아기 얼굴이 연적 같다는 말은 처음 듣기에 생소하면서도 참 재미있다.

　서울 중앙박물관에는 여러 모양의 연적이 있다. 벼루에 먹을 갈 때 쓰려고 물을 담아놓는 그릇인 연적은 문방사우의 하나로 거북이, 개구리, 연꽃, 복숭아 따위의 모양이 있으며 크기도 다양하다. 그중에 장수와 다산(多産)의 의미를 지닌 주먹만 한 '복숭아 모양 연적'은 오밀조밀하여 앙증맞았다. 터질듯 통통한 과육의 질감이 깔색 백자에 여실히 드러나고 봉긋 내민 윗부분을 채색하여 구워내 볼그레한 것이 영락없이 실하게 잘 익은 복숭아 그대로였다. 복숭아 가지로 받침을 만들어 안정감을 준 한 알의 복숭아는 아둔한 눈으로 보아도 예사 솜씨가 아니게 빼어나 아기자기한 조형미를 보여 준다. 날마다 서책을 가까이하며 글을 쓰는 선비의 입장에서 늘 애용하는 물건이니 사치라 할 것까진 없다 해도 천박하지 않은 모양새를 생각하고 고아한 풍취에 어울리는 미감을 고려하였을 터. 과하지 않은 품격이 소박한 선비의 사랑방에 꽂인 양 어울릴 듯싶다.

　또 눈길을 끈 것은 '무릎모양 연적'이다. 갸름하고 둥근 무릎모양 그대로 만들어 구운 연적은 사람 신체의 한 부분을 본떠 만들었다는 것도, 무릎의 흰 살결 같은 깨끗한 백자의 담백함이 그대로 드러난 것도 놀라웠다. 꽃이나 과일, 동물 모형도 아니니 아기자기할 것도 없고 민무늬 길둥근 모양의 무덤덤한 자태 그대로 매력이 있기에 단순미의 극치라면 과장된 표현일까. 무미건조한 듯싶으나 백자에 어울리는 도자기법으로 뽀얀 무릎의 매끄럽고 살팍진 질감을 고스란히 살려 낸 무릎모양 연적은 슬며시 미소지을 만큼 즐거움을 주었다. 쉽게 바라볼 수 있는 자기 몸의 일부분이든 함께 일하는 동료의 걷어 올린 바짓가랑이에 드러난 무릎이든 그것을 보고 형태를 만들어 선비의 서안에 턱하니 올린 조선도공들의 조형 정신이, 해학이 웃음을 자아내는 것이다. 신분제도가 엄격한 사회에서 범접 못할 양반네 사랑방에 자신의 신체 일부를 모형으로나마 안주하게 한 도공의 심사를 유머와 해학이 아니라면 어떻게 이해할 수 있겠는가. 입가에 터지려는 웃음 사려물 수밖에—. 세상에 글로 표현하지 못할 것이 없는 것처럼 세상에 만들지 못할 형태는 없다는 것을 보여주려는 듯 무릎 모양 연적은 무념무상의 도인처럼 단아한 자태로 은은한 조명을 받으며 음전이 앉아 있었다.

박물관에 가면 크든 작든 제 몫을 다하고 있는 유물이 당당하여 기껍다. 본래 주어진 임무를 다하고 나머지 생을 의연히 지키고 있는 유물의 생애는 의미를 부여하고 공감하며 그걸 공유하려는 자의 것일 게다. 사물을 만든 자는 흔적도 없이 사라지고 그가 만들어놓은 아름다움을 지향한 수고, 혼을 다한 성심만이 보는 이의 가슴에 감동과 감사의 모닥불을 지핀다.

요즘 젊은 여인들 사이에 도자기 피부라는 것이 유행처럼 번져 피부미용에 돈과 시간을 아끼지 않는다. 피부미인이라는 말도 있는 것을 보면 그만큼 고운 피부가 미인의 기준에 지대한 영향을 준다는 말이다. 이제 생후 6개월인 아기는 여느 아기처럼 피부가 하얗고 누구하고나 눈이 마주치면 방글방글 잘 웃는다. 아기를 보고 연적 같다 하는 것은 희고 깨끗한 백자연적의 표면과 아기의 보드라운 살결, 도도록 고운 얼굴선이 백자의 순수미와 겹쳐지기 때문일 것이다. 그만큼 아기도 연적도 귀중하게 여기던 시절이었으니 옛 분들의 말씀은 아기에 대한 최고의 찬사였을 게다.

이제 컴퓨터가 보편화된 시대에 무용지물이 된 연적은 말할 것도 없고 출생률 세계 최하위의 우리나라는 아기도 보기 드문 시대에 살고 있다. 맞벌이를 해야 살 수 있는 가정경제로 아기 엄마도 직장에 나가니 아기 키우기 또한 제일 힘든 나라라는 것도 모두 공감한다. 그래도 모든 일에 가장 우선하는 일은 사람을 키워 내는 일, 아기가 잘 자라도록 도와주는 일이며 세상에 이보다 더 크고 대단한 일은 없다. 얼굴이 검든 희든 천진난만한 표정, 순진 무구한 웃음으로 시름을 잊게 하는 세상의 모든 아기는 백자연적은 물론 비할 데 없는 보배라 할 것이다.

꽃수를 놓는다

　가로수 벚꽃이 꽃잎을 뿌리고 있다. 연분홍 꽃 이파리가 이 길에다 촘촘히 저 길에다 성글게 꽃수를 놓고 있다. 바람이 뒷짐진 채 들여다보다 심심한지 한차례 훼방을 놓는다. 심술부리듯 마구 흐트러뜨린다. 꽃 이파리는 개의치 않고 처음부터 다시 시작하고 있다. 긴긴 봄날 할 일은 오직 이것뿐이라는 듯 하염없이 반복하며 봄날을 수놓고 있다. 셀 수 없이 많은 날들 그렇게 하였듯이 도를 닦고 있다.

　이상도 하지, 마루 끝에서 잠자다 부스스 깨어나 바라보던 유년의 날빛 같기도 하고 혼자 뛰어든 막다른 골목의 막막함 같기도 하니. 낯선 곳에 와 서성이다 누가 부른 듯싶어 무심코 걸음을 멈췄어. 주위를 두리번거리다 빤히 바라보는 꽃잎 하나를 주웠지. 너였구나, 하는 순간 종잇장보다도 얇고 여린 이파리 파르르 떨고 있네. 이걸 어쩌면 좋으냐, 먼 우주 공간 어딘가에서 타전해 온

익명의 부호. 숨을 멈추고 내 마음 엿보고 있었구나. 누군가 나를 주시하고 있었다는 사실이 머리끝이 쭈뼛하도록 긴장시켰어. 성원하는 눈이 애정 어린 눈빛으로 사방에서 지켜보듯 질시의 시선 또한 천지간에 포진되어 있나 봐.

무연히 바라본 버스 정류장에는 조지훈의 〈낙화〉라는 시가 붙어 있다. 젊은 날 보았던 시 하나가 낚아채듯 눈길을 잡는다.

꽃이 지기로서니/ 바람을 탓하랴// 주렴 밖에 성긴 별이/ 하나 둘 스러지고// 귀촉도 울음 뒤에/ 먼 산이 다가서다// 촛불도 꺼야하리/ 꽃이 지는데// 꽃 지는 그림자/ 뜰에 어리어// 하얀 미닫이가/ 우련 붉어라// 묻혀서 사는 이의/ 고운 마음을// 아는 이 있을까/ 저어하노니// 꽃이 지는 아침은/ 울고 싶어라

그랬구나. 울고 싶었는데 차마 울지 못한 사람이 있었구나. 이미 수십 년 전에 그는 떠나고 시만 남아서 나그네의 마음을 적시고 있다. 누구는 버스를 타며 마음을 여미고 누구는 버스에서 내리며 마음을 풀고 총총히 시간의 징검다리를 건너고 있다. 사람도 버스도 떠난 한적한 변두리 정류장에 앉아 낙화를 핑계 삼아 새삼 사란, 인생이란 무엇인가 해묵은 화두를 던진다. 새롭고 신기하고 재미있는 세상 신나게 살라 하였는데 그렇게 산다 했는데 어디 그리 만만하랴, 조롱하듯 햇살은 어기차고 풀리지 않는 실꾸리

굴리듯 마음만 굴리고 있다. 정신의 균형을 위한 자생력인지 가라앉는 심사에 빗장을 지르듯 문득 엊그제 본 뮤지컬이 떠올랐다.

터무니없고 어리석은 말이나 행동이라는 제목의 〈넌센스〉가 1991년에 시작하여 국내에서 팔천구백여 회나 공연하며 최장 기록을 세웠다. 수요가 있으면 공급이 있기 마련이고 많은 사람들이 좋아하기에 앞으로 얼마나 계속될지 모르는 일이다.

엄숙하고 음전한 분위기의 수녀원에서 하느님을 섬기고 자기 절제로 수도생활을 하는 수녀들이 재치 있는 말과 아름다운 노래로 보는 사람을 유쾌하게 한다. 타고난 재능대로 생기발랄한 율동과 명랑 쾌활한 대사와 노래로 자신의 생각을 깔축없이 표현하며 분위기를 흥겹게 이끌어 간다. 예나 지금이나 현실은 팍팍하고 우울해도 유연하고 긍정적인 사고로 살아가는 사람은 있기 마련이어서 뮤지컬은 수녀들의 일상에 탄력을 주고 보는 이들에게 즐거움과 웃음을 준다.

미국 뉴저지 주 호보켄 성 헬렌은 수녀들이 운영하는 학교이다. 어느 날, 식중독으로 많은 수녀들이 죽는다. 다행히 외출 중이던 수녀들은 화를 면하고 수녀들의 장례 비용을 마련하기 위하여 카드 판매를 한다. 그래도 비용이 모자라자 다섯 명의 수녀들이 공연을 계획하고 자신들의 재능을 펼친다. 발레리나를 꿈꾸던 수련 수녀의 발레를 시작으로 노래와 춤, 각자의 숨겨진 재능과 재치가 드러나며 뮤지컬은 활기를 띤다. 기억을 잃었던 엠네지아 수녀가 실수로 큰 십자가에 머리를 부딪쳐 쓰러지면서 기억을 되찾아 복권 당첨자였다는 사실을 확인하는 순간 모든 어려움이 순식간에 풀리며 수녀원도 전환점을 맞는다. 세상일은 결정적인 때가 있는데 그걸 기다리며 사는 것이 인생인가, 새삼 생각하게 한다.

세상에 일어나는 모든 일을 다 알 수 없는 것처럼 모두 체험할 수는 없다. 자기 수련과 기도로 살아가는 수녀들의 숨겨진 재능과 파격적인 행동이 호기심을 주기에 사람들은 더욱 열광하는지 모른다. 남에게 기쁨이 되는 일은 본인은 물론 누구에게나 즐거움을 주고 인생을 다채롭게 한다. 영화나 연극, 뮤지컬 따위의 예술을 즐기는 것은 내 안에 잠재되어 있는 소양을 찾아내는 일이며 직접 노력하여 움직이지 않아도 충족되는 위안이며 대리만족이라 할 수 있다.

소극장을 가득 메웠던 사람들의 밝은 얼굴과 배우들이 하나 되어 와글와글 유쾌하던 분위기가 환하게 떠오르며 미소 짓게 한다. 지나간 꿈자리를 되새겨 보듯 풍부한 성량으로 관객을 사로잡던 뮤지컬 배우의 시원스런 목소리에 언감생심 내 목소리를 얹어 본다. 우울을 즐기려는 사람이 어디 있는가, 사고의 전환은 기분을 환기시키나 보다.

심심한 바람도 떠난 정류장엔 정지된 듯 고요하고 여전히 벚꽃은 꽃잎을 뿌리고 있다. 마음이 문제이지 길은 있을 거야, 부호를 해독하는 방법은 얼마든지 있을 거야. 갈라진 틈새로 빛이 스며들

듯 갈라진 마음에도 빛이 들어차 이번엔 다짐하듯 내가 마음에
꽃수를 놓는다. 꽃이 지는 아침엔 누군들 울고 싶지 않으랴.

오늘의 경탄도, 내일의 비탄도

　남편이 퇴근길에 국화 분을 들고 왔다. 분재를 취미로 하는 직장 동료가 주었다는데 하얀 소국이 이른 봄 매화처럼 다닥다닥 붙어 있다. 분재용 화분에 넙데데한 돌을 세워 박아 국화가 그 위에 되똑하게 올라앉아 있다. 방사형으로 뻗쳐 자잘한 꽃송이를 수백 개 매달고 있는 국화의 자태가 부자연스러우나 화사하게 피운 꽃들은 눈부시게 환하다. 돌만 그대로 두었다가는 쓰러지기 십상인데 돌을 앞뒤로 감싸며 국화뿌리가 흙 속으로 벋어 내렸으니 위험해 보이지는 않는다.

　언뜻 보기에도 기술이 필요한 재배법 같았다. 신기해서 남편에게 물었더니 뿌리를 고무호스에 끼워 넣어 곧게 자라게 하더라고 한다. 줄기는 철사로 감아 둥글게 모양을 냈어도 재배 기술도 기술이려니와 뿌리가 돌 위를 감고 내려와 여보란 듯 꽃을 피운 식물의 적응력과 생명력이 실로 대단하다. 국화야 다년생 화초로 무서리가 내릴 때까지 꽃을 피우지만 그것도 흙에 뿌리를 박았을 때의 말이지, 천연덕스럽게 돌 위에 올라앉은 국화를 보며 모든 생명체는 자생력이 있다는 말을 실감한다. 낮에는 햇볕을 쏘이려 베란다에 내놓았다가 저녁에는 완상하려고 거실로 들여 놓으니 자신의 존재를 알리려는 듯 국화 향기가 집 안에 가득하다.

국화 분을 보며 캄보디아에서 본 나무 사원이라 하는 타프롬사원이 떠올랐다. 나무 꼭대기는 보이지도 않고 아득한데 얼마의 세월이 흘렀는지 모르는 거대한 나무뿌리가 사원 전체를 짓누르며 땅으로 벋어 내린 광경을 보고 놀랐다. 우람한 바위 같은 뿌리가 여러 갈래로 벋어 내려 사원 전체를 휘감은 모습에 경악했다. 베어 내자니 사원이 허물어지고 그냥 두자니 종국에는 나무의 왕성한 생명력에 사원이 멸실되고 말 거라는 불안으로 다만 나무에게 성장 억제제를 투여한다고 했다. 인간이 어찌해 볼 도리 없이 나무와 사원이 공존하며 해가 뜨고 달이 지는 형국이었다.

타프롬사원은 크메르족이 왕국을 장악하고 있을 때 자야바르만 7세가 어머니의 극락왕생을 기원하며 세웠다는 불교 사원이다. 어머니 방은 온통 보석으로 치장하였지만 보석이 박혔던 자리엔 구멍만 뻥뻥 뚫려 흔적으로 남아 있다. 생전에 왕위에 오르지 못해 가슴에 한이 맺혀 탄식의 방이라 불리는데 손뼉을 쳐도 말을 해도 울리지 않으나 가슴을 쳐야 울린다고 했다. 인간사 흥망성쇠가 여기 있는 나무뿌리보다 갈래가 많고 견고할지 모른다는 생각이 들었다. 요지부동의 탐욕은 까마득한 세월이 흐른 지금에도 이방인의 가슴까지 치게 만드는구나, 엉뚱한 생각에 쓴웃음이 나왔다.

미로 같은 방을 돌아 나오니 수 세기 전 왕궁의 영화보다는 곧 허물어질 것 같은 사원의 붕괴 위기를 절감했다. 설령 그렇더라도 전 세계에서 날마다 관광객들이 물밀듯 몰려오고, 나무뿌리가 너무도 당당하게 짓누르고 있는 사원을 바라보며 '이걸 어쩌면 좋으냐?' 안타까움에 가슴을 쓸어내리다가 웅장함과 아름다움에 탄복하고 말았다. 뿌리가 옥죄어도 사원 벽면에 새겨진 천상의 무희, 압살라의 귀엽고 아리따운 표정이나 자태는 그대로 남아 미소 짓게 한다. 대칭으로 부조한 인물들은 수백 년 전의 솜씨 같지 않게 섬세하고 정겨웠다. 장군의 부릅뜬 두 눈은 금방이라도 달려들 듯 매섭고 창을 든 병사들의 발자국 소리가 요란하게 들려올 것만 같았다. 도도록이 솟아오른 여인의 젖가슴이 사실처럼 말캉하게 느껴져 만져 보니 깔끄러운 사암의 질감일 뿐인데 돌을 얼마나 쪼고 다듬었으면 고무공 같은 탄력이 손에 닿을 듯 전이될까. 앞서 가던 관광객도 그런 마음이었는지 손을 대보곤 돌아보다 뒤따르던 나와 마주 보며 웃었다.

얼굴 하나에도 부분마다 조각을 하여 잇대어 쌓아 형체를 이룬 솜씨 또한 놀라웠다. 그러고 보니 눈 돌리는 대로 인물상은 사방에서 우리를 바라보며 일거수일투족을 관찰하고 있었다. 이쯤 되면 누가 구경꾼인지 아리송해지니 근엄해질 필요가 있겠다. 한겨레의 후예답게 걸음걸이부터 점잖아야지, 아니 조선의 여인처럼 조신해야지. 부채도 들었겠다, 유유자적, 천천히 걸음을 옮기며 흉내를 내다가 저만치 멀어진 일행에 화들짝 놀라 달음박질했다. 사방에서 낄낄거리는 웃음소리 들리는 것 같았다.

그곳은 크메르족이 멸망하고 수도를 프놈펜으로 옮기는 바람에 사람들의 자취가 사라지고 자연스레 자연의 차지가 됐다. 사람의 손길이 닿지 않으니 동물들이 둥지를 틀고 식물들이 자라나며 밀림지대가 형성됐다. 새들의 배설물을 통해 사원 위에서 씨앗이 움텄을 거라는 스펑나무의 위용은 대단하지만 자연 쪽에서 보면 밀림지대야말로 오랜 세월 종족을 이어온 삶의 터전이요 영역인 것이다. 1860년 프랑스의 동·식물학자에 의해 발견되어 사람들에게 드러났으나 그곳에서 서식하던 동·식물들에게 인간은 단지 훼방꾼이요 틈입자일 뿐이다. 광활한 우주 공간 대자연 앞에서 누가 주인이고 임자란 말인가.

견고한 사원도, 거대한 나무뿌리도, 인간의 영화도 언젠가는 세월의 풍상에 멸실되어 한 줌 흙으로 돌아갈 것이다. 지구상에 영원한 것이 무엇이 있으리오. 오늘의 경탄도, 내일의 비탄도 부질없으리. 돌멩이 위에서 인공(人工)으로 벋어 내린 젓가락 같은 국화뿌리나 세월의 힘이 보태져 자연적으로 형성된 거대한 나무뿌리나 어기찬 생명력은 피차 마찬가지 아닌가.

저무는 가을날 눈꽃처럼 매달린 국화꽃 송아리가 누구를 위한 것이 아니라 다만 스스로의 생존으로 말미암은 몸짓이라 여겨질 때 더없이 소중하고 애틋할 뿐이다. 창문으로 비껴드는 석양빛이 눈부시다.

보라색 불가사리

덮칠 듯 들려오던 소리에 놀라 잠에서 깨어났다. 잠결에 들던 파도소리는 무더기로 쏟아지던 매미소리 같았다. 밤늦도록 폭죽을 터뜨리고 탄성을 지르며 놀던 젊은이들도 잠자리에 들었는지 파도소리에 묻혔는지 다른 소리는 들리지 않았다. 아우성 같은 소리가 천지를 요절낼 것처럼 거칠게 귓속에 파고들었다. 잠자리가 바뀌어서만은 아닐 텐데 낯선 소리에 쉬이 잠들지 못했다. 도회지 한복판, 더구나 무시로 기차가 오가는 기찻길 옆 아파트에 살면서 소리에 무뎌졌다고 생각했는데 익숙하지 않은 생경스런 소리에 잠은 저만치 달아났다. 더위 또한 사라져 창문으로 들어오는 바람이 삽상했다. 눈을 감고 가만히 있으니 처음의 무섭던 기분은 좀 가라앉았으나 여전히 파도는 덮칠 듯 요란스럽게 철썩였다. 낮에 거닐던 백사장을 채울 요량 같았다.

얼마만인가, 석양빛을 뒤로하고 모래톱을 거닐었다. 맨발에 닿는 모래알의 감촉이 간질간질하면서 아이 살을 만지는 듯 보드라웠다. 발가락 사이로 올라오는 모래들이 참다못해 비어져 나오는 아이 웃음처럼 싱그러웠다. 넓게 펼쳐진 모랫벌 이쪽에서 저쪽 끝을 오가며 좁쌀 알갱이 같은 알알의 느낌을 발바닥에 문신처럼 새겼다. 이른 봄 쌉싸래한 씀바귀를 먹을 때의 풍미 같은 거친 듯 보드라운 감촉이 그지없이 좋았다. 한낮의 열기도 수굿해지고 간기 묻은 해풍은 수초처럼 풋풋했다.

얼굴이 빨갛게 달구어진 젊은 아빠가 아이하고 호미로 조개를 캐고 있다. 아이와 놀아주는 아빠가 고마워 바라보니 눈매가 서늘하다. 어쩌다 하얀 조개가 수줍은 듯 배시시 얼굴을 내밀 때마다 아이는 좋아라 탄성을 지른다. 호미자국마다 바닷물이 고이고 웃음도 고인다. 바닷물이 모랫벌에 모래톱을 남기듯 어린 날의 추억도 모래톱으로 남겠다. 지금 이 시간이 얼마나 금쪽같이 소중한 순간인지 저들은 모를 거다. 누구나 지난 다음에야 생각하게 되지. 젊다는 것이, 어리다는 것이, 함께 한다는 것이 얼마나 축복의 순간이었는지를 훗날 알게 될 것이다. 나날의 일상에서 떨어져 보면 안 보이던 것도 보이기 마련이라는 것도−. 풍경에는 사람이 들어가야 완성된다지. 얼마쯤 걸어와서 바라보니 산이 있고, 바다가 있고, 인물이 있는 바닷가 풍경화처럼 아름다웠다.

해풍에 바랜 조개껍데기들이 사금파리처럼 빛난다. 밀려오고 나가는 물살에, 작열하는 태양 아래 머지않아 닳아 없어질 잔해들이 바스라질 듯 하얗다. 모랫벌 뚫린 구멍에는 어떤 녀석 몸을 숨기고 있는지 지렁이 같기도, 가는 빨대 같기도 한 것이 솟아나와 가느다란 물줄기를 연신 뿜어대고 있다. 궁금하여 파 보았으나 아무것도 보이지 않는데 용용 죽겠지, 놀리기라도 하듯 여기저기서 물이 솟구치고 있다. 어떤 생물의 숨구멍 같다. 이런 것이 흥미 있을 나이는 아니지, 무연히 발길 돌리는데 소라게인지 갯고둥인지 연신 갯벌을 누비고 있다. 물기에 젖은 이곳의 삶도 서울 명동 거리만큼이나 바삐 돌아가고 있다.

예쁘기도 해라. 친구가 불가사리 하나를 집어 들었다. 나무껍질 같은 갑각류 곤충처럼 딱딱한 점박이 진보라색 불가사리가 손길이 닿자 몸을 오므린다. 이런 색도 있었네, 색깔이 너무 예뻐 말려서 두고 보겠단다. 예쁘다는 것은 늘 인간에게 탐심을 갖게 하는구나. 이걸 말리면 색채가 고스란히 보존될지 알 수 없지만 아기 손바닥 만 한 별모양 불가사리가 세련된 색채와 절제된 조형미의 액세서리처럼 앙증맞다. 이 모양으로 크고 작게 세공하여 검정색 투피스 상의에 사선으로 꽂으면 단순미로 우아할 듯싶다.

너는 몸에 공기를 넣고 있다가 공기를 빼서 몸을 수축시키며 이동한다지. 바다 밑 모래벌판에 산다는 네가 어쩌자고 겁도 없이 여기까지 왔니, 아니면 파도에 휩쓸려 왔나, 삶은 때로 꿈에도 생각지 않던 엉뚱한 곳에 우리를 데려다놓고 시치미떼기도 하지. 처음엔 황당해도 주어진 환경에 적응하며 살아가는 것이 목숨 붙어 있는 것들의 생리이고 숙명인데 이제 어떻게 하나? 땅속 지렁이가 토양을 기름지게 하듯 죽은 물고기를 먹어치워서 바닷물의 오염을 줄인다는 너는 그래서 생태계를 유익하게 한다던데, 뭐든지 먹어치워 해양생태계를 위협한다는 것으로 알려졌으니 아무래도 억울할 듯싶다.

아무리 아니라고 소리쳐도 알아주지 않는 것처럼 답답하고 억울한 일이 있을까. 무지의 소치거나 선입견일 수 있고 소통의 문제일 듯싶다. 머리띠 두르고 외칠 수 없고 문자를 써서 알릴 수도 없으니 지금처럼 그렇게 묵묵히 몸으로 알릴 수밖에 없구나. 그러다 보면 너희의 행태를 보고 눈 밝은 이 밝혀 줄 것이다. 그러나 현실은 가혹하기도 하지. 비닐봉투에 담긴 네 운명은 여기까지인가 보다. 영원한 것이 무엇이 있겠는가. 너도, 조가비도, 모래알도 언젠가는 가뭇없이 사라질 것이다. 그날은 예고 없이 찾아올 것이다. 밀려가는 물결 같은 것, 영원할 것처럼 애달파할 일도 아니다.

늦도록 이야기꽃을 피우는데 누군가 말했다.

"인생이라는 것이 이제야 조금씩 눈에 들어오기도 하지?"

젊은 날 힘겨워하던 남편과의 불편함도 그가 남의 편이어서 그랬나 보다고, 생긴 대로 인정해 주는 것이 조화라고 웃으면서 말하는 지혜도 생겼다. 자식이 마음대로 안 된다는 것쯤은 오래 전에 터득하여 독신을 고집하는 젊은이들이 많은 사회분위기이니 제가 좋다는 짝이면 누구든 좋다며 너그러워졌다. 연세 드신 부모님이야 서운해도 가실 때 가셨다고 서로 위로할 수 있지만 젊은 동생 먼저 보내고 꽃상여 붙들고 울 때는 함께 눈물짓기도 했는데 사는 게 외줄타기였다고 허허롭게 웃었다. 몇 십 년을 함께 살아도 서로를 다 안다는 것은 가당치 않은 일이고 그렇게 상대를 알아가다 때 되면 온 길로 돌아가는 게 인생이라고 푸념도 하였다. 나이 들어가는 친구를 바라보는 일은 나를 바라보는 일이다. 흰머리와 성근 머리카락, 얼굴의 주름살을 확인하며 늙는다는 것을 인정하는 일이다.

바다는 몸살을 앓고 있다. 더위 피해 찾아온 여름 손님들이 털어 놓은 사연으로 함께 아파하나 보다. 하룻밤 나그네들은 누가 떠메어가도 모르게 깊은 잠에 빠져 있고 달도 숨어버린 캄캄한 밤, 신열로 잠 못 이루는 바다만 거세게 뒤척이고 있다.

율초

산은 눈 뜨기가 참 좋다. 어느 곳으로 눈을 돌려도 푸른 기운이 스미는 듯 편안하다. 그런 눈맛 좋은 산에서 밤을 주워왔다. 아람을 쩍 벌리고 오소소 떨어져 있는 밤송이에서 밤알을 집어내는 일은 재미있다. 여기저기 흩어진 것을 줍는 것도 좋고 아람 번 밤송이를 막대기로 두드리며 알맹이를 발라내는 일도 그만이다. 산에 올랐다가 어쩌다 밤알을 한두 개 주워 본 적은 있어도 자루를 가지고 본격적으로 주운 것은 처음이다. 밤이 그득한 자루를 끌고 비탈진 산을 내려오는 기분도 짜릿했다.

잠자리에 들어서도 지천으로 떨어진 밤알들이 눈앞에 어른거려 잠을 설쳤다. 처음 해보는 일이라 그럴까, 이 나이에 아직도 마음 빼앗길 만큼 신나는 일이 있다는 것이 면구스러웠으나 내게 땅이 있다면 모두 밤나무를 심고 싶을 정도로 밤 줍기는 설레는 일이었다. 하긴 이른 봄날 마른 덤불 사이로 고개 내민 여린 쑥을 뜯는 일도 들뜨기는 마찬가지였다. 나를 찾아온 듯 다소곳이 솟아난 연록의 가녀린 몸매가 정겨웠다. 묵직한 쑥 보따리를 들면 온 누리 봄을 혼자 다 차지한 양 뿌듯했다.

금산에서 인삼 농사를 짓고 있는 친구는 밤나무도 많이 가지고 있다. 수익성 많은 인삼 농사에 정성 쏟느라 밤은 손 쓸 겨를이 없었다. 밤 값이 시원찮으니 사람 사서 주워 봤자 인건비도 나오지 않아 어찌해 볼 도리가 없었다. 그걸 다 어찌하느냐니까 사람들이 주워 가게 그대로 둔다고 했다. 아람 번 밤송이들이 제풀에 떨어져 뒹굴어도 들여다보지 않는다는 말에 귀가 번쩍 뜨였다. 그래서 친구들과 함께 주우러 갔다.

금산이 인삼농사가 잘 되는 것은 좋은 토질 때문이라고 한다. 인삼뿐인가, 어떤 작물이든 그곳에 심으면 작황이 좋고 맛도 훌륭하다는데 밤 역시 그랬다. 가을볕에 반질반질 윤기가 돌며 속은 연노란 색으로 고소하면서 특유의 향이 있었다. 주위 사람들에게 나누어 주었더니 맛을 본 사람들이 맛있다며 찬사를 했다. 특히 이유식 시작하는 아기가 맛을 아는 것처럼 밤죽을 따박따박 잘 받아먹더라는 말은 듣기 좋았다. "나무는 큰 나무 덕을 못 보아도 사람은 큰 사람 덕을 본다."는 옛말이 맞다.

마침 주말에 아이들이 온다니 율초(栗炒)를 만들어야겠다. 굳이 요리랄 수는 없어도 밤이 제철인 계절이면 한번씩 해보는 별식이다. 밤을 삶아 형체가 부서지지 않게 껍질을 벗긴 다음 동글동글

한 알맹이를 약한 불에 꿀이나 조청으로 졸이거나 입혀서 잣가루나 흑임자를 뿌려 먹는 율초는 꿀과 밤의 풍미가 어우러져 달콤하면서 은근한 맛을 낸다.

　음식에도 추억이 있다는 것은 다분히 기분 좋은 일이다. 음식을 함께 만들거나 먹던 사람이 생각나고 즐거웠던 일이 떠오르는 것은 추억을 공유하는 일이기에 훈훈하게 한다. 여학교 다닐 때 가사선생님은 실습 시간에 재료가 많이 들지 않고 간편하게 만들어 먹을 수 있는 궁중요리 몇 가지를 가르쳐 주었다. 서민들이 접하기 쉽지 않은 요리를 이론만이 아니라 실지로 만들면서 익히게 하여 생활에 활용하도록 한 것은 선생님의 지혜라 여겨진다. 만들기 수월한 율초도 그중 하나로 궁궐이나 양반가에서 주로 식사 후에 배숙과 함께 먹던 후식이다. 하루 세 끼니 때우기조차 어려운 평민들에게 후식이 가당키나 하였으랴만 양반들의 반상에는 반찬 수를 홀수로 하여 오첩반상이니 칠첩, 구첩으로 밥상을 차렸고 계절에 맞는 다과나 음료 차 따위 후식도 격식 맞추어 내놓았던 것이다. 평민들은 기껏해야 명절에나 이런 음식들을 맛볼 수 있었다. 앞으로는 먹는 것에 신분차별이 없을 테니 먹고 싶은 것 맘껏 먹으라며 재료 아끼지 말고 맛있게 만들라 하셨던 선생님. 결혼 후 얼마 동안 손님 접대가 다급하면 그때 익힌 솜씨로 체면치레를 한 듯도 싶다.

　때맞춰 여학교 때 친구가 전화를 하였기에 반가운 마음으로 율초

이야기를 하였더니 "그런 걸 만들었니? 난 전혀 기억에 없는데ㅡ." 뜻밖의 말을 하는 바람에 머쓱해졌다. 더구나 난 밤만 보면 율초를 만들고 싶은데 친구는 그것을 한 번도 만들어 보지 않았다고 해서 의아했다. 같은 장소와 시간에 똑같은 이야기를 들어도 누구는 대수롭지 않고 누구는 다정한 친구처럼 평생을 함께 한다는 생각이 들었다. 서로의 관심사가 다르기 때문일 것이다.

우리나라 음식은 이름이 낯설더라도 들어가는 양념이 어슷비슷하니 조금만 눈썰미 있으면 누구나 손쉽게 만들 수 있다. 어려서 엄마에게 배웠거나 이웃집 아주머니에게 귀동냥으로 들었거나 책을 보고 해보거나 날마다 이런저런 음식을 만들어 먹는다. 거리엔 다양한 음식점 간판들이 즐비하고 소문난 맛집엔 차례를 기다려야 들어갈 수 있지만 언젠가부터 소찬일망정 집에서 먹는 밥이 좋다. 그러기에 찾아오는 손님들에게 번거롭더라도 집에서 지은 밥이나 별미의 음식을 대접한다. 손님을 핑계로 먹고 싶은 것은 별식에 대한 그리움, 지난 세월에 대한 맛의 향수 때문인지 모른다.

수십 년 전, 가사선생님은 그걸 하마 아셨을까. 비법이랄 순 없지만 만들 수 있는 궁중음식 몇 가지를 기억하고 있다는 것은 비장의 무기처럼 든든한 일이다. 율초 곁들인 원소병을 마셔도 좋을 것 같다. 눈맛 좋은 곳에서 주워온 알밤으로 입맛 즐거운 율초를 만든다.

앵두꽃

　아파트 마당가에 기억이 또렷한 옛이야기처럼 앵두꽃이 하얗게 피었습니다. 시골 장독대 옆에 대견스레 서 있던, 원만한 풍채의 아낙 같은 앵두나무가 도심지 아파트 모퉁이에 자잘한 꽃송이를 눈송이처럼 달고 서있습니다. 키 작은 나무의 어기찬 당당함이 시선을 붙잡습니다. 기껏해야 제 몸뚱이 크기밖에 안 되는 앙증맞게 작은 꽃송이에 벌들의 움직임이 부산합니다. 밀원을 찾는 꿀벌의 생존 방식이, 피어나 열흘 못가는 꽃송이를 영원하게 만든 근원이었음을 처음인 듯 생각합니다.

　벌이 앉았던 자리마다 기억의 흔적처럼 돋아난 알갱이가 앵두, 혹은 앵두나무의 역사를 이어왔겠지요. 터질듯 빨간 얼굴로 타종하듯 여름을 알리던 작고 동그란 열매의 소산이 가슴 두근거리게 합니다. 네가 있어 내가 산다는, 너의 부지런함으로, 너의 열정으로, 아니 너의 희생으로 내 존재가, 생명이 부지하였다는 생각이 들면 가슴 더워집니다. 공생관계가 꽃과 꿀벌뿐이겠습니까, 오늘은 둘의 모습이 어여쁘기 짝이 없어 걸음을 멈추고 바라보았습니다.

지난해, 어느 분이 앵두를 따다가 지나는 내게 한 움큼 건네주기에 맛보았던 물앵두의 달콤한 풍미가 입안을 화사하게 하였습니다. 나뭇가지가 찢어질듯 다닥다닥, 콕콕 박아놓은 듯 촘촘히 열렸던 앵두열매가 대견하였습니다. 눈여겨 보았더니 오늘은 기다렸다는 듯 꽃이 만발하였습니다.

마침 조정래의 대하소설 〈태백산맥〉을 필사한 독자 여섯 분에게 출판사와 작가가 감사패를 주었다는 아침신문 기사를 보고 나온 참이었습니다. 이십대부터 팔십대까지 다양한 연령층이 도전하여 축하를 받았습니다. 출판사 측에서 공모를 하였는지 모르지만 다망한 현대인들이 읽기도 쉽지 않은 소설 열 권을 한 자 한 자 옮겨 썼다는 이야기가 신선하게 들렸습니다. 필사본은 전남 보성군 벌곡읍에 있는 태백산맥문학관에 전시한다 합니다. 무슨 일이든 무의미한 행위는 없을진대 그들은 분명 필사하기 전보다 정신의 지평이 훨씬 확장되었으리라 여겨집니다. "작가로서 이보다 더 고마운 일이 없고 보람을 느끼는 일도 없다. 사는 보람을 느꼈다."고 작가는 말했습니다.

이 소설은 필사를 해도 좋을 만큼 가치와 의미가 있다는 생각이 들었습니다. 근대의 우리역사 속에서 남북 분단이 어떻게 이루어

졌는가 알게 되는 것은 물론 소설 공부를 하려는 사람, 전라도 사투리나 말투를 익히려는 사람들에게는 더할 수 없이 좋겠습니다.

지난겨울, 이 소설을 읽었습니다. 우리의 근대사를 소설형식으로 다루었다 해도 역사를 벗어나지 않았다고 생각합니다. 땅주인들의 무시와 횡포 속에서 가난하고 힘없는 소작인들이 얼마나 핍박을 받았으며 종내는 견딜 수 없어 들고 일어났는가, 농민봉기의 실상을 하나하나 사건으로 전개하며 적나라하게 그려 공분하게 만들었습니다. 수많은 등장인물들이 얼기설기, 구수하게 엮어내는 사연들이 손에서 책을 놓지 못하게 하는 것도 매력일 것입니다. 격변하던 현대사, 그동안 배워 알고 있던 우리의 분단사가, 얼마나 왜곡되고 굴절되었는가 새삼 느꼈습니다. 입에 올리기도 저어하던 빨치산들이 사상은 달랐으나 오히려 자신의 안위보다는 인민 모두의 안녕을 원했다는 사실과 땅주인과 소작인의 관계가 아닌, 빈부 격차가 없는 평등한 세상을 꿈꾸다 추위와 굶주림 속에 풀잎처럼 바람처럼 흩어지고 사라졌다는 안타까움에 가슴 먹먹하였습니다. 생쌀을 씹어 먹으며 끼니를 때우고 그마저 떨어지면 쌓인 눈을 입에 넣으며 서로를 격려하고 용기를 주면서 산으로 숨어들던 겨울바람 같은 결기가 떠올라 저녁쌀을 씻다가 손이 시렸고 음식 찌꺼기를 버리다가도 흠칫 놀랐습니다. 온갖 악조건 속에서도 자신이 하는 일에 긍지를 가졌던 빨치산들과 이웃들의 손가락질을 받으면서도 살아내야 하는 가족들의 눈물겨운 이야기가 실없이 번다한 일상을 지긋이 눌러주었습니다. 소설은 단순히 상상력의 산물일 수만 없으며, 태백산맥에 나오는 수많은 이야기들이 증언을 토대로 확인을 거쳤다는 작가의 말도 신뢰가 가면서 사뭇 고마웠습니다.

거제도 수용소에서 이곳도 저곳도 선택할 수 없는 이데올로기에 고민하며 가슴을 치는 김범우의 처지와 양심도 공감이 갔고, 투철한 역사의식으로 부하들을 이끌고 아우르며 자신의 길을 거침없이 걸어간 염상진의 사명감과 너른 마음도 부러웠습니다. 추구하는 사상이나 노선이 다르더라도 부하나 국민을 사랑하는 넓고 깊은 마음의 지도자는 어느 시대나 필요한 것입니다. 더는 피할 수 없자 네 명의 부하와 마지막 말을 한 마디씩 남기고 어깨동무를 하고 수류탄을 던져 자폭하고 마는 결기도 염상진다웠습니다.

상대를 힘으로 맞서 이기는 것으로 세상을 주무르며 형의 성격과 뚜렷이 대비되는 역빠르고 욕심 많은 인물 염상구, 염상진에 대한 무한 충성심으로 몸을 아끼지 않고 소명을 다하는 하대치, 등장인물의 개성 있는 묘사와 투박하고 거친 말투로 인물의 성격을 뚜렷하게 만드는 것은 작가의 역량이며 소설의 묘미일 것입니다. 허술한 듯 촌스러운 듯 천연덕스럽고 투박스러우나 웅숭깊어 돌아서서 웃게 만드는 전라도 말엔 당기는 맛이 있습니다. 그렇더라도 소설 역시 문학작품이기에 아기자기하게 펼쳐놓는 사건과 사물이나 자연에 대한 섬세한 우리말의 묘사가 정겨웠습니다.

눈뭉치를 뒤집어 쓴 듯 서둘러 함빡 피어난 앵두꽃이나 어떤 이유로든 소설 열 권을 필사하였다는 사람들의 이야기가 예삿일로 보이지 않고 장하게 여겨지는 봄날입니다. 무엇이 우리를 설레게 할 것인가. 생업을 위해 새벽잠을 떨치고 일어나거나 예술가가 혼신을 다해 창작에 열중하거나 우리는 저마다의 인생에 앵두꽃을 피우고 있는 것은 아닐까요.

목재소를 지나며

목재소를 지나며

누군가 모르는 사람으로부터 우대를 받고 있다는 느낌은 기분이 괜찮다. 나를 집어 지칭한 것이 아니고 불특정 다수의 집단이나 사람에게 그런 느낌이 들도록 했을 때에는 누군가의 인품을 생각하게 한다. 설령 자기의 필요에 의해서였다 하더라고 그렇다.

시내 한복판, 오가는 길가에 제법 커다란 목재소가 하나 있다. 덩치 큰 빌딩 사이에 자리한 40-50년대의 우중충한 빨간 벽돌이 번화가와 어울리지 않을 듯싶지만 그런대로 조화를 이루고 있고 쉬이 자리를 뜰 것 같지도 않다. 땅값이 놀랄 만큼 올라가도 상관없이 자기 일을 계속하는 고집이랄까, 자존이랄까 그런 느낌이 들게 하는 곳이다. 오동나무 한 그루 옆에 끼고 있는 목재소 양철 문짝에 며칠 전 구인광고가 나붙었다.

"일하실 분 구합니다."

참으로 신선한 느낌이었다. 흰 종이에 매직잉크로 써붙인 광고문이 화—하니 박하 향처럼 가슴에 번졌다. 일할 사람이 아니고 일하실 분이라는 문구가 그렇게 기분을 훈훈하고 상쾌하게 할 수 없었다. 별스럽지 않은 일이나 당연한 일이 유별나게 보이는 것은 그렇지 못한 세대 탓일 게다.

그곳은 여직원은 물론 사무직 남자를 구하는 것도 아닌, 남자 잡역부를 구하는 것 같았다. 나무를 토막 내어 등짐 져 나르거나 통나무를 두 사람이 양쪽에서 들고 통째로 운반하며 목재를 다루는 일, 소위 몸으로 하는 노동 같았다.

생각해보면 내가 받은 신선한 느낌은 그 곳에서 일하는 사람들에 대한 예우, 사람을 귀히 여겨 주는 고마움이었는지 모른다. 그곳에는 사용자와 근로자의 마찰은 없을 듯싶고 근로자의 부당한 요구도 사용자의 지나친 간섭이나 과다한 노동 조건도 없을 듯싶었다. 일하는 사람은 알아서 자기 할 일을 열심히 하고 사용자는 그에 합당한 임금과 인격적인 대우를 해줄 것 같았다. 목재소에 한 번도 들어가 본 적도 얘기를 들어 본 적도 없지만 그런 느낌이 드는 것은 어찌 보면 이상한 일이기도 했다. 시장 갈 때나 우체국에 갈 때든지 무시로 그곳을 지나며 눈길 돌리면 살아온 연륜 만큼의 나이테를 가슴에 안은, 서너 아름드리 우람한 나무들이 휴식을 취하듯 누워 있었다. 어디서 평생 서 있다 왔기에 저리 곤히 쉬고 있는가. 저 커다란 나무, 둥근 몸체를 생각하고 몸체만큼 땅 속으로 뻗어 나갔다는 뿌리의 깊이를 상상하노라면 정목일의 수필 〈목향〉의 구절이 전류처럼 가슴에 흐른다.

"벌목꾼은 안다. 나무에 톱을 갖다대는 순간 몇 백 년 자란 거목이 숨을 죽이고 눈을 감고 있다는 것을……. 톱질을 시작하면 거목은 꿈쩍도 하지 않지만 거목의 일생이 흔들리고 있음을 알게 된다."

나무도 최후의 순간에 눈을 감는다는 표현은 그대로 나도 숨죽이게 하는 감동이었다. 경건하게 하는 심호흡이었다. 생명 있는 것의 최후는 식물이든 동물이든 그렇게 엄숙하게 하는 무언의 힘이 있다는 자각이 나를 깨우쳤다.

목재소 안마당 작업장엔 나무의 살점인 양 대팻밥이 수북하고 비명소리인 듯 전기톱 소리가 요란하다. 나무의 최후를 더욱 극명하게 보여주는 것인지도 모른다. 그러기에 오랜 세월 나무와 함께 살아 온 사람들의 심성은 보통 사람들과는 다를 성싶다. 그토록 거대한 나무를 보고 그의 일생을, 최후를 한 번이라도 생각해본다면 함부로 여길 수 없는 자연에 대한 외경이랄까, 섭리랄까. 삶의 무게를 느끼게 될 것이다.

눈길 돌려 바라보면 일하는 사람들이 선량해 보이고 성실해 보이는 것은 나의 편견일까. 많은 돈을 받는다 해도 자신에게 부끄러운 일은 하지 않을 사람, 누가 무어라 하기 전에 스스로 양심이 허락하지 않으면 어떤 일이고 할 수 없는 사람이 찾아들 것만 같다. 양심이 스스로를 통제하기에 자기검열에서 제어가 될 것이기 때문이다. 직업의 귀천을 말하기 전에 자신의 노동으로 힘들게 일하며 버는 돈의 의미를 생각하게 한다.

"일하실 분 구합니다."

이런 문구를 찾아내어 방(榜)을 붙일 줄 아는 사람의 품격은 아무나 가능하지 않을 듯싶다. 사람도 자연의 일부라는 깨달음에서 비롯한 깨어있는 사고랄까. 고운 심성 가운데서 자연스럽게 번져 나온 삶의 정서랄까. 적어도 그에게는 나무에 수액이 흐르듯 인간을 소중히 여길 줄 아는 따뜻한 마음, 인간미가 흐를 것 같다. 누군가 믿음직한 젊은이, 나이 드신 성실한 가장이 목재소에 들어설 것 같다.

조춘

    하늘이 청아한 모습으로 남빛 비단처럼 펼쳐졌다. 잎을 떨군 플라타너스 나뭇가지가 호두만 한 까만 열매를 조롱조롱 매달고 어우러진 것이 비단에 구성을 한 초방염 같다. 아직도 음지에는 구겨버린 휴지처럼 잔설이 쌓였는데 길가 미루나무 꼭대기에 있는 까치집이 우리 집 막내둥이 머리통처럼 동그란 것이 사뭇 정겹다. 아직 이르긴 하지만 봄바람을 쐬러 나왔는지 나뭇가지에서 노니는 까치부부가 더없이 다정스럽고 아침 햇살이 까치의 까만 날개 위에 유리 파편처럼 빛난다.

    집 앞 시냇가에서 아낙네 둘이 겨우내 참았던 불만을 바람에 날려 보내듯 장단을 맞추어 방망이를 두드리고 있다. 그 소리가 봄이 또박또박 걸어오는 발소리처럼 반갑게 들린다. 혹부리 영감의 노랫소리에 도깨비들이 모여들 듯 나도 방망이 소리에 끌리어 빨랫감을 챙겨 냇가로 달려간다. 봄배추 냄새 같은 풋풋한 봄바람이 감미롭게 얼굴에 스친다. 빨래하기에 알맞은 납작한 빨랫돌을 찾아 앉는데 "새댁은 어디 살유?" 처음 보는 얼굴이라는 듯 옆에서 빨래를 헹구던 아주머니가 이곳 특유의 사투리로 정답게 묻는다. 아이 셋을 낳아 기르는 30대 중반의 내게 새댁이라니…… 들어본 지 하 오래인 그 말이 새삼 이슬방울같이 신선하다.

"예, 바로 저기 살아요."

"빨래하긴 그저 이 냇물이 그만여. 묵은 때까지 쑥쑥 잘 빠지거든."

대전에서 작년 3월에 남편을 따라 이곳 변두리 주택가로 이사를 왔다. 온통 생경스런 이곳에서 제일 먼저 친하고 정을 들인 것은 이 빨래터였다. 냇물에서 빨래를 하면 놀랍도록 깨끗하고 흐르는 물에 헹구면 힘들지 않았다. 냇물에서 빨래를 해 본 경험이 없는 내겐 놀라운 발견이고 체험이었다. 아이들 투정과 칭얼거림을 비누거품으로 풀고 그이의 나태와 불성실도 흐르는 물에 흘려보내며 나의 속상함과 게으름도 뽀얗게 헹구어 놓는다. 조약돌이 온통 다 내비치는 투명한 물살을 퉁기며 빨래를 헹구는 소리가 정녕 까르르 웃는 봄의 웃음소리인 양 싱그럽다.

집안일에서도 빨래하는 걸 좋아한다. 때 묻은 옷을 싹싹 비벼 빨아 빨랫줄에 가지런히 널어 말리고 보송보송한 옷들을 개켜서 식구대로 옷장에 차곡차곡 넣는 것이 즐겁다. 와이셔츠는 물론 아이들 티셔츠까지 다림질해서 옷걸이에 가지런히 걸어 놓으면 바라보기만 해도 오붓한 느낌이다. 세탁기 빨래를 별로 좋아하지 않아 집에서 손빨래를 하였는데 냇가에 나오고부터 그 좁은 공간이 도무지 답답하게 느껴졌다. 냇가 주위의 시시로 변하는 자연경관 또한 더없이 맘에 들었다.

한여름 오후에 흐르는 물은 나른한 오수를 느끼게 하지만 아카시아 잎이 무성한 나무 그늘 아래에서 개구쟁이 아이들의 흙투성이 몸을 씻겨 주고 머리도 감겨 주었다. 아이들은 도무지 햇볕이 뜨거운 것도 모르고 정강이까지 차는 물속에서 고기 잡는다고 첨벙거렸다. 매미소리가 소나기처럼 쏟아지는 서늘한 그늘의 시냇물에서 하는 빨래는 전혀 덥거나 지루하지 않았다. 소나기 개인 뒤 콸콸 넘치듯 흐르는 물살이 때론 화난 얼굴처럼 험상궂기도 하였으나 커다란 담요를 맨발로 꽉꽉 밟으며 빨기엔 그런 날이 제격이었다. 빨래터엔 노역이랄 수 없는 즐거움이 있었다. 적요한 가을날의 물소리는 잔잔한 음악처럼 들리며 깊은 사색을 동반한다.

빨래터엔 길이 트여진 대로 쉼 없이 흐르는 물의 의연함이 있고, 부지런히 살아가는 사람들의 애환과 생동감이 있었다. 이곳 사람들은 마늘 캐는 일부터 생강 따는 일(생강포기에서 생강을 딴다는 것도 여기서 알았다), 인삼 캐는 일, 대하 고르는 일, 조개 까는 일 따위의 가용 돈벌이를 하느라 여자들도 한가하게 노는 사람이 없었다. 여자들의 벌이는 아이들의 학비와 용돈과 반찬값으로 유용하게 쓰였다. 때문에 이곳은 언제 어느 집에 무슨 일을 하러 가자는 약속 장소이고 오순도순 주고받는 대화의 요람이었다. 나는 주로 듣는 편이었으나 이런 서민들의 분위기와 삶의 소리들이 좋았다. 봄부터 시작하여 늦가을까지 친한 친구를 찾아가듯 이곳을 즐겨 찾을 것이다.

"빨래 다 했나봐유-."

빨래를 끝내고 일어서는데 희옥엄마가 커다란 양푼에 빨래를 가득 담아 이고 웃으며 걸어온다. 분홍 스웨터가 한 아름의 진달래 꽃다발을 보듯 눈부시다. 그 위로 까치 한 쌍이 봄나들이를 떠나는지 남빛 하늘을 선회하더니 힘차게 비상한다. 실로 반가운 손님이 오듯 봄이 오려나보다.

맨 처음 독자

우리 집 막내가 교구청에서 주최하는 백일장에서 장원 상을 받아왔다. 성소주일을 맞아 교구 내 주일학교 학생들이 대전 가톨릭대학으로 소풍을 갔는데 그곳에서 쓴 것이라고 한다. 상을 받았다는 것이 뜻밖이라서 놀랐다. 저도 전혀 예상하지 못했는지 무척 기뻐하며 그럴 줄 알았으면 더 잘 쓸 걸 그랬다며 아쉬워한다.

수상자 명단이 주보에 나가자 여러 사람들이 축하해 주었다. 누군가 "걔가 쓴 거 엄마가 손봐 준 거 아냐?" 말하며 웃는다. 행사가 있는지조차 몰랐다며 따라 웃었으나 지금까지 녀석의 글 솜씨가 어떤지 잘 모르고 있었다. 평소에 책읽기를 좋아하는 것은 알고 있었지만 쓰는 것은 별로인 것 같았고 학교에서 내는 일기숙제조차 마지못해 쓰곤 해서 짐짓 마음 쓰지 않았다. 글이란 것이 누가 쓰라고 해서 쓰는 것도 아니고 제가 하고 싶으면 언제든 쓰게 될 것이라는 생각 때문이다. 그래서 상을 받았다지만 녀석의 글에 대한 일말의 염려도 없지 않았다.

얼마 후, 주보에 막내의 글이 실렸다. 원고지 대여섯 매의 짧은 글이지만 주제에 맞게 자기생각을 그런대로 잘 썼다. 막내라서 노상 어린애 같았는데 제법이고 녀석의 활자화 된 글을 처음 본지라 대견했다. 그런데 그걸 읽으며 뜻밖의 발견을 했다. 내 글과 어딘지 모르게 비슷하다는 느낌이었다. 내용이야 제 이야기를 쓴 것이고 그 자리서 제목을 주는 명색이 백일장이니 글제를 미리 생각해보지 않았을 텐데 글을 풀어가는 거며 어미처리 같은 것이 닮았다고 할까. 별 생각 없이 말한 누군가의 말처럼 녀석의 글은 마치 예의 그 손봐주기라도 한 것처럼 문장이 흡사했다. 신기한 느낌이 들어서 다시 한 번 읽어보았지만 그 느낌은 여전했다. 어린 아들 글에서 내 글의 분위기를 느끼자 흥미로웠다.

그것은 자신도 모르게 스며든 엄마 글에 대한 친숙함이며 정서였는지 모른다. 그 침윤된 정서가 어떤 계기가 되어 표출된 감성은 아닐까. 날마다 엄마 글을 들으며 자란 아이가 영향을 받은 것 같았다. 개성이 중요시되는 세상에 살면서 그것이 좋은 일인지 어떤지 분간이 되지 않지만 아직 사고가 뚜렷하지 않은 나이니 앞으로 두고 볼 일이다.

내가 본격적으로 글을 써서 문예지에 발표하기 시작할 때 이 녀석의 나이는 네 살이었다. 어린 세 아이들과 정신없이 바쁘게 살면서 글을 쓴다는 것은 힘든 일이었으나 수필이란 것을 써서 세상에 내놓으며 글에 대한 불안감을 감출 수 없었다. 누군가 읽어 주었으면 싶었지만 주위에는 아무도 없었다. 글 한 편을 써놓고 궁여지책으로 막내와 아홉 살, 일곱 살짜리 어린애들을 앉혀놓고 좀 들어보란 듯 읽어주었다. 아이들은 얼마동안 전깃줄에 앉은 제비처럼 나란히 앉아 잘 들어줬다. 그러다 위의 누나와 형이 학교 숙제가 있다며 물러났다. 어려서부터 순하기 짝이 없던 막내 녀석은 엄마가 제 곁에 있는 것이 좋아서였는지 신통하게 옆에 앉아 뜻도 모를 글을 조용히 듣곤 했다. 그러니 만만한 게 이 녀석이었다. "요한아, 엄마가 쓴 글 읽어줄까?" 그러면 "응 엄마, 읽어봐." 하며 내 곁으로 바짝 다가앉곤 했다.

아이가 초등학교에 들어가고 학년이 올라가도 들어주는 일은 계속됐다. 그야말로 들어주는 일이었다. 동화라면 모를까, 어른들 이야기인 수필이란 것이 무슨 재미가 있었으랴만 녀석은 싫증 내지 않았다. 어린 것이 무엇을 알 수 있었을까. 아이에게 무엇을 기대했을까. 아무것도 없었다. 다만 누군가 내 글을 들어준다는 사실에 안도를 했던 것 같다. 모종의 자기최면인지 위안심리였는지 모른다. 사람이 아무리 답답해도 매번 벽을 마주하거나 인형을 앉혀놓고 그럴 수는 없었다. 아이 앞에서 소리 내어 글을 읽다가 새로운 생각이 떠오르거나 틀린 말을 발견하면 수정하곤 했다.

칭찬은 아이가 하는 것이라도 듣기 좋다고 한다. 다 읽고 나면 고 어린 것이 "엄마 잘 썼다." 하거나 아무 말이 없으면 "요한아 어떠니?" 내가 묻기도 했다. 생각해보면 얼마나 유치하고 우스꽝스런 일인가. 수필이란 것이 심상의 표현이라는 말대로 솔직하게 쓰다 보면 거북스런 말도 있기 마련인데 늘 그랬다. 그러면서 아이하고의 오붓한 시간을 즐겼다.

글다듬기는 그렇게 이어졌고 아이는 자랐다. 지금 생각하니 아이들이 어릴 때 동화를 써서 읽어 줬더라면 얼마나 좋았을까 하는 아쉬움이 있다. 어느 때는 듣고 있다가 "엄마는 비슷하다는 말이 있는데 왜 흡사하다는 말을 써?" 하거나 "너무 어려운 말은 쓰지 마세요." 하며 제 생각을 말하기도 했다. 때로는 거기가 이상하니 고쳤으면 좋겠다고 어색한 글귀를 지적했다. 녀석은 어느새 글눈이 틔어가고 있었다.

내년에 중학교에 들어가는 녀석은 지금까지 써온 내 글의 맨처음 독자다. 앞으로도 그럴지 두고 볼 일이나 저 할 일도 바쁜 아이에게 시원찮은 글이나 읽어주며 들어달라기에 녀석은 만만치 않다. 이제 커가는 아이에게 에미의 속마음을 불쑥불쑥 내보이는 것 같아 쑥스럽기도 하다.

아이가 자라서 문필가가 되기를 바라지 않는다. 다만, 마음에 조그만 상처를 입어도 술의 힘을 빌려 남에게 넋두리를 늘어놓기보다 한 권의 책이라도 읽으며 위안 받기를 바란다. 복잡하고 삭막하여 인정이 메말라가는 현대를 살아가며 가족 간에 따뜻한 마음을 편지로 주고받기를 바란다. 좌절과 실의에 빠진 친구에게 위로

해 줄 수 있는 너그러운 성품의 소유자가 되기를 바랄 뿐이다.

녀석은 도서상품권을 상품으로 받고 무슨 책을 살까 즐거운 고민에 빠져 있다.

물갈이

길섶에 소리쟁이 다보록이 솟아오르는 봄날, 시아버님 생신이
라 시댁에 갔다. 막냇시누이가 생신기념으로 장롱을 사왔다. 집
에 장롱이 없는 것도 아니고 칠십이 넘은 두 늙은이들이 무슨 새
장롱이냐고 시아버지께서는 만류하셨지만 시누이는 효도할 요량
으로 평소에 그걸 생각했었나 보다. 사실 시어머니가 시집 올 때
해 오셨다는 장롱은 세월과 함께 돌쩌귀가 부실해져 여닫을 때마
다 문짝이 덜렁거리기도 했다. 그 때마다 어머니는 장롱을 사고
싶어 하셨다.

큰 시누이와 나는 헌 장롱의 옷들을 꺼내며 이 기회에 버릴 것
은 좀 버리자고 입을 모았다. 시어머니는 예전 어려운 시절을 살
아오며 몸에 밴 습성 탓인지, 타고 난 성품 탓인지 당신 손안에
들어 온 것은 무엇이나 버리는 것이 없었다. 헝겊 조각이나 종이
상자, 실오라기까지 집안 어디든 두었다가 필요할 때 요긴하게

쓰곤 했다. 그러나 그 언젠가를 위해 쌓아 두자니 집안이 늘 어수선하고 지저분했다. 시댁에 올 때면 가끔씩 못 쓸 것은 좀 버리라고 얘기해도 당신 스스로 잘 되지 않는 모양이다. 그 연세까지 살아오며 무엇을 버리는 일이 그것을 만들어낸 누군가에 대한 배신이며 죄를 짓는 것이라고까지 생각하시는 듯싶었다.

요즘은 버리며 사는 것도 생활의 지혜라는데 두 반닫이에서 나온 옷은 상상을 초월했다. 이미 장성하여 결혼을 한 자식들이 어릴 적 입던 옷가지와 양말, 소모품까지 있었다. 우린 성하고 입을 만한 것을 선별하고 버릴 것은 막내 아가씨가 아궁이에 불을 붙였다. 벌써 떨쳐 버려야 했던 몇 십 년 따라 다닌 구차한 소유와 집착이 연기를 내며 활활 타 올랐다.

옷가지 하나하나엔 그것을 장만하기까지의 사연과 또 자주 입으면서 애환이 생기기 마련인데 어찌 서운함인들 없으랴. 간혹 저건 없애서 안 된다고 생각이 들면 시어머니는 아궁이 앞에 와서 그걸 끌어안으며 막냇시누이와 실랑이를 벌였다. 시누이는 그 옷을 입지도 못할 텐데 왜 이러시냐며 달랬다. 체구 자그마한 시어머니의 어린애 같은 모습을 보다가 우린 누가 먼저랄 것도 없이 마주보며 웃었다. 우리가 보기에 너무도 하찮은 그것이 무릎이 해진 몸뻬바지였기에 그 소유에 대하여 연민이 느껴졌다. 아직은 더 입을 수 있다는 소용가치를 말하기 전에 그건 버려서 안 되는 어떤 의미가 있는 것일까. 거기에 생각이 미치자 어머니의 행동이 이해가 되었다.

아무리 유행이 지나고 오래 되어 못 입는 옷이라도 차마 태워버릴 수 없는 옷이 있었다. 커다란 보자기에 싸여 장롱 밑바닥에서 나온 보퉁이가 그랬다. 그 안에는 세모시로 만든 남자 두루마기와 양복 저고리가 들어 있었다. 오랜 세월에 누렇게 되었지만 푸새까지 하여 곱게 손질한 그것은 바느질 또한 얌전했다.

"이 옷은 돌아가신 신부님 옷이란다."

시어머니께서는 밝은 목소리로 말씀하셨다. 시아버님 형님되시는 분으로 집안의 맏이었는데 신부가 되었다. 그러나 한창 일할 사십 초반에 안타깝게 돌아가셨다. 결혼할 무렵 남편으로부터 이 집의 정신적 기둥이었다는 신부님에 대한 얘기를 들으며 그분이 살아 계신다면 얼마나 좋을까, 생각했었다.

누구도 입을 수 없는 모시 두루마기와 모시 양복을 돌아가신 지 30여 년이나 간직하고 있는 시어머니는 신부님을 향한 존경의 표시에서였을까. 아주버니 신부님에 대한 계수로서의 의무감에서였을까. 그럴 수 없이 자상하고 따뜻한 성품이었다는 신부님. 나는 그 옷을 함부로 할 수 없다는 생각이 들어 다시 곱게 싸서 장롱 깊숙이 넣었다. 내놓았던 옷가지를 다 태웠을 때는 커다란 가마솥에 가득한 물이 설설 끓고 있었다.

"어머니, 아깝지요?"

"아니다. 하나도 안 아깝다. 아주 잘 태웠다."

의외로 그렇게 말씀하시는 시어머니의 빠른 체념이 좋았다. 빈손으로 왔다가 빈손으로 가는 것이 인생이라고 우린 쉽게 말한다. 그러나 빈손으로 떠난다는 것이 기실 얼마나 어려운 일인가. 빈손의 개념이 단지 사물에 대한 집착을 포기하는 것만이 아니라 인생의 희로애락과 삶에 대한 애정까지 포기해야 하는 것이기에 어렵지 않을까. 삶에 대한 포기, 그 절대의 고적 앞에서 삶은 더욱 숙연할 수밖에 없다. 이 세상에 진정한 나의 소유도, 함께 할 누구도 없다는 절박한 기분, 그 자각에 눈이 뜰 때 우리 삶의 의미도 달라질 것이다. 부부 연이나 자식들은 물론 평생 맺어온 아름다운 인연의 줄까지 스스로 끊어내야 하는 기막힌 심정일 때 삶은 얼마나 비장한 것이랴.

그래도 가끔은 그동안 누린 것과 가진 것에 대한 점검과 함께 생활의 정리 내지 반성을 하며 살고 싶다. 기왕에 맺은 내 인연의 사슬에 애정의 사슬을 더하고 싶다. 모처럼 시댁 살림살이의 대대적인 물갈이가 자성의 시간이 되었다.

감과 어린 시절

콧대 높은 여자의 마지막 자존심인 양 쏘아대는 한낮의 늦더위 속에서 시장 바닥 구석진 자리에 동그란 얼굴 맞대고 조홍시(早紅枾)가 앉아 있다.

한여름 성난 태양 다독여준 갈바람 속에서 혼자만 삭인 가슴인가. 아직도 푸른빛 도는 가운데 얼굴 위에만 연지 바른 듯 바알갛게 물든 조홍시. 퍼붓듯 쏟아지던 폭우와 그 넘쳐나던 정열 속에서 힘차게 수액을 빨아올리고 무엇이 이리도 급하여 두 볼을 달구어 놓았는가. 아무도 눈여겨보는 이 없는데 보일 듯 말 듯 수줍은 얼굴. 조홍시로 받아 안는 가을 인사. 조홍시가 보여주는 유년의 비디오테이프.

내가 어려서 자란 할머니 댁은 가을이면 붉게 물든 나뭇잎과 주홍빛 감이 온통 불 켠 듯 환한 마을이다. 뒤란과 우물가는 물론 집 앞 텃밭에까지 감나무가 즐비하게 서 있어서 조그만 동네 전체를 환히 밝혔다. 그것은 감나무가 아무 토질에나 잘 자라기도 하지만 부지런한 할아버지 덕분이다. 산 밑에 있는 밭 가장자리에 빙 둘러 서있던 감나무, 앞산의 밤나무며 냇가의 호두나무, 길가의 대추나무까지 모두 할아버지께서 심으셨다니 말이다.

어릴 적, 할아버지께서는 고욤나무 가지를 예리한 창칼로 째고 감나무 가지를 접붙여 무명 끈으로 꼭 동여매주셨다. 그러면 고욤나무가 감나무로 자라나 굵고 탐스러운 감이 주렁주렁 열렸다.

떫은 맛 잘 우려지던 뒤란의 월화, 동글납작하며 달콤한 맛 그만인 대접감, 둥주리감이라고도 하는 수시(水柿), 맛은 덜하지만 씨가 없어 먹기 편하던 무종시(無種柿). 감 맛이야 비슷하지만 그래도 조금씩 그 맛이 달랐다.

감나무에는 칠덕(七德)이 있다는데 수명이 길고, 녹음이 짙고, 날짐승이 집을 짓지 않고, 벌레가 없고, 단풍진 잎이 아름답고, 과일 맛이 좋으며 끝으로 낙엽이 거름이 될 수 있는 것이라고 한다.

할아버지께서도 하마 이것을 아셨을까. 산골 척박한 땅에서도 잘 자라던 나무는 어쩌면 감나무가 가장 적합하였는지 모른다. 노란 감꽃 주워 실에 줄줄이 꿰어 목에 걸고 다니며 아끼듯 하나하나 따먹었고 기름지고 넓적넓적한 잎사귀를 바랭이줄기로 이어서 모자 만들어 썼다. 커다란 방석 만들어 깔고 앉아 사금파리로 즐기던 감나무 아래 소꿉놀이도 한 장면으로 떠오른다. 넓둥근 감나무 잎은 반질반질 윤기가 흘렀다.

대여섯 살쯤 되었을까, 저녁 어스름이었는데 엄마가 자꾸 밖으로 나가라고 했다. 아무도 나를 거들떠보지 않았다. 외톨이가 되어 마당가 감나무 밑에 앉아 훌쩍훌쩍 울었다. 공연히 눈물이 나왔다. 그때 집에서는 두세 살 먹은 바로 밑의 남동생이 감을 먹은 뒤 씨가 목에 걸려 죽었다고 했다. 내 기억은 그뿐이지만 식구들 모두 경황이 없었을 것이다.

초등학교에 입학하고부터 방학 때마다 오빠하고 같이 할아버지 댁으로 갔다. 버스에서 내려 한참을 걸어가야 하는, 가도 가도 끝없어 아득하게 느껴지던, 주위가 온통 산으로 둘러쳐진 산골짜기 자갈밭 길이었다. 오빠하고 함께 노래하며 놀며 어찌어찌 도착하면 감나무가 우릴 먼저 보고 반가워했다. 할아버지와 할머니께 절을 드리고 나면 작년에 놀다 두고 간 매미채부터 찾았고 겨울에는 썰매부터 찾았다. 냇가에서 가재 잡느라 첨벙대며 하루해를 넘기고 곤충채집한다고 산으로 들로 고삐 풀린 망아지처럼 쏘다니며 놀았다. 마당가 두엄더미에 잠자리 떼 진을 치고 날면 싸리비로 잠자리 잡느라 시간 가는 줄 몰랐다. 제 풀에 지쳐 감나무 아래 깔아 논 밀짚자리에서 설핏 낮잠이 들다 쏴아~ 소나기인 양 쏟아지던 매미소리에 놀라 잠이 깼다. 저녁엔 마당가 모깃불로 지핀 쑥대궁이 매캐한 냄새를 내며 타 들어가면 우린 반딧불이 찾느라 정신이 없었다.

바람이라도 부는 날 새벽녘이면 툭! 툭! 뒤란에서 풋감 떨어지는 소리가 들렸다. 그러면 오빠와 난 감나무 밑으로 갔다. 이슬 머금은 주먹만 한 풋감을 치마 가득 주워 오면 할머니께서는 새파란 감을 항아리에 담으셨다. 우물가에 항상 키 작은 항아리가 두 개 앉아 있었으니 새로 주워온 감은 떫은맛을 우려내기 위해 빈 항아리에 물과 소금은 넣고 담가 놓았다. 그리고 전날 소금물에 담가 놓은 감은 떫은맛이 가시고 달콤하여 먹을 만하였으니 '풀 방구리 쥐 드나들 듯' 집안을 들락거리며 먹어댔다. 지금 생각하면 실하게 여물지 못하고 떨어진 낙과가 무슨 맛이 그리 있었으련만 달리 먹을 것이 없었기에 그랬을 것이다.

풋감이 조금씩 얼굴 붉힐 무렵이면 긴긴 여름방학도 끝나갔다. 오빠와 난 빨아도 지워지지 않는 감물을 옷마다 얼룩으로 남기고 가슴에는 추억의 감물을 들이고 집으로 돌아오곤 하였다.

그리고 추석 때 아버지를 따라 할머니 댁에 가면 할아버지는 감망을 들고 나오셨다. 긴 장대 끝에 노끈으로 동그랗게 망을 짜서 매달은 감망은 우리가 쓰던 매미채보다 작고 어른 주먹보다 조금 큰 것으로 연시(軟柹)를 따는 도구였다. 할아버지께서는 감나무에서 잘 익은 연시를 골라 그 망으로 또옥또옥 따 내리셨다.

"할아버지! 여기도 있어요."

"할아버지! 저것도 빨갛게 익었어요."

우린 고개를 반짝 뒤로 젖히고 신바람 나서 소리 질렀다. 그리고 잘 익은 감을 입에 대고 달콤한 과육을 쪽쪽 빨아 먹었다. 할아버지께서는 어쩌면 감나무에서 감을 따 내리듯이 당신 자손에 대한 사랑도 함께 따 내리셨는지 모른다. 우린 감과 함께 그분의 사랑을 함께 받아먹었는지 모른다.

홀쩍 키 크고 수염 하얗던 할아버지도 언제나 살아계실 것 같던 할머니도 돌아가셨다. 지금도 감을 보면 이렇게 향수에 젖어드는데 감은 또 다시 어릴 적 고향 마을에 꽃등처럼 환히 열리겠지. 어려서 그렇게 해마다 무늬 놓은 마음의 감물은 피곤에 지친 내 삶에 때때로 그리움의 향유가 되어 나를 일깨우곤 한다. 세월은 늘 하루쯤 더 묵어갔으면 싶은 손님처럼 아쉬움만 더하고 속절없이 흐르는데 볼 붉힌 조홍시를 보니 불현듯 어린 시절이 눈물겹도록 그립다.

밀화부리

쏟아지는 햇살이 눈부신 봄날이다. 시아버님 생신으로 오랜만에 만난 집안 식구들이 마루 끝에 앉아 얘기꽃을 피우고 있다. 두 노인만 사시는 절간 같던 집안에 모처럼 사람 소리로 왁자지껄하다. 아이들은 아이들대로 어른들은 어른들 대로 무엇이 그리 재미있는지 한바탕 웃음이 터져 나온다.

그때 자그마한 새 한 마리가 담장 위에 앉아 있었다. 잠시 후, 마당가 닭장 위로 날아올랐다, 가만히 있질 못하고 연신 무어라 지저귀며 앞집 지붕 위로 갔다, 마당가 감나무 위에 앉았다, 다소 수선스럽게 움직였다. 연회색 몸뚱이에 꼬리가 검고 부리가 샛노란 것이 예쁘장하게 생겼다. 가만히 들어보니 소리도 다른 멧새들하고 다른 것 같았다. 나중에 알았지만 남쪽 나라에서 겨울을 보내고 봄이 되면 우리나라에 온다는 철새 '밀화부리'였다. 부리가 노란해서 붙여진 이름이란다.

마침 부엌에서 나오던 시어머니께서 그 새를 보았다. 소리를 듣고 이미 새가 날아와 있는 것을 아시는 듯싶었다. 새가 참 예쁘네요. 내가 말했다.

"그래…. 우리 기상이가 저렇게 찾아오는가 보다…."

시어머니는 말끝을 흐리며 뜻밖의 말씀을 하셨다. 한숨인 듯 탄식인 듯한 그 말을 들으니 아직도 막내아들을 잊지 못하는 것 같았다. 자식들이 다 모인 자리에 응당 있어야 할 자식이 없음을 가슴 아파하는 듯했다. '부모가 죽으면 산에다 묻고 자식이 죽으면 가슴에 묻는다.' 하더니 자식이 죽은 지 십오 년이 넘었는데도 자식을 가슴에 묻은 노모는 아직도 이렇게 떠난 자식을 생각하고 있었다.

시동생은 서른다섯 한창 나이에 우리 곁을 떠났다. 자신의 일터에서 쓰러지곤 그만이었다. 난데없이 웃어른들과 형제들, 친구들을 오게 해놓고 한 마디 말도 없이 하루 만에 갔다. 하얀 종이꽃이 눈부신 꽃상여가 마을 어귀를 돌자, 일곱 살짜리 철부지 아들은 동네 아이들과 딱지치기에 바빴다. 그러고 보니 그때도 이렇게 화창한 봄날이었다.

시어머니에게 막내아들은 애물단지였다. 어려서 소아마비에 걸려 동네 침쟁이에게 침을 잘못 맞은 뒤로 한쪽 발이 불편했다. 남이 보기에 그리 표가 나지 않으나 급한 성격이 자라면서 매사를 그것으로 트집 잡아 반항적인 성격이 되어갔다. 예나 지금이나 자식한테 만만한 사람은 어미인지라 어머니께 불만을 터트리곤 하여 애간장을 끓이게 하였다.

중학교는 이십여 리나 떨어진 곳에 있었다. 걸어 다니기 불편하니 아버지께 자전거를 사 달라고 졸랐다. 그러나 아버지는 남들도 걸어서 다니는 학교 그대로 다니라고 거절하였다. 어머니라도 마련해 주었으면 좋았으련만, 어머니는 경제력이 없으니 그냥 마음만 아파하셨지 대책이 없는지라 시동생은 급기야 다니던 학교도 그만 두고 말았다. 내가 잘못하여 자식을 저 지경으로 만들었다는 죄책감이 늘 어머니 마음을 괴롭혔다. 공부도 다 때가 있는 법이니 중학교라도 마쳐야 한다고, 지금 안 하면 나중에 크게 후회한다고, 형들이 아무리 어르고 달래도 막무가내로 듣지 않았다.

시동생은 그 길로 나가 자동차 정비공장에 들어갔다. 어린 나이에 그것 또한 쉬웠겠는가. 제대로 가르쳐 주지 않으면서 그것도 모르느냐고 매타작을 당할 때는 억울하고 야속하여 속울음도 많이 울었다고 했다. 그래도 눈칫밥 먹으며 어렵사리 기술을 배웠노라고 자랑스러워했다. 얼마동안 드난살이를 하며 잘 견디어 내더니 자기 사업을 하고 싶어 했다. 사업 밑천을 대줄 사람은 아무도 없었다. 그러자 중동에 건설 붐이 한창일 때 돈을 벌겠다고 사우디아라비아로 갔다. 삼년 후에 들어와서 애면글면 고생하더니 가게도 차리고, 결혼도 하고, 이제는 일가를 이루고 살만 하였다. 생활도 안정되었고 세 아들 중에서 가장 부모를 생각하여 어머니

는 늘 대견해 하였는데 무정스레 그렇게 떠나가 버렸다. 생각할수
록 애석하기 짝이 없는 노릇이었다.

해마다 봄이 오고 자녀들이 모이는 날이면 시어머니는 떠난 자
식 생각이 더욱 간절한 것 같았다. 그토록 가슴 절절하기에 떠난
자식이 '새'로 환생하여 어미를 찾아오는 거라고 생각하는지 모른
다. 한 번도 내색하지 않아서 몰랐다. 아무도 채워주지 못하는
빈자리 그나마 새가 채워 주는 것 같아 다행스레 여겨지고 안쓰럽
기도 했다. 자식을 앞세운 늙은이라는 말이 욕스러워 땅거미가
질 무렵 산에 올라 무덤 앞에 엎드려 울다 내려오곤 하였다는 시
어머니께 세월은 흐르지 않은 것 같았다. 남의 눈에 띌까 두려워
서둘러 산모롱이를 돌아섰을 시어머니의 아린 심정이 가슴 뭉클
하게 한다.

저 위에 무엇이 있나 보라며 시어머니께서 마루 천장 밑에 달린
신발장을 가리킨다. 반투명 유리로 된 미닫이문이 반쯤 열려 있었
다. 나는 까치발로 서서 안을 들여다보았다. 아! 그곳에는 놀랍게
도 지푸라기로 만든 새 둥지에 앙증맞게 생긴 얼룩무늬 새 알 다
섯 개가 숨겨놓은 듯 고스란히 놓여 있었다. 나는 못 볼 것을 본
것처럼 가슴이 두근거려 얼른 본래대로 문을 반쯤 닫아 놓고 순간
새를 바라보았다. 다행히 담장 위에 새는 없었다.

'그랬었구나. 얼마나 놀랐을까.' 갑자기 손님들이 마루에 죽 늘
어 앉아 떠들고 있으니 새는 제집에도 들어가지 못하고 안절부절

못하였구나. 예사롭지 않던 새의 부산한 움직임들이 그제야 이해되었다. 혹시 불청객이 새알에게 해코지라도 할까보아 경계를 하였는지 모른다. 한낱 미물일망정 제 새끼에 대한 애정은 사람이 자식을 생각하는 바와 다름없는 것 같았다.

키 작고 허리 구부러진 시어머니는 그곳을 들여다보지 못한 채 궁금해 한 것 같았다. 어쩌면 새가 드나드는 것으로 보아 둥지를 틀었을 거라고 짐작하였는지 모른다. 내심 반가워하며 남몰래 눈물지었을지도 모를 일이다. 한 사람이 이 세상을 떠났다고 하여 어찌 인연까지 끝났다고 할 수 있을까. 우리가 살아 있는 한 실핏줄처럼 이어진 그 사람과의 좋고 나쁜 기억들은 가슴속에 남아서 때때로 아픔처럼 되살아난다. 아깃적 어여쁨이나 자라면서 보여준 대견스러운 순간들이 세월이 흐를수록 괴로움이 되기도 한다. 좋은 추억은 좋은 대로 슬픈 사연은 또 그대로 우리 삶을 애처롭게 한다. 자식을 가슴에 묻은 어미의 애달픔도 결국 이 세상을 하직하는 날 끝날 것이다.

끝나지 않은 슬픔을 안으로 삭이며 작은 새에게 시선을 보내는 시어머니를 보며 나에게 연계된 혈연들이 종내는 순리대로 풀어지기를 소망한다. 그것이 우리 삶에 있어 얼마나 커다란 행복인가를 생각한다.

팔순 노모의 굽은 등 위로 사월의 햇살은 무더기로 쏟아져 내리고 기회를 엿보다 지친 작은 새는 서쪽 하늘로 날아가고 있다.

식혜

"아니! 여태 엿기름도 못 만든단 말이예욧?"

겉보리를 사면서 엿기름 만드는 방법을 물었더니 아저씨가 냅다 소리부터 지른다. 엿기름 못 만드는 것이 큰 잘못이라도 되는 양 혼쭐이 났으나 멀뚱히 바라보고 있으니 미안했던지 아저씨가 역정 낼 때와는 딴판으로 친절히 설명해준다. 그동안 직장 일 하느라 미처 눈 돌릴 새 없었다 하더라도 그것이 이유가 될 수 없으니 무엇이나 배워둬야 내 것이 될 수 있을 것이다.

"겉보리 서 말만 있으면 처가살이를 하랴." 여북해야 처가살이를 하겠느냐는 빈궁한 처지의 남정네를 두고 일컫는 말의 대명사처럼 쓰이는 겉보리 서너 되를 샀다. 명절에 식혜를 했더니 영 제맛이 안 나 아무래도 엿기름이 문제인 것 같아 길러보기로 했다.

겉보리를 하루 동안 물에 담갔다가 소쿠리에 건졌다. 하루에 네댓 번씩 물을 주니 이틀 만에 실밥 같은 실눈이 보리 톨마다 매달렸다. 토라진 아이처럼 단단히 뭉쳐 있던 알맹이가 그래도 세상이 궁금했던지 살그머니 실눈을 떴다. 이틀 만에 뿌리가 서너 개 뻗더니 또 이틀 만에 파릇한 싹이 돋았다. 기척도 없더니 차츰 움쑥움쑥 자라는 기세가 여간 아니게 어기차다. 서로 엉키지 않도록 떼어 내 바싹 말렸다. 카터기를 돌려 빻아놓으니 정작 이처럼 쉬운 일이 없다. 무엇이나 내 손으로 해보면 각별하기 마련이다.

식혜를 만들려고 엿기름가루를 물에 담갔다. 주물주물 빨아내니 뽀얗고 톱톱하게 우러난 엿기름물이 보기에도 흐뭇하다. 미리 해놓은 밥을 앙금 가라앉힌 윗물로 보온밥통에 안쳤다. 대여섯 시간이 지나자 톱톱하던 물이 노르스름해지고 하얀 밥알 동동 떠올라 꺼내어 설탕을 넣어 끓였다. 밥도, 엿기름물도 사라지고 해말간 식혜로 거듭났다. 옹근 밥알 무지근히 삭아 흐뭇이 풀어놓은 특유의 맛이 단박에 입맛을 사로잡는다. 푸슬푸슬 거칠기 짝이 없던 엿기름의 무조건의 헌신, 맥아의 풍미가 입안을 향그럽게 한다. 효소의 작용으로 발효하여 만들어낸다 해도 한국인의 독특한 맛임에는 분명하다. 톡 쏘아 긴장시키는 청량음료의 강렬한 맛도, 네 맛도 내 맛도 아니게 무덤덤한 건강음료의 어정쩡함도 아닌, 말갛고 달착지근하며 순한 액체의 은근한 맛이 유년을 불러온다.

문고리 쩍쩍 손에 달라붙는 엄동설한, 뒤란 광에서 할머니가 퍼다 주시던 하얀 식혜 대접엔 녹색 福 자가 선명했다. 살얼음

사각거리는 식혜와 절절 끓는 아랫목에서 금방 호물호물해진 대접감 놓인 개다리소반 위엔 방안이 궁금한 감나무 그림자가 기웃거렸다. 산마을 휩쓸고 가는 바람소리에 문풍지도 제풀에 놀라 푸르르 떨고, 홀짝이며 떠먹던 달콤한 식혜 맛엔 유년의 연두물이 고였다. 문지방 넘어서다 잠 안 자고 지켜보던 보름달의 부릅뜬 눈에 오금이 저렸고, 요강 찾아 두리번거리다 제 그림자에 화들짝 놀라 이불 속을 파고들었다. 할머니가 윗목으로 슬그머니 들여놓아 주시던 사기요강이 너무 차가워 진저리를 쳤고 뒤란의 바람소리 뒷덜미를 잡아챌 듯 요란했다. 노르스름한 보릿짚 빛깔의 식혜 속엔 나를 앞세우고 차일 친 잔칫집에 들어서던 토끼털 배자 입은 할머니의 호박단 치맛자락이 보인다. 눈감아도 그려지는 빨간 치마 노랑저고리의 유년이 보인다.

　어른들의 말씀은 허투루 흘려버릴 것이 없다. 생활의 경험에 의하여 생긴 지혜이기에 음미해보면 무릎을 칠 만큼 놀랍다. 아이들에게 젖을 먹일 때 식혜를 좋아하는 내게 친정어머니는 젖이 삭으니 먹지 말라 하였다. 아이의 밥줄인 젖이 삭는다니까 젖이 묽어지고 영양분이 소멸된다는 말로 알았는데 그건 젖이 줄어든다는 말이었다. 엄마가 먹는 음식은 그대로 아기가 먹는 거와 같으니 아기를 키우는 일은 매사를 조심하고 긴장해야 되는 일이다.

　나중에 엿기름이 모유를 말리는데 이용되는 것을 알았다. 아이가 돌이 지나면 모유가 별 도움이 안 되니 당연히 모유를 끊고 이유식을 시작해야 한다. 젖이 많으면 젖이 흘러 늘 옷이 축축하니 그 또한 난처하기 마련이다. 보통은 간단히 약으로 말리지만 엿기름물을 마시면 부작용도 없고 서서히 모유의 양이 줄어든다는 것이다. 지금이야 과학적인 방법으로 쉽게 알 수 있다지만 수십 년 전, 아니 그 이전부터 어머니들은 어찌 그걸 아셨을까.

우리의 전통 음식이나 재래식품은 오랜 경험과 숙련 끝에 나온 산물이고 장구한 세월동안 익숙해진 미각 때문에 지켜온 것이라 할 수 있다. 야채나 곡물이 지닌 고유한 성분을 찾아내어 다른 식품과 요모조모 배합 시도하여 새로운 맛을 창출해내는 솜씨와 눈썰미는 섬세한 감각을 지닌 우리 민족만의 자랑일 것이다. 맑은 식혜 위에 윤기 도는 노란 잣 서너 알 동동 띄워 마시면 잊고 있던 소식처럼 새로운 풍미가 입안을 향그럽게 한다. 우리 입에 익숙해진 전통음식은 오롯한 정신처럼 은근한 맛을 지키며 흔들림 없이 지금껏 이어져오고 있다. 그 가운데 아련한 추억처럼 식혜가 있다.

무엇이 무엇을 삭힌다는 것은 대단한 변혁이라 할 수 있다. 누가 누구의 마음을 풀어준다는 것 또한 고마운 일이다. 기진맥진하여 아무런 힘이 없는 사람에게, 상처 나서 아픈 영혼에게 의지가 되고 의미가 된다면 삶은 새로운 깃발을 흔들며 다가올 것이다. 살아가는 일은 엿기름물이 옹근 밥알 삭혀서 식혜를 만들어내듯 누군가에게 삶의 곡경(曲境)을 삭히고 풀어주며 용기를 주는 일이다. 예전의

내게 누군가 그랬듯 못 견딜 것 같은 서러움 서리서리 풀어내어
세월의 강물에 흘려보내라고 손잡아 주는 일, 살아가는 일은 그런
관계를 만드는 일이다. 새 나갈 걱정 없이 이야기 주고받을 친구가
있다는 것은 행복한 일이다.

수 베갯잇

'세상에, 이게 아직도 있었네.'

장롱을 정리하는데 수 베갯잇이 나왔다. 낯선 여행길에서 아는 얼굴을 만난 듯 반가워 들여다보았다. 중학교 갓 들어가서 첫 가사시간에 만든 베갯잇. 흰 무명천에 초록색 복합사 불란서자수실로 나뭇잎 무늬를 가지런히 수놓은 베갯잇이 그 시절의 나인 듯 수줍게 웃는다. 아기자기한 나뭇잎들이 나무에서 떨어지는 양 무늬도 다양하다. 이 세월까지 간직하고 있었던 것은 필경 정성들여 놓은 수 때문일 게다. 처음 맞은 가사시간이 얼마나 설레고 즐거웠는지 그 두근거림이 상기도 전해진다. 어린 아이가 처음으로 크레파스를 안고 환호하듯 알록달록 고운 색실을 보고 가슴 설렜다. 기대와 호기심으로 가슴이 뛰었다. 콧잔등에 땀방울 솟아나도 입술 꼭 오므리고 수놓기에 골몰했던 기억이 어제런듯 새롭다. 수를 놓으며 행복했던 순간들이 여름날 우물가 분꽃처럼 피어난다.

누런 무명 베갯잇을 비누질해 삶았다. 색실의 빛깔이 빠지면 어쩌나 걱정했는데 뜨거운 물에 푹푹 삶아도 그대로다. 50여 년 전, 아니 그 이전부터 유행하던 수공예품에 빠질 수 없었던 불란서자 수실이 삶아도 빛깔이 온전한 것이 오래전 약속을 지킨 것처럼 고맙다. 오히려 세월 때가 빠지면서 문양도 또렷이 도드라져 때깔이 난다. 오랜만에 만난 친구 얼굴에서 어릴 적 모습이 그대로 보여 정답듯 실에 들인 염료의 빛깔과 공정이 어여쁘기 그지없다.

세월이 흘러도 흐트러지지 않고 변함없이 본래의 기능을 오롯이 지켜내는 것, 아니 세월과 함께 본래의 모습을 더욱 빛나게 하는 것을 장인정신이라 할 것이다. 이런 신뢰가 바탕에 있을 때 필요한 사람은 그 물건을 다시 찾고 그것이 상품의 가치일 것이다. 장인정신은 스스로의 품격을 높이는 일이기에 자기 일에 열과 성을 다할 때 얻게 되는 찬사일 터이다. 그동안 불란서자수실은 수많은 여인들에게 설렘과 기쁨을 주고 정서적 안정과 꿈을 주었으리라. 수놓기는 여인들과 떼려야 뗄 수 없는 밀접한 관계이기에 여전히 전 세계 여인들로부터 사랑을 받으며 지금까지 이어왔다.

옛날엔 바깥출입이 쉽지 않았던 아낙네들이 소일거리로 비단에 푼사실로 수를 놓았으며 결혼을 앞둔 규수들이 비단이나 무명에 수를 놓아 혼수용품을 스스로 마련했다. 크게는 병풍부터 이불깃 베갯잇 방석 골무까지 오밀조밀 수를 놓고 모양을 내며 혼롓날을 기다리곤 했다. 수예품은 실용을 겸하여 장식적인 효과까지 있었으니 솜씨 좋은 손으로 놓은 자수는 유려한 산수화처럼 감탄이 절로 나와 방안의 품격을 높였다.

규방자수라 함은 여인들이 오색 비단에 푼사실로 수를 놓아 만든 생활용품을 말할 것이다. 귀주머니에 값진 패물을 보관하고 편지 따위의 정표를 나눌 때도 수놓은 보자기를 이용했던 것은 귀한 물건 일수록 고이 다루거나 간직하려는 정성에서 비롯되었다.

민속박물관에 있는 갖가지 모양의 조각보를 비롯하여 갖가지 수공예품을 보고 외국인들이 탄성을 자아내는 것도 수없이 드나들며 만들어낸 바늘의 혁혁한 공로, 밀도 있는 수실의 찬란한 아름다움 때문일 것이다. 조선시대 선비들이 화선지에 매란국죽을 붓끝으로 그려내며 고아한 풍취를 누리듯 여인들은 알록달록 다양한 빛깔의 색실로, 사물의 명암과 생물체의 움직임을 바늘 끝으로 살려내며 완상의 기쁨을 누렸다. 안정적 구도와 색채의 어울림을 구별하는 취향은 사람마다 다를 터이므로 누구에게 보이려 하기보다 스스로의 심미안에 도취되었다.

세상이 빠르게 변하고 새로운 것이 쏟아지는 지금이야 옷이든 장식품이든 기계로 놓은 수가 판을 치고, 장식과 치장의 효과도 진배없으나 한 땀 한 땀 손으로 놓는 정성과 우아한 아름다움에 비할 수 있겠는가. 다소곳이 고개 숙이고 앉아 수를 놓는 것은 번다한 세상사 가라앉히며 세월을 고르는 일이다. 피륙의 올을 헤아리며 마음을 모으는 일은 세상의 중심에 서는 일이라 할 수 있다.

도종환의 〈나무들〉이라는 시가 있다.

… 많은 나무들이 가파른 곳에 뿌리내리고 산다/ 그러나 그곳이 골짜기든 벼랑이든 등성이든/ 나무는 제가 사는 곳을 말없이 제 삶의/ 중심으로 바꿀 줄 안다…

나무가 어디에 뿌리를 내리든 삶의 중심으로 생각하고 고목으로 자라나듯 험난한 인생길 묵묵히 견디어내며 골똘히 수를 놓듯 겸허한 마음으로 살아낼 때 우리 삶의 자리 또한 세상의 중심이 된다. 누구에게나 무엇이든지 흔들리지 않는 중심은 필요하고 정성을 들인 것에는 함부로 할 수 없는 엄정함이 있다. 정성이란 마음을 모은 것일진대 그 엄정함이 우리를 살게 한다. 유일무이한 올곧은 마음들이 촘촘한 그물망처럼 번나가며 우정의 관계를, 건전한 사회를, 역사를 이루는 것이다. 거대한 관계망 속에서 우리는 오욕칠정과 희로애락을 견디며 굳건히 각자에게 허여된 생애를 살아내는 것이다.

푸새하여 다림질한 수 베갯잇을 한 세대 전 유물처럼 이제 쓸 일은 없다. 궁리 끝에 용도 변경하여 피아노 의자를 덮어놓았다. 덮개 하나 바꾸었을 뿐인데 뜻밖에도 방안 분위기가 사치스럽도록 정갈하다. 정성들인 것이 아름다운 것은 오롯한 마음이 깃들었기 때문일 것이다. 매미소리 낭자한 여름이면 젊은 날 누군가에게 편지를 쓰듯 수를 놓고 싶다.

세월

현관에 들어서자 매캐한 냄새가 코를 찌르고 연기가 자오록했다. 그제야 보리차를 올려놓고 나간 것이 생각났다. 부엌으로 달려가니 가스 불이 켜져 있고 냄비는 숯검댕이가 됐다. 냄비 하나 버리고 별일 없는 것이 천만다행이다 싶어 문을 모두 열어 놓았으나 냄새는 좀처럼 빠지지 않는다. 환경호르몬이라 하던가. 코팅 냄비의 플라스틱 손잡이가 타며 내뿜은 독성의 눅진한 냄새가 사라지지 않고 금방 두통을 몰고 온다. 가스 불에 올려 논 걸 깜빡하고 음식을 태우긴 했어도 불을 켜놓고 외출해보긴 처음이라 정신이 번쩍 났다.

오감 중에 가장 민감한 것이 후각이라더니 역겨운 냄새가 괴롭기 짝이 없다. 하루가 지났어도 냄새는 가시지 않아 질식할 것 같은데 남편은 춥다며 문 닫으라고 야단이니 거실 문을 닫고 안방으로 들어와 창문을 활짝 열어놓았다. 초겨울 날씨는 을씨년스러워 잠바를 입고 고슴도치처럼 몸을 옹송그렸다. 순간, 머리가 빠개질 듯 지독한 냄새를 남편은 도무지 맡을 줄 모른다는 게 신기했다. 무슨 냄새가 나느냐며 오히려 이상한 눈으로 바라본다. 평소에 후각이 둔하다고 생각은 했지만 이 정도인 줄 몰랐다. 후각구조가 다르던지 감각기능이 다르게 작동한다고 하는 것이 옳겠다. 인정사정없이 쏘아대는 냄새와 와글와글 쑤셔대는 두통이 누구에게는 아무렇지 않다니, 감탄이 절로 나온다. 이런 걸 뭐라 하지? 적당한 무슨 말이 있을 듯해 찾아보았더니 후각 장애라 한다.

젊어서부터 우리가 부딪쳤던 것도 바로 이런 것이라는데 생각이 미쳤다. 신체 구조가 다르고 생각과 감각이 다르니 자연 요란한 소리를 낼 수밖에 없었다. 결국 소리가 들리고 안 들리고, 냄새가 나고 안 나고, 상대는 화가 나는데 나는 아무렇지 않은 것의 차이였을 것이다. 구조조정은 대기업에서만 필요한 것은 아니었구나. 부부관계에서도 신체의 기능과 의식구조가 서로 다를 수 있다는 것을 인정하는 데부터 조정은 시작되어야 했다. 관점을 달리하면 판이하던 것이 새롭게 보이고 객관화시켜 보면 이해도 빠르고 쉽게 수긍하게 되는 것을 냄비 태우고 터득하니 거저 얻어지는 것이 없다.

결혼한 지 얼마 안 되어 시할아버지 기일이라 시댁에 갔다. 한여름인데 아궁이에 불을 때서 밥을 했다. 사금빛 보릿짚은 따닥따닥 경쾌한 소리를 내며 활활 탔다. 잠시 후 팔뚝이 무러워 손으로 긁으니 금방 팔 안쪽에 오돌오돌 돌기가 돋았다. 나도 모르게 자꾸 손이 갔다. 시어머니도 시누이도 같이 불을 때서 음식준비를 했으나 아무렇지 않은데 나만 유별나게 빨갛게 부어올랐다. "옴 올랐나보다." 시어머니께서 한 마디 하곤 살성도 시원찮다며 못마땅해 하셨다. 남편도 대수롭지 않다는 듯 힐끗 쳐다보곤 그만이었다.

저녁이 되자 손독이 올라 성이 났는지 팔뚝이 무섭게 부풀어 오르고 욱신욱신 쑤셨다. 보릿짚에 가려움증을 유발하는 성분이 있는지 알 수 없고, 헛간에 놓인 보릿짚 더미에 쥐들이 드나들며 온갖 오물을 묻혔을 텐데 그걸 껴안고 부엌으로 날랐으니 불결하기 짝이 없을 터였다. 너무도 아프고 무러웠다. 눈물이 나왔으나 소리 내어 울지도 못하고 밤을 지샜다. 지금이야 병원 간다며 뛰쳐나왔을 테지만 그 때는 어른들이 어려워 그러지도 못하고 속수무책으로 그 밤을 견뎠다. 이튿날 대전에 와서 병원으로 갔다. 무신경하며 가림막도 되지 못하는 남편이 타인처럼 낯설고 보릿짚도, 시댁도 무서웠다.

함께 살아온 내력을 말하면 늘 이랬다. 한쪽은 아무렇지 않은데 나는 견딜 수없이 괴롭고 해야 하는 당위성과 왜 하느냐는 부정에 당혹해하며 아연했다. 서로의 태생으로부터 비롯된 것일 수 있으며 자라온 환경 또한 무시할 수 없었다. 자라며 학습된 고정관념으로 부터 벗어나는 것도 어려웠지만 서로를 받아들이기에는 이해와 아량이 태부족했다. 그러니 매사 마찰할 수밖에 없었다. 인생은 결코 이거다 하며 한꺼번에 보여주는 법이 없었다. 예측할 수 없는 상황에 맞닥뜨리며 소용돌이를 헤쳐 나가야 했으니 지혜와 궁리는 살기 위하여 생긴 부산물이라 할 수 있다.

유독가스실에서 견딜 수 있는 인간의 한계를 시험한다면 아마도 내가 제일 먼저 나자빠질 거야, 혼자 상상하며 실소를 한다. 이래저래 지끈대는 두통을 싸안고 밖으로 나왔다. 오가는 차량들이 줄을 잇고 있으니 쾌적할 것도 없는 공기지만 그래도 독한 냄새를 벗어났다는 것만으로 숨통이 트인다.

발길은 자연히 아파트 내에 있는 숲길로 들어선다. 공기부터 서늘하다. 아파트를 지을 때 이런 휴식공간을 염두에 두었다는 것이 고맙게 여겨질 만큼 양쪽으로 나무들이 즐비하다. 느티나무 노란 잎과 단풍나무 빨간 잎들이 늦가을 숲길을 환히 밝힌다. 조락의 가을 단풍이 석양빛을 받아 은성하다. 심호흡을 하며 숲길을 걸으니 두통은 가라앉았는데 냄새는 진드기처럼 코에 달라붙어 떨어지지 않는다. 무작스런 냄새 때문에 집안으로 들어가야 하는 일이, 고문 같은 냄새를 견디며 하룻밤을 일이 끔찍하다.

생각해 보면 후각 장애만 장애라 할 수 있겠는가. 알게 모르게 청맹과니로 살아온 세월이 얼마이며, 위험요소는 도처에 얼마든지 포진해 있고, 누가 보아도 저무는 생이 분명한 마당에 다시는 냄비 같은 거 태우지 않겠노라 장담할 수도 없다. 냄새 못 맡는 남편을 탓할 일도 아니다. 그건 분명 세월 탓이려니, 자연이 저마다의 모습으로 아름답듯이 우리 인생 또한 저마다의 생김새대로 애틋하기 마련이다.

철모 위에 핀 꽃

김수환 추기경의 선종 일주기가 되었다. 방송에서는 추모 특집을 하며 조문하러 줄지어 선 사람들의 애도 물결을 보여주고 있다. 천주교계의 큰어른이 가셨다는 신자들의 슬픔 못지않게 그분을 만났던 많은 사람들이 안타까움으로 행렬은 끝 모르게 이어졌다.

그분은 성품이 온화하고 소탈하면서 유머가 있어 사람들이 좋아했다. 사회적으로 약자라 여겨지는 사람들에게 관심이 많았고 가난하게 살지 못했음을 부끄러워했다. 특히 재개발 현장에서 농성 중인 천막촌 사람들이나 수해지역 이재민들이나 교도소를 찾아가 사연을 들어주고 도움을 주려 애썼다. 누구든지 사정을 토로하면 진지하게 들어주고 힘닿는 데까지 도와주니 오갈 데 없는 딱한 처지의 사람들이 명동성당으로 찾아왔다. 성당 마당에 자리를 잡고 천막을 치더라도 내치지 않고 문제점을 해결해주려 애썼다. 부당한 일이라면 정부나 공권력 앞에서도 쓴 소리 마다하지 않고 서민들의 입장을 대변했다. 그러기에 너무도 고마워서, 다시는 뵐 수 없는 분이기에 가만히 앉아있을 수 없어서 사람들은 명동으로 발길을 돌렸다. 인간을 이해하고 사랑하던 사람에 대한 존경과 감사의 행렬이었다.

화면에는 추기경 생전의 활동 모습이 나오고 있는데 어수선하고 살벌한 분위기 속에서 유독 한 대학생의 모습이 번쩍, 번개처럼 다가왔다. 꽃 뭉치를 손에 든 대학생이 전경의 철모 하나하나에 카네이션을 꽂아주고 있었다. 방패를 앞세우고 철모를 쓴 전경들이 벽처럼 막아 선 앞에서 급하게 꽂느라 꽃이 땅에 떨어지기도 했으나 꽃을 동료 대학생의 머리에 꽂아주다가 다시 전경의 모자에 꽂아주었다. 시커먼 철모에 빨간 꽃이 순간 화관처럼 빛났다. 철 그물에 가려 얼굴이 보이지 않으니 표정은 읽을 수 없었으나 필경 민망한 듯 어색하게 미소가 번졌으리라. 며칠 전만 해도 거리에서 맞붙어 돌세례를 받으며 최루탄에 눈물 줄줄 흘리던 사이였기에 그 모습은 생경스러우면서 정겨웠다. 긴장과 불안 속에서 어찌 저런 생각을 하였으며 복잡하고 경황없는 순간에 도대체 꽃은 어디서 구했단 말인가, 실로 놀라웠다.

유신정권의 시대가 종말을 고하던 우리나라 80년대는 민주화 열기로 가득했다. 그러나 많은 사람들의 열망에도 불구하고 민주 사회는 쉽게 오지 않았으며 대학생들의 시위는 연일 계속됐다.

대통령직선제를 위치며 학생들이 거리로 쏟아져 나왔고 소위 닭 장차라 불리는, 유리창에 철망을 씌운 버스를 길가에 세우고 학생들을 연행하려는 전경들이 거리에 포진해 있었다. 시위에 참여했다가 잡혀간 박종철 군이 물고문을 받다가 숨진 사건이 터지자 학생들의 분노는 극에 달했다.

1987년 6월 10일 박종철 군 고문살인 규탄대회가 도심 곳곳에서 일어났다. 시민들의 합세로 시위 군중이 많아지자 학생과 경찰과의 충돌은 격렬했다. 그날 밤 시위 학생들이 명동성당으로 몰려들어 '군부독재 타도'를 연호했다. 경찰은 즉각해산을 종용하며 시위대를 향해 최루탄을 발사했고 학생들은 구호를 위치며 돌을 던졌다. 성당마당에서 학생과 경찰이 첨예하게 대립했다. 투석전을 자제하도록 학생들을 설득하던 젊은 신부들이 동참하면서 시한부 농성에 들어갔다. 하루하루 기약 없는 시간이 흐르며 학생들의 고충은 컸다. 신부들은 학생들의 안전한 귀가를 요구하였으나 경찰은 병력을 투입하여 학생들을 연행하려 했다. 서로의 생각은 평행선이었다. 그 때 김수환 추기경이 나섰다.

"…학생들을 만나려면 제일 먼저 나를 만나야 할 것이다. 다음에 농성 중인 신부들을 만나고 그 뒤에 수녀님들을 만나고, 그런 다음 당신들이 연행하려는 학생들을 만날 것이다. 그러니 나를 밟고 가시오."

위엄 있고 단호한 추기경의 발언에 경찰도 놀랐는지, 잘못하다

간 더 큰 화를 부를 수 있다고 판단하였는지 학생들을 체포하지 않겠다는 약속을 했다.

이튿날, 학생들을 안전하게 귀가시키려고 성당에서 버스를 마련했다. 못미더웠던지 보호하려고 그랬는지 여러 대의 버스 옆으로 예의 그 전경들이 죽 늘어섰다. 바로 그때 와중에 어디서 꽃을 구했는지 대학생 하나가 그렇듯 잰 손놀림으로 전경의 모자에 꽃을 꽂아 주고 있었다.

불안하던 처지를 당신 일처럼 해결해준 추기경의 말씀에 대한 고마움이었을까, 네가 어찌 내 과녁이랴. 빗나간 화살을 탓하며 원수인 양 대결한 것이 짐짓 미안해서였을까. 실지로 형제이면서 형은 전경으로 동생은 시위대로 거리에서 맞붙어 싸우다 형을 발견한 동생이 들고 있던 돌멩이를 땅에 메어붙였다는 울 수도, 웃을 수도 없는 이야기를 심심찮게 듣던 사회였다.

이런 처지와 상황에서도 젊은이는 꽃을 피우고 있다. 여리고 착한 심성 그대로 화해를 하고 있다. 품고 있는 주의, 주장이 아무리 강하다 해도 자신을 위한 것이 아니라 우리를 위한 것이기에 그의 행동이 돋보이는 것이다.

'네가 바로 꽃이구나. 이럴 때 쓰라고 꽃은 피어나는가 보다.'

동토에서도 바위틈에서도, 쓰레기더미 속에서도 꽃이 피어나듯 명동성당 들머리, 돌과 최루가스 난무하는 살벌한 풍경 철모 위에서도 꽃은 피고 있었다. 존경과 감사가 피어나고 있었다.

한 사람이 얼마나 많은 사람들 가슴에 젖어 들었는가, 하는 것은 그가 떠난 다음에 알 수 있다고 한다. 막막하고 기막힌 처지가 되어 당신을 찾아가면 내게도 그리 따뜻하게 손잡아 주고 위로해 주시겠지. 적막강산 같은 세상에 이런 미더움의 은신처 하나 간직하고 살 수 있었다는 건 얼마나 행복한 일인가. 이런 마음들이 빈소로 발길 돌리게 하는 연유일 것이다.

'나를 밟고 가라.' 이 말은 지금도 약자를 대변하는 말로 인구에 회자 되고 있다. 이 시대의 전설이 되고 있다.

그곳에 있었네

인연

비 온 뒤의 갈맷빛 여름 숲이 청신하다. 쏟아질 듯 매미소리가 들려올 것 같은, 하늘도 보이지 않게 밀밀한 숲이 오싹 한기마저 느끼게 한다. 너럭바위에는 짙푸른 이끼가 무섭게 번지면서 생명력이 충천한다. 식탁 위에 걸려 있는 6호 크기의 자그마한 유화다.

모임이 끝난 후, 친구와 함께 박춘화 유화 전시회에 갔다. 아침나절이라 그런지 타임월드 갤러리는 한산했다. 6호부터 40호까지 30여 점 모두 돌과 이끼 그림이었다. 섬세하고 또렷한 이끼들이 바위나 나무 위에서 왕성하게 벌불지고 있었다. 산이나 들판이나 바다를 배경으로 하였으나 주제는 역시 이끼였다. 사람들로부터 눈길조차 받지 못하는 보잘것없는 생물체가 이곳에서는 보란 듯이 깃발 들고 행군하는 기수처럼 당당했다. 너럭바위는 서슬 푸르게 잠식해 가는 이끼의 터전이었다.

20여 년 전이던가, 우연히 지나다 들어간 전시장에는 온통 이끼 그림만 전시되고 있었다. 작가의 솜씨와는 별개로 볼품없는 이끼를 신분 상승시켜 놓은, 별스럽지 않은 것에 대한 관심이 신기해서 골똘히 들여다보았다. 호기심이었을 것이다. 발상이 신선해서 열심히 둘러보았었다.

작가는 논산에서 활동하며 대전에서는 나들이 전시회를 여는 것 같았다. 그동안 여러 번 전시회를 열었으나 볼 기회가 없었는데 이번에 도록을 보내 주어 찾아갔다. 자연을 배경으로 한 이끼 그림이 예나 지금이나 소재나 주제가 같으며 구성도 엇비슷했다. 그러나 색채의 깊이랄까, 감각은 달랐다. 기막힌 묘사나 기법이 감탄스러웠다. 작가의 희끗희끗한 반백의 머리에서만 세월의 무게가 느껴지는 건 아니었다. 그림에서 우러나오는 색채가 적어도 이십 년 전의 빛깔은 아니었다. 중량감이 있으나 무겁지 않은, 그렇다고 가볍지도 않게 깊이와 내공이 느껴졌다. 그동안 얼마나 많은 붓질을 하였을까. 팔레트가 닳도록 물감을 조합(調合)하고 캔버스가 뚫어질 듯 붓질을 하였을까.

1979년 논산문화원에서 첫 개인전을 시작한 이래 올해까지 논산, 대전, 당진에서 14번의 전시회를 연 30여 년 동안 그는 우직하리만치 이끼만을 그려 왔다. 집념의 화신이라 할지 장인정신이라 할지 절치부심하며 연마한 세월의 무게가 고스란히 드러났다. 속절없는 세월의 무상이라 할 수도, 바람결 같은 무심함이라 할 수도 있다. 보통의 화가에게서 느끼는 분위기와 달리 한숨과 살풋, 비애가 느껴졌다면 작가에게는 실례의 말씀이 되겠지만 주목받지 못하는 대상을 고집스레 그리는 작가에 대한 안타까움인지 모른다. 이끼는 작가 자신이었다. 의미에서뿐만 아니라 질감을 살려내는 기법이나 솜씨에서 통투(通透)하였다면 말이 될까. 정성을 다해 도드라지게 그려 놓은 이끼의 조밀한 솜씨는 누구도 흉내 내지 못할 것이라 여겨졌다. 진면목을 몰라주는 뭇 사람들이 공연히 서운하고 안타까웠다.

마침 의자에 앉아 있는 화가에게 다가가 인사를 나누면서 이런 솜씨로 사람들이 선호하는 꽃이나 풍경을 그리면 더 좋아하지 않을까요? 웃으면서 말하였는데 순간 아차, 싶었다. 아니나 다를까, 더러 그런 말들을 하는데 그냥 이것만 그리고 싶다고 한다. 그냥 그리고 싶다는데 무슨 말이 필요한가. 정작 집 안에 걸기 안성맞춤인 화사한 꽃이나 시원스런 풍경을 그려 전시한다 한들 사겠다고 줄달아 설 것도 아니면서 빈 소리만 한 것 같아 미안했다. 또한 사람들의 비위나 맞추는 그림을 그리다 보면 더러 팔리기는 하겠지만 오래 기억되는 화가는 아닐 것이다.

"그분은 성공하셨네요."

"……."

"이끼그림을 그분보다 잘 그리는 사람은 없을 테니 성공했다고 할 수 있잖아요." 친구가 뜻밖의 말을 했다.

"그럼 한 폭 사지."

내가 말했더니 습한 곳에 사는 이끼그림을 보고 있으면 기분도 축축해져서 싫단다. 기분에 따라 병세가 오르락내리락하던 병약했던 젊은 날이 떠오르는가 본데 그건 아무래도 선입견 같았다. 이끼의 분출하는 생명력은 보이지 않는 모양이었다.

환영받지 못하는 일을 한다는 것은 너나없이 외로운 작업이다. 알면서도 접지 못하는 것은 공들여 온 세월이 아까운 까닭이며, 이보다 더 좋은 일을 찾지 못한 때문이 아닐까.

그리고 며칠이 지났다. 난데없이 머릿속에 그림 하나가 환영처럼 떠올라 어른거렸다. 마음이 들뜨니 정신까지 몽롱했다. 흔한 일은 아니지만 내 마음의 정체를 나도 모를 때가 있다. 스스로 충동적인 성격이라고는 생각지 않는데, 전혀 예기치 못한 곳으로 생각이 흐르면 당황스럽고 걷잡을 수 없이 혼란스러울 때가 그렇다. 뜻밖의 행동이 어이없어 나중에 혼자 웃기도 하는데 이런 감정의 파장은 어디서 기인하는 것인지 의아스러운 것은 사실이다.

그랬다. 부엌에서 일을 하다가 몸을 돌린 순간, 갑자기 전시장 기둥 공간에 감춘 듯 걸려 있던 작은 그림 하나가 불이 켜지듯 환하게 다가왔다. 솟구치듯 돌출된 섬세한 이끼의 붓질이 찬연했다. 돌아가신 박완서 선생님이 어떤 화랑에서 누구의 그림인가를 보고 훔치고 싶을 만큼 갖고 싶었다고 하시더니, 나 또한 그림 하나에 가슴이 두근거렸다. 그러나 그림을 구경만 할 줄 알았지

산 적은 없으니 그림 값을 알 턱이 없었다. 수중에 있는 돈으로는 턱없을 거야, 말해 봐야 부끄럽기만 하지, 생각을 접으려 들면, 지금 안 가져오면 나중에 크게 후회할 거야, 누가 시키는 것처럼 마음속에서 충동질을 했다. 내 마음을 나도 알 수 없었다. 이 복잡한 심사를 누구에게 물어보아야 할지 떠오르지도 않았다. "좋은 옷은 안 사 입었어도 좋은 그림은 샀어." 언젠가 친구 아들 결혼식에서 만난 여학교 동창 하나가 하던 말이 생각났지만, 좋은 옷은 물론 좋은 그림도 언감생심으로 살아온 푼수라 뜬금없이 물어볼 수도 없는 일이었다. 머리만 지끈지끈했다.

갤러리로 갔다. 사정을 말하였더니 화가는 웃으며 마음에 드는 것 아무거나 가져가라고 하였다. 30, 40호 크기의 다양한 그림이 많았으나 처음 느낌 그대로 이 그림이 좋았다. 미안하다고 했더니 괜찮다며 전시회 마지막 날이라고 아예 그림을 떼어 줬다. 아기를 안은 젊은 엄마처럼 그림을 안고 엘리베이터를 탔다. 엘리베이터에 탄 사람들에게 그림을 자랑하고 싶었으나 첫아기 자랑하고 싶은 걸 참는 젊은 엄마처럼 입을 다물고 그림을 꼭 안았다.

노랑과 파랑

노랑과 파랑은 보색이다. 네가 있어 내가 빛나는 보완관계라 할 수 있다. 색상환에서 마주 보는 위치에 놓인 색은 모두 보색관계인데 이들을 배색하면 선명한 인상을 준다. 눈의 색신경이 어떤 색의 자극을 받으면 보색에 대한 감수성이 높아지기 때문이다. 노란색이 돋보이려면 바탕에 파란색을 칠해야 하고 파랑이 가장 눈에 잘 띄려면 노랑을 깔고 있어야 한다.

그래서 보색 관계는 튀어야 눈에 띄고 순간 포착으로 대중의 시선을 사로잡는 광고에서 흔히 쓰이기도 한다. 노랑과 파랑은 곁에 있는 그 자체만으로도 환상적인 짝을 이루는데 누구나 그런 배색을 할 수 있는 것은 아니다. 타고난 색채 감각이나 남다른 안목이 있어야 한다는 말이다.

원색의 어울림을 가장 잘 표현한 사람들이 우리 조상들 같다. 화려한 듯 고졸한 산사의 단청을 새삼 말해 무엇하리. 저마다의 아름다운 색을 다른 색깔과 어울리게 해서 더욱 돋보이는 색을 창출했다. 색은 세 가지 색이 어울릴 때 가장 아름답다고 한다. 환하게 매혹적인 홍화색치마에 꾀꼬리 빛 노란저고리를 배색하여 쪽빛이나 자줏빛 고름을 달아 격조 있는 색의 아름다움을 빚을 줄 알았다. 평소에는 흰색이나 검정의 무채색 옷을 입다가도 명절 때나 나들이에는 남치마에 노랑저고리, 물빛치마에 분홍저고리, 갈맷빛치마에 겨잣빛저고리로 물색 맞추어 옷맵시를 냈다. 손 감각이나 솜씨야 세계 기능올림픽에서 수년째 우승을 하여 인정받은 바 있으니 얘기할 것도 없지만, 우리나라 여인들의 한복 차림에 외국인들이 탄성을 울리며 환호하는 까닭은 바로 색의 조화와 빛깔 때문이다.

언젠가 서울 예술의전당에서 러시아 모스크바 발레단 초청 공연이 있었다. 러시아에서는 발레 공연을 보려고 거리의 청소부도 돈을 모은다던가, 그 많은 좌석이 사람들로 꽉 들어찼다. 날개 달린 하얀 발레복을 입고 토슈즈를 신은 발레리나들이 백조인 양 우아하게 발끝으로 독무를 하거나, 수십 명의 발레리나들이 무대가 좁은 듯 군무를 추던 〈백조의 호수〉는 가히 환상적이었다. 깃털 달린 순백의 의상이나 율동이 사람들의 움직임 같지 않게 매혹적이어서 감탄을 했다. 그러나 수년이 지난 지금 뇌리에 남아 있는 것은 생뚱맞게도 모든 공연이 끝나고 발레리나들이 인사를 하러 무대로 나왔을 때 그들에게 꽃다발을 주던 화동들의 옷차림이었다. 우아하고 매혹적이던 발레의 모습은 순식간에 휘발해 버리고 예닐곱 살 된 어린이 열댓 명이 입고 나왔던 분홍치마와 노랑저고리, 분홍치마와 색동저고리가 찬연하여 그날 아름다움의 본령인 양 색의 현요(眩燿)에 그만 깜빡 넋을 놓았다. 이렇게 감정이입이 순발력 있게 이루어지기도 하는가. 무대에서 가장 먼 곳인 3층 꼭대기에 앉아 바라보노라니 환한 조명 아래 고물고물 움직이던 환상적인 분홍빛은 사월의 복숭아밭인 양 현현(顯顯)한 아름다움으로 사무쳐 왔다. 색의 마성이랄까, 색은 때로 정신까지 혼란케 한다는 사실을 그때 알았다.

〈두 개의 패널 노랑과 파랑〉이라는 제목의 그림을 보았다. 패널은 널빤지를 말하고 패널화는 널빤지에 그린 그림이라는 뜻이다. 가로 2미터 세로 79센티미터 캔버스에 노랑과 파랑색을 칠하여 나란히 걸어 놓은 그림은 미국의 작가 엘스워스 켈리가 그렸다.

프랑스 생테티엔미술관 소장품 가운데 일부를 가져와 대전 시립미술관이 '모네에서 워홀까지'라는 특별 기획전을 열었다. 1차 세계대전 후의 혁신적인 예술을 표방하는 아방가르드, 1960년대 초, 유럽과 미국의 지배적인 조류였던 누보레알리즘, 이탈리아의 전위미술인 아르테포베라, 미국의 대중미술 팝아트 등 유럽의 근·현대미술 사조를 조망해 볼 수 있는 기회였다.

그곳에 이 그림이 있었다. 추상미술의 조형미라 하던가, 새로울 것도 없는, 우리가 흔히 보는 노랑과 파랑이 미국의 현대미술을 대표한다고 미술관 벽면에 나란히 붙어 걸려 있는 것이 신기했다. 지극히 보편적인 것이 누군가에는 특별할 수도 있구나 다시 확인하는 계기가 된 것은 사실이다. 강렬한 색을 즐겨 사용하고 기존의 사각 캔버스보다 다양한 모양의 화폭을 즐겨 썼다는 작가는 새로운 기법을 변화, 시도하려 노력하였다. 이 작품 또한 크기에서 불균형을 이루며 파격미를 보여 주는 개성적인 스타일이라할 수 있고 미의식 또한 개별적인 것이기에 각자의 사유를 도출해가며 느끼면 될 것이다.

이미 작가의 품을 떠나 이름 달고 돌아다니는 작품은 그대로독립된 개체로서 의미가 있으며 감상은 보는 이의 몫이다. 작가의의중을 굳이 헤아려 볼 필요는 없으며 그것이 현대 미술이 지향하는 바다. 보이는 대로 느끼고 생각하는 것이 정답이라는 뜻이다. 광대한 우주 공간, 천지만물 속에서 유일한 존재의 피조물인 내가느끼고 감동하는 것 또한 유일의 가치가 있다는 의미이기도 하다. 다양한 생각과 관점을 가진 현대사회에서 개인의 의사는 존중되어야 하고, 열린 사고와 앞선 지향을 가진 작가는 더욱 존중되어야 한다. 현실과 동떨어진 몽상가라거나 엉뚱한 사고를 가진 자라고 뭇 사람들이 지탄을 하더라도 새롭고 독창적인 것을 찾아내려고 끊임없이 모색하는 사람들이 예술가이기 때문이다.

우리 얼굴 모습에 서양이름으로 불리는 이웃집 아이처럼 새로운 물망에 오른 패널화 노랑과 파랑이 생소하더라도, 동서양을 종횡무진 누비고 돌아다닌다 할지라도 개의치 말 일이다. 사막에서 장미를 찾듯 누군가의 가슴에 꽃으로 피어날지 모르기 때문이다.

　반세기 전, 젊은 우리 엄마가 명절에 입던 남치마 노란저고리의 모습을 미국의 작가가 보았다면 아름답다고 환호작약하였더라도 미의식이 무언지도 모를 시골 아낙의 뛰어난 색채 감각에 경탄하면서 한숨지었을지 모를 일이다. 대단한 발견, 기발(奇拔)한 착상이라 여긴들 하늘 아래 새로운 것이 무엇이 있겠는가. 새삼 이 말이 명징하게 가슴을 친다.

강요배 그림을 보다

아침신문에서 〈파도와 총석〉이라는 그림을 보며 정신이 번쩍 들 만큼 놀랐다. 자갈색 주상절리를 배경으로 솟구쳐 부서지는 물결이, 세차게 부는 바람과 거친 파도가, 청백색 파도의 자유분방한 몸짓이 바다를 들썩, 들었다 놓았다. 제주바다가 눈에 보이듯 선명하게 역동적이었다. "강요배의 그림은 보는 이를 전율케 한다." 기사 첫 문장도 시선을 잡았다. 알 만한 사람은 이미 다 알고 있는 서양화가지만 정작 그림을 본 적 없기에 기회구나 싶어 나섰다. 서울 가서 이거 하나만 보고 온다 해도 아까울 것이 없었다.

말로만 듣던 삼청동 학고재 미술관을 물어물어 찾아갔다. 삼청동은 서울에 이런 곳이 있다는 것이 신기할 만큼 한옥들이 즐비했다. 고풍스런 옛 건물의 고즈넉함과 현대의 활기찬 문화가 공존하는 곳이니 시간 마련하여 한유하게 돌아보고 싶은 곳이다. 한옥

담장을 헐은 곳에 가게를 만들어 손수 만든 손지갑 가방 귀걸이 브로치 따위의 아기자기한 물건을 팔고, 카페를 열어 손님을 불러 모으며 서울의 새로운 이면을 보여주었다. 거리의 북적대는 인파와 대조적으로 미술관은 한산했으나 그림의 진가를 아는 사람은 언제든 찾아올 것이다. 공간이 좁아 두 건물에 나누어 전시하는데 하마터면 한 곳만 보고 그대로 나올 뻔했다.

강요배 화가는 제주도에서 태어났다. 서울대 미대 회화과를 졸업하고 서울에서 교사생활을 하다가 고향으로 돌아가 20여 년 동안 제주도 풍광을 그렸다. 4·3 제주 항쟁의 유적지를 찾아 산야를 헤매기도 하고 마을 촌로들을 찾아가서 들은 증언을 토대로 그림을 그렸기에 서사성 있는 민중화가로 알려졌다. 현기영 소설가가 해녀들의 항일 투쟁이야기를 다룬 〈바람 타는 섬〉을 한겨레신문에 연재할 때 삽화를 그려 많은 사람들에게 강렬한 인상을 남겼다. 제주 항쟁 때 토벌대가 이름을 불러서 돌아보면 사람을 확인하지도 않고 이름이 같다는 이유로 사살하는 것을 보고 쉽게 부를 수 없는 이름으로 아버지가 지었다는 그의 이름만큼 그림이 독특하다. 며칠 전에 4·3항쟁 이야기를 다룬 영화 ≪지슬≫을 보았던 터라 바람 많은 제주도 풍광이 그대로 떠오르곤 했다.

오랜 세월 그림을 그려온 화가에게서는 색채의 깊이와 연륜이 느껴지기 마련이다. 그 화가만이 표현할 수 있는 체화된 감각이라 할까. 쉽게 흉내내거나 범접할 수 없는 색채에서 세월의 무게가 가슴을 울린다. 당대를 함께 한 세월 속에서 이루어 놓은 오롯한 기개가, 고뇌와 한숨이 집약되어 있는 것을 본다. 누구는 먹고 마시고 흥청대는 세상 한쪽에서 누구는 숨어들 듯 화실에 틀어박혀 수없이 붓질을 하며 혼을 쏟아 작품을 창작하였다는 사실에 절로 고개가 숙여진다. 화가는 그림 그리는 시간보다 작품을 구상하는 시간이 더 길다는데 그것이 이심전심으로 전해지는 것일까, 그의 작품을 보노라니 생각의 갈래가 많아 숙연해진다.

풍광을 그렸으나 색채에서는 형언할 수 없는 비색이 느껴졌다. 아름답다거나 질박하다는 느낌과는 다른 국립박물관에서 본 고려청자나 이조백자를 접했을 때의 저릿한 느낌을 지울 수 없다. 절묘하게 함축된 한 구절의 시 같기도, 잘 지은 문장 같기도 했다. 가슴을 울리는 무게감이라 할까, 자신의 일에 혼신을 다하였다는 작가의 진정성이 고스란히 전해졌다. 그림에는 삶의 희로애락이 오롯했다. 그러고 보면 예술은 일맥상통하는 것이 있다. 정성을 다한, 말로는 표현할 수 없는 인생에 대한 겸손이 도랑물처럼 흘러 징소리처럼 울렸다.

〈창천 하늘의 보름달〉을 넋을 잃고 바라보았다. 오래전에 본 남빛 선명한 제주의 하늘이 바로 이랬다. 하늘에 떠 있는 보름달이 처연했다. 희지만 아주 희지도 않은 광목 빛깔이 창천의 달빛은 바로 이것이라고 말했다. 너럭바위에 다닥다닥 붙어 있는, 잇겨진 따개비와 자줏빛 해초의 풋풋한 흔들림을 저리 생생하게 표현할 수 있을까. 거칠거칠한 질감이, 세월의 회랑을 질주하는 바람의 격노가 손에 잡힐 듯 선연했다. 이런 그림을 진경(眞景)이라 하던가. 서양화에 이런 표현이 적절할지 모르지만 진경이라는 말이 적합하다는 생각이 들었다.

어느 바다인들 다르겠느냐 말할 수 있겠으나 그의 그림을 보면 단박에 제주바다라는 느낌이 들었다. 모든 대상들이 흔들리는 모습에서 바람 많은 제주를 연상한 듯싶지만 색채에서 제주의 풍경과 품격이 감지됐다. 무색이라도 깊어지면 색깔을 드러나듯 사방이 바다인 제주의 빛깔이 다른 바다와 다르기 때문만은 아니게 그의 손끝에서 나온 색깔은 독별났다.

어느 미술평론가가 그를 탐라국의 화가라고 했던가, 그 말은 화가에 대한 경외감에서 나온 찬사이겠으나 여러 가지 의미를 함축했다는 생각이 들었다. 21세기를 사는 구상화가가 삼국시대 탐라국의 풍광을 고스란히 재현했다는 말이 아니라 탐라국이든 제주든, 예나 지금이나 자연은 변함이 없을 것이고 그의 그림에서는 다만 세월의 깊이는 물론 자연에 가장 가까운 제주바다의 광활함과 활기찬 현장감이 느껴진다는 뜻은 아닐까.

거리는 여전히 사람들로 북적였다. 삼청동 언덕길을 타달타달 걸어 내려오며 처음과는 달리 나는 새로운 무엇을 구경하고 싶지도, 무엇을 먹고 싶지도 않았다. 포만감이라 할지 공복감이라 할지 좋은 영화를 보고 났을 때의 아련한 여운 같기도, 톨스토이 작품을 읽은 뒤의 잔잔한 감동 같기도 했다. 마침 의자가 눈에 띄기에 앉아서 오가는 사람들을 무심한 듯 바라보았다. 갑자기 눈앞에서 청록색 바다가 환영처럼 덮칠 듯 요동쳤다.

동행

　미술관을 가까이 하고 산다는 것은 좋은 친구 하나를 곁에 두고 사는 것과 같다. 아무 때나 불쑥 찾아가도 낯 붉히지 않겠지만 내가 조심스러워지는, 그렇다고 너무 자주는 아니고 소원하지 않게 속 깊은 얘기를 터놓을 수 있는 친구를 가까이 하고 사는 것과 같다. 말문이 터지기만 하면 두런두런 속내를 이야기하는 말수 적은 친구를 대하는 것처럼 진중한 분위기가 미술관에는 있다. 한여름은 시원하고 쾌적하게, 겨울이면 따뜻하고 안온하게 실내 온도를 맞추어놓고 신선한 이야기나 산뜻한 모습으로 우리를 기다린다. 장맛비 소란스런 여름이나 산으로 들로 나들이 떠나는 조요로운 가을날, 더러는 혼자 미술관을 찾아 작품들이 건네는 소리에 귀 기울여 볼 일이다. 사람만이 말하는 것은 아니구나, 소리 없이 전하는 사물의 은유, 뜻밖의 언어에 가슴 따뜻해지는 것을 감지한다.

이응노미술관이 개관 5주년 기념으로 판화를 전시하고 있다. 이응노 화가는 이미 알려진 대로 엄청난 양의 작품을 창작하였기에 그 열정이 예술가들에게 귀감이 되고 있다. 프랑스에서 살던 화가가 동백림 사건으로 대전교도소에 복역 중일 때 그를 알아본 교도소장이 어차피 독방에 수감되어 있으니 그림이나 실컷 그리라며 배려해 주었다던가, 2년 남짓 옥살이하는 동안 300여 점의 작품을 남겼다니 대단한 열정이라고 말할 수 있다. 그러나 그렇게밖에 할 수 없었던 처지에서 나온 울분의 소산이라면 안타까운 일이나 불우한 처지를 기회로 삼아 창작에 전념하였다면 다행스러운 일이라 할 수 있을 것이다.

미술관은 프랑스 건축가 로랑 보두앵이 자연친화적으로 설계하였다는데 벽 유리를 통하여 자연을 안으로 불러들일 수 있어 시각적으로 시원한 느낌이었다. 미술관은 기능 면에서 전시작품이 돋보여야 하고 미술관 자체도 예술품이어야 한다는 그의 지론대로 아담하고 아름다웠다.

누구나 정신을 집중할 때 에너지가 솟아오르고 분출하는 에너지는 창작의 밑거름이 되어 예술이라는 이름으로 제 몫을 하기 마련이다. 이 화가는 동양화와 문자추상의 그림이나 판화, 조각 등 다양한 미술 분야에서 많은 작품을 창작하였는데 이렇듯 판화만을 분류하여 전시하기에도 미술관이 꼭 차는 듯 했다. 판화를 붉은 안료로 찍어 언뜻 보기에 부적 같은 느낌이 들기도 하였으나 그것은 느낌일 뿐 즐겨 그렸던 문자추상이나 동물의 무리, 군중들의 묘사가 간결하고 단순하여 돋보였다. 교도소 안에 제대로 된 미술재료나 나무판이 있었겠는가. 마당가에 뒹구는 베니어합판이나 누가 주워다 준 뒤 집 대문인지 소나무 목리가 그대로 도드라지는 두툼한 문짝에 예의 그 문양들을 가로, 세로로 새겨 놓았다. 이미 불구덩이에 던져져 연기로 사라졌을 하찮은 널빤지가 예술품으로 승화되어 사유를 품게 한다. 합판으로 찍어 낸 판화가 상상이 되는가. 감상과 비평이 보는 이의 몫이라 한다면 그것은 선이되 선이 아니고 문양이되 문양이 아닌 언어였다. 사물 하나도 누구의 손에 닿느냐에 따라 이렇듯 품격이 달라지는데 하물며 사람이야 더 말해 무엇 하랴. 버려진 돌 하나가 집 모퉁이의 머릿돌이 되는 이치를 여기서 본다.

누구나 타고난 재능과 역량대로 자신의 삶을 살아내는 것이라면 자기 삶의 경영은 결국 자신이 하는 것이다. 작가는 억울한 현실에 비분강개하여 허투루 세월만 흘려보낸 것이 아니라 매장량을 알 수 없는 스스로의 잠재력을 찾아 전력투구하였다. 오로지 그리고 만들고 파고 찍으며 새로운 기법을 시도하면서 자기만의 미술세계를 창조하였다. 그것이 우리가 작가에게 경외감을 갖게 되는 연유인 것이다.

판화에서 시험 프린팅을 하고 원하는 매수를 찍어내는 것을 에디션이라 한다. 한정된 매수를 종이에 찍어내어 전시, 판매하는 작품을 뜻하는 말이다. 판화는 일반적으로 찍고 나서 매수의 순서를 나타내는 에디션 넘버를 표기하고 원판을 파기(破棄)하는데 이 화가는 그대로 간직하여 원판과 판화를 함께 보여 주고 있다. 한 가지 문양을 한지에 검정이나 붉은 색, 초록, 주황 따위의 다양한 색으로 찍어 다른 작품으로 만들기도 하고 같은 문양이라도 물감의 농도를 달리하여 찍어 냄으로써 새로운 미적 효과를 구사하는 방법은 누구라도 시도해 볼 만하다는 생각이 들었다. 추상이라기엔 구체적이고 구상이라 하기엔 추상미가 돋보이는 독별성이 모든 작품에는 있었다.

미술 작품이란 누구도 해 보지 않은 일을 추리, 상상하여 그리거나 제작함으로써 보는 이로 하여금 가슴 뛰게 하는 일이라 할 수 있다. 자신만의 세계를 표현해 놓은 것이라 하더라도 보는 이로 하여금 무릎치게 하고 가슴속에 열정이 솟아오르게 하는 것, 그걸 감동이라 할 수 있고 비애감이라 해도 좋을 것이다. 어쩌면 내 마음을 이렇듯 꼭 집어 표현해 놓았을까, 이렇게도 하다니, 통탄하며 자신의 무능과 게으름을 탓한 나머지 절망하려는 마음 다잡게 하는 비장의 무기 같은 것이다. 이런 걸 문화적 충격이라면 말이 될까. 쓰러지지 않을 만큼의 충격은 누구에게나 필요하다.

안일이라는 동굴 안에서 뒹굴며 지내다 그런 자신이 한심하여 비참해질 때 남의 삶을 들여다보는 시간은 자신을 바로 보는 시간

인지 모른다. 타고난 재능을 다 발휘하지도 못하고 떠날지도 모른
다는 두려움이며 게으른 자신에 대한 애증이나 연민이기도 할 것
이다.

　아름다움은 정신을 순화시키고 새로운 것을 발견하는 것 또한
잔잔한 기쁨을 동반한다. 그것이 우리가 예술작품을 감상하는 소
이연이며 순정이 아니던가. 작가는 떠났어도 작품은 우리 곁에
남아 팍팍한 인생길 함께하며 즐거움을 주고 있다.

남빛 사유

– 〈모노크롬 IKB〉를 보고

정훈 시인의 〈머들령〉이라는 시가 있다.

"… 옛날 이 길로 원님이 나리고/ 등짐장수 쉬어 넘고/ 도적이 목 지키던 곳// 분홍 두루막에 남빛 돌띠 두르고/ 할아버지와 이재를 넘었다 …" 분홍 두루막에 두른 남빛 돌띠로 하여 머들령 고갯길이 환하게 아름다웠다. 머들령이라는 시가 빛났다.

나는 아들 결혼식에 남빛치마를 입으려고 생각했다. 그런데 한복집 주인은 사람들이 많이 입는 색이라며 진초록과 북청색 옷감을 내놓았다. 남색을 원한다니까 농도가 조금 옅은 감청색을 보여 주었다. 오방색에 드는 색깔이라고 하니 다소 밝은 남색을 보여 주는데 가라앉아 칙칙한 것이 거기서 거기였다. 떨떠름한 표정을 읽었는지 보라색은 어떠냐고 펼쳐 놓았다. 안 되겠다 싶어 인사를 하고 나왔다.

다른 한복집으로 갔다. 남빛치마를 말했더니 뜻밖이라는 듯 쳐다보고는 솜씨 잰 어부 바다에 그물 던지듯 좍- 피륙을 펼쳤다. 홍도를 여행할 때 보았던 남해안 물빛이 저러했던가, 빨아들일 듯 선명한 남빛이 물결인 양 출렁이는 듯싶었다. 더 고를 것도 없이 치마를 그것으로 하고 저고리는 연한 노랑색으로 맞추었다. 저고리 끝동은 손수를 놓은 흰색으로 배색을 하였다.

나중에서야 주인이 말하기를 자기도 이 색을 무척 좋아하는데 이렇게 예쁜 남색을 사람들은 결혼 예복으로 쓰지 않는다고 한다. 결혼하는 마당에, 혹은 살다가 '남'이라는 글자로 하여 혹시 갈라서서 남이 되는 불상사라도 생길까 봐 남색을 꺼려한다는 것이다. 손님들이 싫어하니 가게서는 아예 남색 옷감을 갖다 놓지도 않는다며 이불 집에서도 마찬가지란다. 그런 속설이 어디서 비롯되었는지 알 수 없지만, 여전히 혼례에서는 사주단자나 예단을 보낼 때 안팎이 청·홍색으로 된 보자기를 사용하고 신랑의 상징으로 청실이나 청색이 등장하는데 전혀 엉뚱하게 이해되고 받아들여지는, 말장난 같은 세태가 어이없다. 결혼식 날은 손님들이 한복이 화사하고 예쁘다고 한마디씩 하였다.

온갖 색(色)이 세상에 존재한다는 것은 고마운 일이다. 눈만 뜨면 보이는 하늘, 꽃과 초목의 빛깔에서 서로 다른 아름다움을 느낄 수 있음은 더욱 행복한 일이다. 억조창생, 천차만별의 사물에 새로움을 더하여 아름다움을 만들어내는 것이 미술이며, 눈맛 서늘한 색의 조화를 찾아내는 게 그림이 아닐까. 숨 쉬고 움직이는 일상에서 의식주 해결만이 아닌 정신의 가치를 찾아내려는 작업이 예술이라 할 수 있고, 여린 감성 고양시키는 색의 기막힌 율동은 오랜 고뇌와 수련으로 비롯되기에 예술가들은 혼신의 힘을 다하는 것이다. 접신하기 위하여 무녀가 작두날 위에서 춤을 추듯 남의 혼을 불러들이려면 먼저 자신의 혼을 불살라야 하기 때문이다.

프랑스 남동부에 위치한 생테티엔미술관에서 유럽 근대 화가들과 미국의 팝아트 작가들의 작품 1만 9천 점 가운데 144점을 가져와 '모네에서 워홀까지'라는 특별 기획전이 대전 시립미술관에서 열리고 있다. 대전과 생테티엔 도시의 문화 교류전이라 할 수 있고 순간적인 빛의 인상 그대로 표현하는 인상주의의 대표라 하는 모네에서부터 현대의 포스트모더니즘의 작품이 분류, 전시되고 있다. 서양미술 사조를 한눈에 조망해 볼 수 있는 전시라 해도 일반인들에게는 눈이 즐겁고 가슴 서늘한 감동을 주는 작품이면 더할 나위 없이 족할 것이다. 근래에 서양미술을 많이 접하면서 사람들의 수준도 높아졌으나 사물의 묘사나 색채의 표현이 과감하고 획기적인 것만은 사실이다.

그곳에서 만났다. 가로 세로 50센티미터의 정사각형 캔버스에 더하고 덜할 것도 없는 단색의 남빛 그림. 제목이 〈모노크롬 IKB〉이고 프랑스 작가 이브 클라인이 그렸다. 창공빛 같기도 하고 심해 빛깔 같기도 한 그림은 그 자체로 당당했다.

모노크롬(monochrome)은 단색화(單色畵), 즉 한 가지 색만 사용하여 그린 그림이다. 이브 클라인은 1955년경부터 본격적인 모노크롬을 시작했고 자신의 이름을 딴 IKB(국제적 클라인 블루)로 모노크롬을 발표하면서 주목받기 시작했다. 다채로운 색은 오히려 시각에 방해를 주어 자신이 전달하고자 하는 정신을 바로 전하지 못하기 때문이라고 한다. 여성의 나체에 색을 칠하여 캔버스에 찍는 따위의 기행을 많이 하였으나 모든 사물을 한 가지 색으로만 그리고 주로 남색을 사용하였다. 푸른색은 그 자체가 신비스러워 무한하고 초월적인 신의 세계를 나타내는 색이라며 현실을 뛰어넘는 정신의 세계를 느끼게 해 준다는 것이다. 울트라 마린 블루 계열에 자신의 이름을 붙인 푸른색을 만들어 특허 등록을 하였다지만 색깔이란 것이 개인의 성향에 따라 호불호는 있을망정 어디 남이 사용하지 못하기야 하겠는가.

34살의 젊은 나이에 심장마비로 세상을 떠나기까지 194점의 크고 작은 단색화를 그렸지만 사람들의 시선을 받은 것은 남빛에 대한 애정과 새로움에 대한 도전 때문일 것이다. 눈에 보이지 않는 인간의 순수한 감성을 색으로 표현하고자 했고 예술가가 궁극으로 도달해야 하는 심상(心象)을 그는 남빛으로 남겼다.

그러나 사람보다 더한 호위를 받으며 프랑스에서 날아와 품격 있는 대전 시립미술관 벽면을 보란 듯이 차지하고 있는 남빛 그림 하나가 이렇듯 깊은 사유를 품고 있는 대단한 작품인 듯싶다가도 어이없는 단순함에 멍해져 고개를 갸우뚱하게 된다. 그리고는 "예술은 사기다."라고 일갈한 비디오 아티스트 고 백남준의 말이 떠오른다. 그렇다면 만인이 속아 넘어갈 단순미, 파격미를 찾아내는 일 또한 아무나 하겠는가. 비록 짧은 생애였을망정 그가 미술사조에 일조하였다는 생각이 들었다.

'아, 내가 찾던 것이 바로 이 색이야.'

기껏 공연히 까다로운 손님 취급받던 것이 억울해서 한복집 주인에게 들이밀고 싶은 색이지만 차가우나 냉정하지 않은 흡입력으로 정신을 오롯하게 하는 순정이 빛을 발하기에 남빛은 여전히 가슴을 울렁거리게 하는 빛깔이다.

무엇을 담아야 하는가

– 전국광의 '매스의 내면'

살아간다는 것은 서로를 알아가는 일인가 보다. 생면부지의 사람이라 해도 그가 남긴 말과 글로, 노래로, 혹은 작품으로 호흡 속에 젖어 들며 서로를 이해하는 일인가 보다. 이 넓은 세상에서 이렇게 살았노라, 한 일은 이것이었노라 말하지 않았더라도 표출된 그의 흔적으로 남아 있는 사람들의 가슴이 더워지고 발자취가 광휘로울 때, 그의 삶은 빛나는 생이었다 할 것이다. 그것이 아니라면 이 허전한 세상에서 우리는 무엇으로 외로운 가슴을 달랠 수 있으랴.

성곡미술관에서 작고 작가 재조명전으로 조각가 전국광 20주기를 맞아 '매스의 내면(Inner mass) – 전국광을 아십니까' 전시를 하고 있다. 이 작가에 대해서는 작품보다 책을 먼저 읽어서 알게 되었다. 그는 47세에 불의의 사고로 세상을 떠났고, 10주기 되던 해에 조각가인 부인이 생전에 그가 남긴 글과 이야기를 작품과 함께 엮어 출간하였다.

그는 어렸을 때, 목가구점을 하던 아버지가 납북되어 할아버지 밑에서 자랐다. 대학교에 들어가기 전부터 기념 조각물을 만드는 분 아래서 일하며 배우다 홍익대 조소과에 입학하여 본격적으로 미술수업을 받았다. 재학시절에 국전에 입선한 그는 열정적으로 작품을 만들었다. 영남대 교수로도 재직하였으나 자신의 작품을 만들기 위하여 사직하고 작품에 몰두했다. 한창 일할 나이에 세상을 떠나 안타깝지만 흔치 않은 추상 계열의 조각을 여러 곳에 많이 남겨 놓았다. 그는 떠났어도 작품은 처처에서 아름다운 모습으로, 의미 있는 상징으로 사람들을 기다리고 있다.

제주의 조각공원, 국립현대미술관, 일본 교토시립예술대학, 멕시코 국립현대미술관 등 여러 곳에서 작품을 볼 수 있다. 대전 리베라 호텔에도 있다 하여 찾아갔더니 입구 정문에 작가명과 제목도 없이 더구나 어울리지 않게 벽에 붙여 있었다. 브론즈의 양감이 예의 매스 시리즈로 여겨져 그의 작품으로 추측하였으나, 노사분규가 오랫동안 지속되었던 기업이니 예술품인들 온전하였으랴만 그대로 방치된 듯한 인상이어서 안타까웠다. 마침 서울에서 전시회가 열린다는 신문 기사를 보았다.

장맛비가 연일 계속되고 있었다. 사무실과 주택이 밀집해 있는 곳에 미술관이 있으니 찾기가 쉽지는 않았다. 평일이라 그럴까, 관람객은 아무도 없었다. 2관, 1층에서 3층까지의 백색 공간에는 나를 위해 기다린 양 범상치 않은 작품들이 음전하게 앉아 있었다. 돌연 이 조촐한 분위기가 내게 과분하다는 생각이 들었다. 비는 여전히 세차게 내렸다. 작가가 오롯이 작업에만 열중하였을 생전 작업장의 적막이 호젓한 마음에 물처럼 스며들었다. 같은 모양을 반복하여 자르고 연결하면서 무아지경에 빠졌을 집념의 순간들이 그려졌다. 작품 속에는 젊은이의 날 선 감각이, 깊이 모를 몰입이, 젖은 광목처럼 가라앉은 원초적인 외로움이 도랑물처럼 흐르고 있었다. 드로잉이나 메모들은 작품에 대한 어려움의 실토 같았고 인생에 대한 고뇌이기도 했다.

전시장을 둘러보는 마음은 고적했던 작가의 마음에 내 마음을 얹어보는 것인지도 모른다. 누가 알아주든 말든 하고 싶은 일을 하며 살았구나, 스스로가 대견하여 환호하다 쓸쓸하기도 하였겠지, 이게 뭐하는 짓인가, 한심하기도 하였겠지. 유추해 보다가 그가 이 일에 생애를 바쳤구나, 공감하는 것으로 위로하고 싶어진다.

매스는 양감(量感), 덩어리를 의미한다. 하나의 덩어리를 깎아 내고 다듬어서 형체를 찾아내거나 만들어내는 구상작업이 아니라 물질이 가지고 있는 이미지를 찾아내어 형상화시킨 추상조각이 나름대로 내면의 모습을 보여 주고 있었다. 집(集)과 적(積), 반복적으로 모아 놓거나 쌓아 나가는 데서 의미를 찾을 수 있다. 우리가 흔히 성냥개비나 이쑤시개를 가지고 우물 정(井) 자로 쌓아 나가는 놀이를 하던 방식에서 모티브를 얻었을까. 겨울이면 마당에서 팬 장작개비를 헛간에 쌓아 놓으시던 우리 할아버지의 장작개비 쌓던 모양대로 그는 나무토막이나 철사를 반복하여 쌓거나 같은 모양을 연결하는 방법으로 새로운 조형을 만들었다. 돌이나 나무를 자르거나 파서 혹은 이어 붙여 반복시킴으로써 새로운 조형을 구사하는 방법의 모색. 그것을 조각의 어법, 혹은 화법으로 매스의 내면이라 하는 것일까. 물질이 지닌 물성을 해체 분석하여 새로운 형태를 찾아 조합하는 방법은 그만의 조형법이라 할 수 있을 것이다. 크거나 작게 길거나 짧게 일정한 크기의 나무막대기를 나무못으로 연결하여 얼기설기 쌓아 올렸으나 무너지지 않으며 형체를 이루는 적(積). 본래의 형체에서 원형질을 찾아내는 작업이 어찌 단순하다 할 것인가. 고도의 정신노동 결과이며 열정의 소산이라 할 수 있다.

매스의 내면. 20여 년 전, 무생물의 뭉치 혹은 덩어리에 생명을 불어넣으려 천착하여 온 작가의 흔하지 않은 추상조각 전시회를 보고 나니 인간의 내면에 대하여 생각하게 된다.

우리의 내면(內面)이라 함은 정신을 말할진대, 그 정신은 무엇으로 형성되어 있을까. 생래적인 것이라고 할 수도 있고 자라 온 환경이나 배우고 연마한 노력 여하에 따라 천차만별로 나타날 것이다. 천성이 사려 깊고 너그러운 사람은 이웃을 편안하게 해서 좋으나, 욕심 많고 심술궂은 사람은 자신보다 약한 사람을 무시하고 괴롭혀 누구나 피하고 싶다. 유달리 불의에 못 견뎌하며 오지랖 넓게 남의 일에 앞장서는 정의파라면 자신에게도 엄격해야 남에게 존경 받을 것이다. 인간의 품격은 결국 남을 위한 배려와 아량이 실천으로 나타날 때 의미가 있을 것이다. 인간답게 사는 가장 중요한 기준은 누구도 아닌 자기 안의 양심이라는 잣대이며 자기 검열이다. 올바른 정신을 갖고 살기도 힘든 세상이기에 정신 바짝 차리고 살아가야 한다고 세상을 탓하기도 하지만, 내 안의 판관인 양심에 정신을 올려놓으면 가감 없는 눈금이 지문처럼 드러날 것이다.

자신의 삶에 정성을 다한다는 것은 인생에 대한 예의라 할 수 있다. 신나고 즐거운 삶만이 아니라 고난의 삶이 계속된다 해도 겪어 내야 하는 것이 인간의 의무이고 숙명이다. 그러기에 무릇 중생들은 내 안에 있는 선(善)을 찾으려고 선(禪)을 수행하기도 한다.

열과 성을 다한 젊은 조각가의 생애에 경의를 표하며 인격이라 하는 육체, 매스에 담긴 사유는 무엇이며 무엇을 담아야 하는가, 새삼 생각하게 된다. 그것이 전대미문의 사건 사고가 연이어 일어나는 현대를 사는 우리에게 던지는 화두는 아닐까.

달항아리

초저녁 동쪽 하늘에 떠오른 둥근 달이 시리도록 창백하다. 창천에 뜬 달이 저리 희게 보이는 것은 한겨울 밤공기가 오싹하리만치 싸늘하기 때문일 게다. 무심코 올려다본 하늘에 둥실 떠 있는 달을 보노라니 오랫동안 잊고 있던 친구를 만난 듯 반갑고 예기치 않은 일을 당한 것처럼 당황스럽기도 하다. 그동안 복대기치며 살았거나 의미 없이 하루하루를 보냈더라도 달은 여일하게 그 자리에 있었다는 사실이 속 깊은 사람의 순정 같아 가슴 저릿하게 한다. 달빛의 유연함은 말하지 않아도 네 마음 다 안다는 순백의 포옹이며 무슨 말을 해도 들어준다는 너그러움의 여유일 것이다. 시작도 끝도 없을 원형의 완만함이 신뢰로 다가오며 안도와 위안을 준다.

절대적인 힘, 그것이 없으면 아무것도 할 수 없다는 신성(神性)의 이미지인 빛이 꼭 햇빛만을 의미하지는 않을 것이다. 마주 바라볼 수조차 없는 햇빛과는 달리 밤길 가는 나그네에게 더없이 소중한 달빛은 발등의 등불처럼 길을 밝히는 안내자인 동시에 기도의 대상인 것이다. 손 닿을 수 없이 높다랗게 떠 있는 달은 예나 지금이나 가슴 시린 사람들에게 경배의 대상이며 흠모의 상징이었다. 얽히고설킨, 쓰고 매운 팍팍한 삶을 감히 어찌해 볼 수 없는 지친 마음들이 달에게 빌며 둥글둥글 세월의 원을 만들었을까. 뭇사람들의 염원과 소롯한 마음들이 응집되어 인간사 희로애락과 오욕칠정의 번민을 모두 품었기에 달은 저다지도 희고 유장한 것인지 모르겠다.

서울 리움미술관에서 달항아리를 보았다. 정식 이름이 백자대호(白磁大壺)인 달항아리는 영락없이 달덩이였다. 연전에 국립중앙박물관으로 보러 갔다가 외국 순회전을 한다기에 허탕치고 돌아온 적이 있는데 이곳에도 있다는 소리를 듣고 찾은 것이다. 이것은 개인이 소장하고 있는 국보이다.

조도 낮은 조명 속에서 휘둥그런 달항아리를 보는 순간 엄청난 크기에 놀라고 흰색의 찬연함에 숨을 죽였다. 광목 빛깔의 탁함도 옥양목의 눈부신 화사함도 아닌, 달빛 스민 창호지의 은은함과 유백색 파리한 빛깔의 부드러움이 마음을 잡고 놓아주지 않았다. 가볍지 않은 흰색의 진중함을, 거칠 것 없는 순수의 장중함을 누구는 조용한 우레라 하였으나 내겐 번쩍이지 않는 광채였다. 은근한 빛깔 둥근 몸체에 연갈색 무늬인 양 얼룩이 남았으나 그마저도 세월의 흔적인 듯 다감해 보였다.

조선시대의 유물들이 단순 소박하면서 여백의 아름다움을 지향한 것은 유교를 숭상하며 정신의 가치를 중요시하던 선비정신에서 비롯되었을 것이다. 자연미를 우선시하던 꾸밈없는 마음들이 휘둥그런 달의 모형을 생각하고 달빛 닮은 소박한 마음들이 흰 도자기를 빚었기에 달항아리는 흰옷을 즐겨 입던 백성들의 성정이 그대로 드러나고 있다. 가을밤 솔숲에 누가 밀어올린 듯 두둥실 떠 있는 달덩이나 파도소리 철썩이는 밤하늘에 굴러내릴 듯 덩그러니 매달린 열나흗날의 달을 방 안으로 불러들인 사람은 누구이며 그걸 완상한 사람은 누구란 말인가. 달항아리를 본 외국인들이 환호하는 연유도 자연의 아름다움을 고스란히 되살려 낸 심미안과 정교한 솜씨에 감탄하였기 때문일 게다. '동양의 신비한 나라 조선'이라는 찬사도 유물에 스며 있는 심도 있는 품격과 담백한 순수미를 보는 안목일 것이다.

우리나라에는 온전한 백토가 없기에 고령토를 거르고 걸러내어 순수한 백토를 가지고 반죽하여 만들었기에 희지만 온전히 흰색만도 아닌 깊은 색을 만들어 냈다던가. 항아리의 키가 사십 센티미터가 넘으니 한 번에 물레를 돌리며 만들 수 없어 위와 아래를 따로따로 만든 다음 맞붙여 유약을 바르고 고도의 열로 구워 내는 도공들의 솜씨는 상상해 보는 것만으로도 경이롭다. 접합하는 과정이나 가마에서 구울 때 온도에 따라 위치가 밀리기도 하여 위아래 크기가 다를 수도 있지 않은가. 도드라지지 않게 저리 완벽하게 성형한 것은 정확, 치밀한 솜씨와 오랜 숙련의 결과일 것이며 마음에 들 때까지 만들고 굽고 깨트리는 과정 속에 녹아 있는 도공의 정성이며 인연일 것이다.

물레를 돌려 초벌구이를 한 후에 그림을 그리는 철화백자나 청화백자로 매병이나 연적, 주병을 만들다가 이렇듯 커다란 항아리를 만들었으니 그것이 오히려 그림이나 무늬가 없으므로 단순미의 백미라 할 수 있다. 크기와 빛깔만으로도 많은 것을 함축하기에 보는 사람마다 느낌이 다를 수 있고 사유의 의미도 달라지기 때문이다.

몇 년 전에 고궁박물관 개관기념으로 전시되어 알려진 달항아리는 아홉 개다. 세 개가 국보이고 나머지는 보물로 지정되었다. 영국 대영박물관에 한 개가 있고 일본 오사카 동양도자박물관에도 있는데 이것은 도둑이 박살을 내 현장에서 작은 조각과 가루까지 모아 기적적으로 복원해 찬사를 받기도 했다던가. 두 개를 제하면 나머지는 우리나라에 있으며 개인이 소장하였거나 국립중앙박물관에 있다. 알려지지 않은 개인 소장품이 더 있으리라고 추측할 뿐이라고 한다.

외출에서 돌아오다 모처럼 한기를 느낄 만큼 한참 동안 서서 달구경을 하였다. 쩅, 얼음장이 갈라질 듯 강추위가 몰아치면 달은 더욱 선명한 빛깔로 이마를 적실 것이다. 그러다 때 되면 기우

는 세상 모든 이치처럼 풍만한 만월도 제풀에 스러지고 서녘 하늘
엔 옛이야기처럼 초승달이 돋아날 것이다. 그렇더라도 오늘은 둥
근 달도 달항아리도 짐짓 어질고 너그러운 어른을 마주한 것처럼
넉넉하고 푸근하게 한다.

그곳에 있었네

　모임에서 성지 순례를 다녀온 남편이 돌아오는 길에 왜관 성베네딕토수도원에 들렀다고 한다. 반가운 마음에 '정선의 진경산수화를 보았느냐고 물었더니 진품은 다른 곳에 있고 모조품만 있더라는 말에 나도 모르게 기운이 쏙 빠졌다. 언젠가는 그림을 보러 수도원에 가리라 벼르고 있었는데 가더라도 이제 진품은 못볼 거라는 생각이 들자 허탈해진 것일까. 그것이 보통 그림이냐, 그럴 수밖에 없으리라 생각하면서도 서운하기는 마찬가지였다.

　몇 년 전, KBS 역사 스페셜에서 '수도원에 간 겸재 정선, 80년만의 귀환'이라는 다큐멘터리를 보았다. 260년 전의 한국화 21점이 독일 수도원에서 발견되었다는 얘기부터 호기심을 끌더니 정선의 〈금강산에서〉와 〈인왕제색도(仁王霽色圖)〉 그림을 화면으로보는 순간 아! 탄복이 절로 나왔다. 여느 산수화하고는 기운이 다른, 선 굵은 금강산의 위용이 힘차게 느껴지며 거침없는 솜씨가 서늘하게 다가왔다. 진경산수화는 보이는 대로 그리는 것이 아니라 대상의 참 모습을 담아내어 그린 그림이다. 눈에 보이는 형태나 색채를 과감히 생략하더라도 대상의 본질을 정확하게 표현해 내는 것이 핵심이며 정선은 조선시대 최고의 진경산수 화가이다.

한국인 독일 유학생 유준영은 1975년에 우연히 독일에서 발간한 ≪금강산에서≫라는 여행기를 보다가 흑백사진으로 찍은 금강산 그림 3점을 보았다. 남의 나라 책에서 본 우리나라 선조의 그림은 얼마나 반갑고 놀라웠을까. 그는 혹시 원본이 있을지 모른다는 생각으로 책을 쓴 독일 남부 오버바이에른 상트 오틸리엔 수도원을 찾았고 그곳 박물관에서 그림을 발견했다.

정선의 그림이 실린 여행기는 성 베네딕토회 상트 오틸리엔 수도원 초대원장 노르베르트 베버 신부의 작품집이다. 한국 선교사로 온 그는 두 차례 한국을 방문하여 전국을 돌며 290여 장의 사진과 그림, 일기와 메모를 남겼다. 진정으로 조선을 이해하고 사랑하는 마음에서였는지, 일제식민지 아래 사라져 가는 한 나라의 고유문화를 보존하기 위해서였는지 ≪고요한 아침의 나라≫란 책을 펴내고 기록영화를 촬영했다. 이 영화를 KBS에서 보여 주어 그 당시 우리나라 사람들의 옷차림이나 생활 모습을 상세히 알 수 있었다. 그것은 바로 우리 아버지, 할아버지의 모습이며 우리의 지나온 기록이요 역사였다.

1925년에 6박 7일간 금강산을 두루 여행한 베버 신부는 외금강

온정리에서 정선의 그림을 보았다. 성직자이며 화가인 그는 금강산의 참 모습을 고스란히 그려낸 그림에 매료되었을 것이다. 〈금강내산전도〉를 포함한 그림 21점이 담긴 화첩을 구입했고 독일 상트 오틸리엔 수도원으로 가져갔다.

1991년, 한국 성 베네딕토수도원 선지훈 신부는 상트 오틸리엔 수도원에서 정선의 화첩을 처음 접하고 나서 우리나라로 반환하는 방법을 고민하다가 동문수학하던 원장 예레미야스 슈뢰더 신부에게 사실을 말했다. 슈뢰더 신부는 이 화첩을 한국으로 반환할 것을 수도원 측에 제안하였다. 수도원 공동체에서는 여러 번 회의를 하면서 숙고가 이어졌다. 그 무렵 정선의 화첩은 서구 고미술 수집가들의 표적이 되어 각국 경매회사들이 수도원을 찾아와 고가를 제시하며 서로 사려고 했다. 당시 뉴욕 크리스티 예상 경매가 오십억 원이었다.

"이 그림은 원래의 주인에게 돌려주는 것이 하느님 뜻에 맞는다."

2005년, 상트 오틸리엔 수도원은 한국의 형제 수도원인 왜관 성 베네딕토수도원에 화첩을 돌려주기로 결정했다. 정선의 그림은 80년간의 긴 여행을 마치고 드디어 조국의 품에 안겼다.

이 이야기는 엄청난 그림 가격 못지않게 놀랍고 감동적이다. 문제는 가치 기준이었다. 인간의 시선으로 보면 불가능한 일이지만 하느님 뜻이 무엇인가를 헤아려 보면 가능한 일이기에 가슴을 서늘하게 한다. 나라 잃은 민족으로 일제치하에서 먹고 사는 일에 급급하여 우리가 미처 눈 돌리지 못하는 사이에 이러저러한 경로로 문화유산이 다른 이들의 손으로 넘어갔다. 이번 경우는 그림이 수도원으로 갔었기에 그나마 안전하게 보존 관리될 수 있었다는 생각마저 든다. 문화유산은 한번 훼손, 멸실되면 복원이 어렵고 복원된다 하더라도 가치 또한 떨어지기 때문이다.

황인경의 소설 〈목민심서〉에서 정약용은 강진의 만덕산, 형 정약전은 흑산도 유배지에서 서로를 그리워하며 서신을 주고받는다. 약용은 책을 저술할 때 모두 약전에게 보내어 자문을 받으며 도움을 얻곤 했다. 그런 형을 세월이 흘러 돌아오지 못할 곳으로 떠나보내고 해배되어 집으로 온 약용이 아들 학연과 조카 학순을 데리고 약전의 묘에 성묘하러 갔다. 저녁에 산지기 방에 들었다가 아침이 되었을 때 깜짝 놀랐다. 방이 온통 약전의 물고기 그림과 글씨로 도배되어 있었다. 산지기 박 서방 손자가 장가를 들게 되자 아들이 맨 흙벽의 방에 며느리를 들일 수 없다며 사랑방을 뒤지다가 책을 발견했고 그것으로 며느리 방과 상객의 방을 도배하였다.

낯익은 글씨를 보고 벽에 다가가 몇 줄을 읽던 약용이 한숨지으며 방바닥에 털썩 주저앉았다. 이걸 어쩌면 좋으냐, 기가 막힐 노릇이었다. 어부가 잡아온 물고기의 생태와 연구에 집념을 쏟으며 세월을 보냈던 형의 흔적이 어이없이 모두 벽에 달라붙어 있으니 통탄할 일이었다. 꼬박 닷새에 걸쳐 방안 구석구석을 베껴 자산어보(玆山魚譜)를 다시 만들었으나 원본은 이렇게 어이없이 사라지고 필사본만 전해지게 되었다. 조상의 유물에는 사상과 경륜, 고뇌와 세월이 응축되어 있어 그 시대를 관통하기에 함부로 할 수 없는 엄중함과 길이 보존해야 할 책무가 있다.

정선의 〈금강내산전도〉는 처음 왜관 성 베네딕토수도원에 전시되고 있었는데 워낙 귀중해서 그랬는지 다른 곳에 보관하고 있다. 그림의 존재가 만천하에 드러났으니 보존 관리에 힘써야 할 것은 두말할 것이 없겠으나 그림을 보고 즐기고 사유하는 것 또한 인간을 위한 일이라면 일정한 때를 정하여 공개, 전시하는 것도 바람직한 일이겠다. 미술을 공부하는 학생들이나 그림이 보고 싶은 사람에게 진경산수화의 진수를 보여 주는 일은 수도원의 시혜일 듯싶다. 언젠가 그런 날이 올 것이라 기대한다.

라스베이거스와 제프 쿤스

"제프 쿤스(Jeff Koons)다!"

라스베이거스에서 찍은 사진을 보여 줬더니 배경으로 나온 풍선조각 작품을 보고 딸아이가 대번에 작가 이름을 말했다. 여행지에서 몇 백만 원짜리 핸드백을 사자마자 상표를 떼고 바로 어깨에 메던 일행을 보아도 아무렇지 않았는데 순간 그 아이가 부러웠다. 미술선생이라 그런가, 작품만 보고도 외국 미술 작가 이름을 단박에 알아내는 안목과 식견이 대견하면서도 오르지 못할 나무처럼 아득했다.

여행 중에 뜻밖의 사람을 만나거나 뜻하지 않았던 예술품을 접할 때면 횡재까지는 아니더라도 즐겁기 마련이다. 호텔 공연장 앞에 놓여 있던 풍선 같은 튤립 꽃다발의 엄청난 크기와 화려한 빛깔의 조각 작품이 그랬다. 처음엔 실내장식 조형물인가 생각하였으나 예사롭지 않은 육중함이 시선을 압도했다.

사막에 세워진 환락의 도시라는 라스베이거스에 도착했을 때는 어둑어둑 땅거미가 지고 있었다. 거대한 건축물들이 위용을 자랑했으나 멀리 모래산이 보이며 을씨년스런 주변의 모습은 삭막했다. 그러나 건물 안으로 들어가자 어리둥절하리만치 조명이 화려하고 실내장식이 아름다웠다. 온갖 편의시설은 물론 백화점과 수영장, 고급 식당, 카지노를 갖추어 놓고 세계인들을 불러들이는 건물들은 몇 백, 몇 천 개의 침상을 가진 호텔이었다. 가이드는 백화점에 우리를 풀어놓고 두 시간 후에 이곳으로 모이라며 예의 그 조각 작품이 설치되어 있는 곳을 가리켰다. 알려 줘야 모를 것이라 그랬는지 아주 유명한 작가의 작품이라는 말만 하였을 뿐 정작 누구의 무슨 작품이라곤 설명하지 않았다. 일행 중 일부는 영화관으로 어떤 사람은 카지노로 누구는 쇼핑하러 뿔뿔이 흩어졌다. 최신 디자인의 상품을 가장 먼저 선보인다는 이곳은 그만큼 돈과 사람들이 많이 모여든다는 것이다. 돌아가며 작품을 둘러보다가 그 앞에서 사진을 찍었다.

천장과 바닥을 나비 문양으로 장식한 실내를 배경으로, 가슴 위치만큼에서 둘러쳐진 유리 보호막 안에는 터질 듯 탱탱하게 부푼 튤립 모양의 화사한 풍선 일곱 개가 둥실, 하늘로 날아오를 듯 놓여 있었다. 꼭두서니 빛깔과 무르익은 꽈리 빛, 선명한 남색과 초록색, 봄날 들판에 돋아나는 제비꽃 빛, 고속도로 변에 휘늘어진 개나리색, 화단가 탐스런 붉은 다알리아 빛이 조명을 받아

빛이랄 수도 색이랄 수도 있는 광채를 뿜어냈다. 반짝이는 스테인리스 스틸의 육중한 재질로 누르면 터질 것 같은 바람 든 고무풍선의 팽팽한 질감을 감쪽같이 드러내고 있었다.

제프 쿤스는 미국에서 작품가 최고인 현대 미술가이다. 일상 속의 사소한 소재를 확대하여 새롭게 표현하면서 기존 예술의 벽을 무너뜨렸다고 하던가. 바람 넣은 고무풍선을 원하는 대로 비틀어 강아지나 토끼, 꽃이나 인형 따위의 모양으로 만드는 풍선아트가 요즈음 젊은이나 아이들에게 인기가 있다. 바로 그 풍선으로 만든 형태를 확대 복제하여 스테인리스 스틸로 유감없이 살려내 조각의 한 분야를 이루었다. 그렇게 만든 강아지 풍선 메탈 작품이 당대 최고 경매가인 수백억 원으로 팔렸다.

미국 뉴욕의 휘트니미술관이 이전을 앞두고 마지막 전시로 제프 쿤스 작품을 택해서 야간 관람까지 허용하였다는 기사를 보았다. 그만큼 작품이 매력 있어 작가와 작품을 선호하는 사람들이 많다는 반증일 것이다. 우리나라에서는 리움미술관과 신세계백화점 본점에서 그의 작품을 볼 수 있다. 남이 손대지 않은 분야이거나 남과 다른 생각으로 만들어 내는 아름다움을 최고의 가치로 인정하는 예술계에서 유연하고 탄력적인 풍선의 부드러움을 견고하고 번쩍이는 메탈 조각이라는 분야로 개척해 그는 명성과 부를 거머쥐었다. 어느 분야의 예술이든 변별력을 가지려면 남과 다르게 보거나 획기적인 생각으로 감동을 안기고 상상의 여지를 주는 것이 필요할 것이다.

화려 찬란한 빛깔과 디자인으로 백화점 내부를 장식한 볼거리들은 많았다. 색깔 입힌 바둑무늬 타일로 모자이크한 해바라기나 양귀비, 장미꽃의 벽화는 품격이 느껴질 만큼 세련되어 구경하는 것만으로도 시간 가는 줄 몰랐다. 꽃마차나 달팽이 나비 곤충 따위를 온통 생화로 장식하여 꾸민 정원도 아기자기하여 사진 찍으려는 사람들로 북새통을 이뤘다. 여러 빛깔의 장미꽃으로 공 모양을 만들어 공중에 매달고 조명을 비추니 날아다니는 비눗방울처럼 환상적이었다. 기왕 왔으니 경험해 보라기에 카지노에서 지폐를 넣고 줄을 당겨 보았으나 관심사가 달라 그런지 별 흥미가 없어 그만두고 건물 안을 구경하노라니 새롭고 진귀한 것이 많아 눈이 호사를 하였다.

일확천금의 꿈을 안고 카지노를 찾아왔던 사람이 빈털터리가 되어 노숙자로 전전하고 있다는 뉴스로 오명을 얻기도 하였으나 라스베이거스는 화려함과 넘치는 풍성함으로 활기가 있었다. 누구는 돈을 따겠다는 마음으로 십 년 동안 드나들다 가진 돈 모두 탕진하고 난 후에야 정신이 들어 이곳을 즐기게 되었다지만 열심히 일한 다음 기분 전환의 심사로 찾아와 에너지를 얻어 일상으로 복귀할 수 있다면 그 또한 좋은 일이겠다. 그러나 인간사 옷깃만 스쳐도 인연이라는데 어디서 마주치면 못 알아볼 얼굴들이, 피부색과 옷차림이 판이한 다국적 사람들이, 무엇 하러 가을날 골목길

낙엽처럼 흩어졌다 모이고 다시 흩어지면서 여기에 함께 있는가. 까닭 없이 유정한 마음이 되었다. 어떤 이유로 찾아왔든 모두 소중한 인연이며 금쪽같은 인생이 아니던가. 피붙이 같은 연민이 이는 것은 어인 연유인지.

색채가 화려하고 재질이 번쩍이는 제프 쿤스 작품은 차분한 공간에는 어울리지 않을 것이다. 작가에게 의뢰하여 작품을 만들었는지 전시된 것을 호텔에서 사 들였는지 알 수 없지만 풍선 튤립 조각 작품은 호텔 분위기와 잘 어울려 라스베이거스 명소의 명물이라 여겨졌다. 여행길에서 뜻하지 않은 예술작품을 만나게 되면 뜻하지 않은 선물처럼 반갑기 마련이다.

Chapter

6

버지니아의 방울새

버지니아의 방울새

　수녀이모가 한 달간 휴가를 받았다. 수녀원에 입회한 지 50년
이 넘은 이모는 오래 전부터 미국에 사는 조카들의 초청을 받았었
는데 이번에 가야겠다며 내게 동행하길 권했다. 때마침 하던 일에
서 손 놓고 있던 차에 엉겁결에 따라나섰다. 이모가 한 달이라는
시간을 맡기자 큰외사촌 오빠는 되도록 많은 곳을 보여주려 애쓰
며 친지 방문할 일정과 그곳에서 가 볼 만한 관광지는 물론 미국
국내선 비행기 좌석 예약까지 해놓아 우린 그대로 움직이면 되었
다.

　봄꽃이 만발한 사월, 워싱턴 DC 공항에 내렸을 때 큰오빠의 명
을 받은 종질녀 내외가 마중 나와 있었다. 아버지를 따라서 초등
학교 육학년 때 이민 온 그녀는 미국에서 중·고등학교와 대학교
까지 마쳐 영어가 유창하고 한국 사람과 결혼하여 초등학교 3,4
학년 남매를 두었다. 워싱턴 DC에서 살고 있는 내외 둘 다 처음

보는 얼굴이었으나 얘기를 많이 들어서 그런지 낯설지 않았다. 초면에 신세를 져야겠다니 별말씀 다 하신다며 웃었으나 한 치 건너 두 치라고 이모는 그들에게 대고모이고 초청을 받았으니 괜찮다 해도 소 팔러 가는데 개 따라가는 격으로 따라온 나는 어쨌든 미안한 생각이 들었다. 사람살이 계획대로만 사는 것이 아니라 해도 갑자기 젊은 사람한테 신세진다는 것이 편치 않았으나 이미 엎질러진 물이었다. 그녀는 아이들이 어리니까 재택근무를 하는데 우리가 새벽에 여행 떠날 때 김밥을 싸주며 여행사까지 데려다 주고 돌아올 때 마중 나오면서 떠날 때도 비행장까지 바래다주어 여간 고맙지 않았다. 젊은 사람이 어찌나 시원시원하고 씩씩한지 평생 근심걱정 모를 듯싶어 그런 성격이 부럽기까지 했다. 살다보면 이렇듯 남에게 폐를 끼치는 일이 생긴다.

이튿날 버지니아 비치에 사는 큰오빠네로 왔다. 차창밖에는 막 물오르기 시작한 연둣빛 초목이 싱그러워 눈 뜨기가 좋았다. 산속으로 난 이차선 도로 가운데로 나무들이 줄지어 있어서 이래저래 숲속을 달리는 기분이었다. 기타 치며 노래 잘 부르고 운동 잘하던 청년 오빠는 어디로 가고 머리가 희끗희끗한 노년의 모습만 보이는지 무정하게 흘러간 세월이 야속했다. 저도 오라 해주셔서 고마워요, 했더니 "내가 고모를 모시고 여행 다녀야 하는데 네가 와서 잘 됐다."며 오히려 오빠는 반가워했다. 집 앞뒤로 잔디가 넓은 집 차고 앞에는 배롱나무 잎이 소복하게 돋아났고 분홍빛 여린 해당화가 반기듯 활짝 피어있었다.

　새벽이면 또르롱— 울리는 방울새 소리에 눈을 떴다. 창문이 어슴푸레 밝아오는 여명의 시간에 들려오는 청아한 새소리와 한창 돋아나기 시작한 나뭇잎 부딪치는 소리가 청신하기 그지없었다. 매일 같은 시각에 들리는 여리고 낭랑한 소리가 신기해 귀를 나발처럼 열어놓고 가만히 누워 있었다. 일찍이 들어본 적 없는 잦아드는 실로폰 소리 같은 맑은 소리가 머리를 쇄락하게 했다. 맑은 물 위에 푸른 물감 한 방울 떨어뜨리면 동그라미를 그리다 흔적도 없이 사라지고 도로 물 전체가 투명해지듯, 인적 드문 깊은 산골 옹달샘물이 퐁퐁 솟아오르듯, 연꽃 위에 방울방울 물방울 굴러내리듯 새소리가 여운을 남기며 이어지곤 했다. 시각뿐만이 아니라 청각으로 감지되는 소리도 투명하다는 것을 처음 깨달았다. 살아 있는 모든 것들을 사랑해야지. 생에 대한 고마움이 방울새소리처럼 울리며 그 누구도 미워하지 않을 것 같았다. 까닭 모르게 차올라 불편하게 하던 묵은 감정의 찌꺼기까지 정화되는 기분이었다. 새의 모습을 찾아 두리번거렸으나 커다란 나무 어디에 숨었는지 모습은 보이지 않고 천연스레 흔들어대는 방울소리에 안타까움만 더했다. 여행을 다녀온 다음날 새벽에도 어김없이 들려오는 새소리가 반갑고 고마워 귀를 곧추세우다 여기를 떠나면 이 소리를 듣지 못하리라는, 이곳의 방울새 소리를 그리워하리라는 예감으로 미구에 닥칠 이별이 지레 섭섭해지곤 했다.

오빠네는 집 앞뒤로 잔디를 깔고 둘레에 두세 그루씩 나무를 세우고 숲 가까이 사는 미국의 보통 사람들 사는 모습과 비슷했다. 서울처럼 집이 다닥다닥 붙어 있지 않고 자리잡은 널찍한 공간이 안정감을 주며 마음을 여유롭게 하였다. 주택가는 닦아놓은 듯 깨끗하고 거리를 두고 있는 집들이 모두 담이 없는 것이 네 것 내 것 분명하게 금을 긋는 것에 익숙한 이방인의 눈에는 신기했다. 울타리 없이 나무나 꽃을 심어 집을 치장하였으나 결국 지나가는 사람이나 이웃이 함께 보니 너로 말미암아 나도 즐겁다는 사실에 저절로 흥겨웠다. 숲 곳곳에 동네가 있어도 한적하기 그지없어 언제 들어왔다 나가는지 사람 구경하기도 어려웠다.

저녁을 먹고 나서 오빠하고 이모와 운동 삼아 동네를 걸을때면 길 안내하듯 집집마다 마당에 불을 밝혀놓았고 서녘 하늘에 떠있는 초승달이 그린 듯 고왔다. 그동안 살아온 이야기를 나누는 시간이 각별했다. 손자들에겐 한없이 자애로운 분이나 누가 잘못이라도 하여 마당에서 소리치면 마을 아래까지 들렸다는 수염 하얗고 목소리 큰 증조 외할아버지의 호기로운 성품 이야기가 즐거웠다. 올케언니는 우리네 밑반찬을 많이 만들어 놓고 밥을 해주면서도 새로운 음식을 맛보게 하려고 애썼다. 젊은 나이에 미국으로 이민 가서 우직스러우리만치 성실히 살아온 오빠 내외가 성심을 다해 보살펴준 마음들이 너무도 고마웠다.

정작 미국을 떠나 올 때는 로스앤젤레스에 사는 이종사촌동생

네서 오느라 전화를 못 했다. 서울에 와서야 오빠 덕분에 여행 잘하고 그동안 고마웠다고 전화했더니 기다렸던지 돌아가신 우리 엄마 얘기를 하였다. "웬만하면 여기서 살지, 미국까지 가서 살려고 하니." 떠난다고 인사드리러 갔더니 눈물지으며 고개 돌리던 고모모습이 생각나 떠나보내는 사람의 심정이 이해간다고 하였다. 그제야 나는 공항에서 전화기를 빌려서라도 인사드리지 못하고 온 것이 후회되어 가슴을 쳤다. 그리운 것이 어찌 방울새 소리뿐이랴.

버지니아 비치의 해돋이

'아! 버지니아!'

버지니아 비치에서 막 솟아오르는 해돋이 사진을 찍어 딸에게 보냈더니 감탄사를 쓴 문자가 곧바로 왔다. 이곳을 다녀간 적은 없을 텐데 알고 있었나, 궁금한 채로 그 한 마디가 새삼 범종처럼 울리면서 끝없이 펼쳐진 해변이 새롭게 다가왔다.

"버지니아에 왔는데 해돋이는 봐야지."

이곳은 해돋이가 볼만해서 연말, 연시에는 인파로 북적이고 물이 깨끗하고 모래사장이 넓으니까 여름에는 다양한 축제가 열려 관광객들로 발 디딜 틈이 없다며 외사촌오빠는 컴컴할 때 이모와 나를 차에 태우고 집을 나섰다. 계절 탓인지 인적은 드물고 끝 모르게 펼쳐진 모래사장은 까마득했다. 어디서 날아왔는지 까마귀가 깍깍거리고 사월 말의 새벽 바닷바람에 오싹, 한기가 느껴졌다. 추워보였는지 오빠가 내게 잠바를 주었다.

해는 불을 뿜듯 하늘을 빨갛게 물들이는가 싶더니 금방 바다에 붉은 물을 토해 놓았다. 그것도 순간, 언제 그랬느냐 싶게 둥실 하늘로 떠올라 천연스레 하얀 얼굴을 드러냈다. 해가 솟는 광경은 장관이었으나 보일 듯 말 듯 수평선은 아득하고 사방이 환해지면서 검푸른 물결이 광활했다. 누가 보든 말든 해는 신열을 앓듯 진통을 하듯 날마다 빨간 얼굴로 저리 애를 쓰는구나. 태양으로부터 1억5천 만 킬로미터나 떨어진 지구에서 느끼는 열기는 그의 견딜 수 없는 진통에서 비롯되었구나. 태양으로 말미암아 천지는 날마다 새롭게 태어나고 있었다는 사실이 놀랍고 신선했다. 너무 당연해서 깨닫지 못했을 뿐 천지창조는 성경에만 나오는 말이 아니라 일상에서 날마다 일어나는 변혁이요, 언어였다. 그동안 해돋이를 보려고 일부러 길을 떠난 적은 없었다. 날마다 해마다 떠오르는 태양이 연초나 연말이라고 해서 다르랴, 이름 붙여 몰려다니는 북새통도 싫었고 기회도 없었는데 생각지도 않았던 곳에서 해돋이의 의미가 정수리를 쳤다.

날씨는 쾌청하고 청록의 바다는 잔잔했다. 희고 고운 모래사장을 거닐다 다시 바다와 마주했다. 우리나라 동해안이나 서해안과는 비교가 되지 않게 넓었다. 무엇이든 너무 크거나 넓으면 감이 잡히지 않기 마련인데 그만큼 낯설기 때문일 것이다. 대서양을 가로지르는 해저터널 체서피크 베이 브리지 터널(Chesapeake Bay Bridge Tunnel)을 오가며 입구 양쪽으로 펼쳐진 바다의 무량감에

할 말을 잊었다. 달리는 차안에 앉아 그저 망연히 수평선을 응시할 뿐이었다. 더구나 버지니아 노폭공항에서 조지아 주 애틀랜타로 가는 비행기 안에서 내려다보았을 때 바다에 그어진 금이 갑자기 뚝 끊어진 것을 보고 저게 그 해저터널이구나, 실감이 났다. 바다 밑으로 터널을 낸 것은 버지니아 비치에 해군기지가 있어 해군함정이 자유롭게 오가도록 만들었다는데 터널이 얼마나 길면 비행기 안에서도 뚜렷이 보일까싶었다.

그런데 오늘은 광활한 바다가 잦아들듯 소리 없이 우는 듯싶었다. 소리 없이? 순간 말은 힘이 되어 살아났다. 미국에 오기 며칠 전, 아이가 나타나면 둘러주려고 비닐로 싼 담요를 끌어안고 눈물 그렁한 눈으로 아이 이름을 부르며 망망대해를 향해 서있는 젊은 엄마의 모습을 신문에서 보았다. 안개비는 내리고 멀리 보이던 사진 속 수평선은 짐짓 시치미를 떼고 끄덕도 않는데 어쩌면 좋으냐, 신문 앞면을 차지한 사진은 보는 이의 눈시울도 젖게 했다. 제주도로 수학여행 가던 안산 단원고 학생들과 일반인들 삼백여 명을 태운 배가 진도 앞바다에서 침몰했다. 배가 가라앉는 위급한 상황에서 선장과 승무원들은 탈출했고 구조대가 올 것이니 승객들은 자리를 지키라는 안내방송은 계속됐다. 배에서 필사적으로 탈출하려는 사람들이 갑판 아래로 미끄러져 내리는 안타깝고 어이없는 모습을 연일 뉴스로 접했다. 가족들은 진도체육관이나 팽목항에서 아이들을 애타게 기다리고, 구조작업은 하는지 마는지 알 수 없이 어린 자식이 차가운 바닷물 속에 있는 엄마는 소리 없이 울며 애간장을 태웠다.

살아간다는 것은 삶이 얼마나 매몰차고 잔인한 것인가를 알아 가는 것인지 모른다. 내가 너무 오래 살았구나, 연세 드신 어른들이 슬픔 앞에서 무심코 던지는 말속에는 살아봐야 험한 꼴만 더 볼 것 같은 체험에서 비롯한 자조의 심정이 스며있다. 바다가 낭만과 아름다움만을 주는 것이 아니듯 삶 또한 즐겁지만 않다는 것을 알기에 나오는 탄식인 것이다. 세월호의 침몰은 우리 사회에 널리 퍼져있는 사람의 목숨을 대수롭지 않게 여기는 세태의 본보기라 할 수 있다. 온 국민이 공분하는 것도 바로 언젠가 나도 그렇게 될지 모른다는 현실에 대한 두려움인 것이다.

해변 가에는 그리스 신화에 나오는 바다와 강을 지배한다는 신, 포세이돈 상이 서있다. 바다의 노여움을 잠재우고 인간에게 해를 끼치지 말라는 염원이 담겨있는 삼지창을 든 모습은 험상궂게 생겼으나 절로 기도가 나왔다. 아직도 배 안에 있는 승객들이 모두 구조되기를, 사진 속 엄마의 안타까운 눈망울에 기쁨의 환호성이 터져 나오기를—.

세계인들을 불러들일 만큼 명성에 걸맞게 에머랄드빛 물결과 드넓은 모래벌판이 아름다운 버지니아 비치. 내 나라 반대편의 바다는 이심전심의 심정으로 슬픔을 공유하듯 무연히 잦아들고 있었다. 이렇듯 아무 일 없이 고요하고 광활한 바다를 보자, 부잣

집에 와서 진귀한 음식을 먹다 굶주리고 있는 자기 집 아이들이 생각나서 목이 메는 촌부처럼 갑자기 속수무책으로 바닷물에 잠긴 내 나라 아이들이 생각나 울컥 가슴이 멘다.

모든 날이 특별한 날이듯

— 체서피크 베이 브리지

차를 타고 버지니아 비치에서 시내로 나가거나 워싱턴 DC에서
비치로 돌아올 때는 체서피크 베이 브리지를 지났다. 대서양을
가로지르는 다리 양쪽으로 햇빛에 반짝이는 물비늘이 푸른 비단
피륙을 펼쳐놓은 것처럼 아름다웠다. 바다를 바라보며 달리다 해
저터널을 빠져나오면 영화의 한 장면처럼 다시 바다가 좌우로 갈
라져 다리 위를 달리는 기분은 짜릿했다. 어디서도 이런 풍경을
다시 보지 못할 것 같은 아쉬움에 오래도록 바라보곤 했다. 긴
다리를 건설한 기술도 놀라울 뿐만 아니라 거칠 것 없이 드넓은
바다가 시야를 탁 트이게 하여 가슴까지 시원했다. 이대로 계속
달리면 버지니아 비치를 지나 플로리다 마이애미를 통하여 쿠바
섬에 닿을 듯싶었다. 비치에서 묵으며 어니스트 헤밍웨이의 소설
〈노인과 바다〉를 읽으면서 그런 생각이 들었다.

물길 따라 내려가면 이 소설을 집필하던 쿠바 아바나 근처의

코히마르 바닷가 마을이 나타날 것이다. 헤밍웨이는 미국 일리노이 주에서 태어났으나 사냥과 낚시를 좋아해 이 마을에 정착해서 바다에 나가 낚시를 하고 소설을 쓰면서 20년 동안 살았다. 1960년에 쿠바가 공산화되면서 그는 쿠바에서 추방당했지만 살던 집은 생전의 모습 그대로 박물관으로 꾸며져 관광객들의 발길이 끊이지 않는다니 이 또한 역사의 아이러니 아닌가. 쿠바는 아메리카 유일의 공산주의 국가이며 미국과 외교가 단절되어 직접 오갈 수도 없는데 헤밍웨이는 생전에 살았던 보답으로 사후에는 쿠바에 많은 도움을 주고 있다.

미국에 오면서 책을 몇 권 가지고 왔다. 여행 중에도 자투리 시간은 나기 마련이고 시간 보내기엔 책이 그중 낫다. 입·출국하려고 공항에서 기다리는 시간이나 비행기 안에서 주는 음식 먹고 한참을 자고났는데도 기내라면 무엇으로 시간을 때우겠는가. 이 책은 젊은 시절에 읽었는데 이번에 다시 읽으며 다른 감동을 맛볼 수 있었다. 명작은 언제 어느 때 읽더라도 시대를 초월해서 감명을 주기 마련이다. 헤밍웨이가 말년에 쓴 이 작품은 인생의 희로애락과 생로병사를 모두 겪은 인간의 정제된 인품이 그대로 드러나 마음을 편안하고 따뜻하게 한다.

헤밍웨이는 이 소설로 노벨문학상을 받았다. 정작 본인은 비행기 사고로 병석에 있어서 수상식에도 참석하지 못했다. 이 소설은 저녁놀이 사위어가는 고즈넉한 시골 풍경처럼 안온하게 안정감을 주면서 정신을 고양시킨다. 날마다 고기 잡으러 바다에 나갔으나 허탕만 치는 산티아고 노인의 느긋한 기다림과 인내심은 인생의 체험에서 우러나온 여유라고 할 수 있다. 마침내 85회 생일을 맞은 날, 멀리 바다로 나가 사투 끝에 커다란 청새치 고래를 작살로 잡는다. 배에 실을 수 없어 배 옆구리에 매달고 집으로 돌아오면서 청새치와 나누는 이야기는 외로운 노인의 쓸쓸한 모습이 그대로 드러나 마음을 저리게 한다. 이야기를 나눈다 하였으나 청새치에게 자신의 심정을 일방적으로 쏟아놓는 넋두리는 살아온 날에서 비롯한 작가의 인생론이라 할 수 있으며 역경 속에서도 희망을 잃지 않는 그의 낙관적 성격이 엿보인다. 변화무쌍한 자연과 부침 많은 바닷가 생활이 선한 인간을 더욱 낮아지고 겸손하게 이끌었으리라는 상상이 읽는 이로 하여금 옷깃을 여미게 한다. 항구에 도착했을 때는 청새치 고래의 피 맛을 본 상어 떼들이 살을 모두 뜯어 먹어 앙상한 뼈만 남아 있었다. 산티아고 노인은 기진하여 쓰러져 잠이 들고 이튿날 모여든 동네 사람들은 배 옆구리에 매달린 엄청나게 큰 고기 잔해에 놀란다. 이웃집 소년이 노인을 깨웠으나 깨어나지 않고 사자 꿈을 꾸는 것으로 소설은 끝난다.

이웃집 소년을 다섯 살 때부터 배에 태워 데리고 다니며 자상하게 고기잡이를 가르친 산티아고 노인의 자애로운 마음과 어쩔 수 없이 부모들이 권하는 배를 타면서도 노인을 도와주는 소년의 따뜻한 마음이 뭉클하게 한다.

헤밍웨이 소설은 간결하고 선명한 문체로 흡입력이 강해서 별도의 어록이 엮어질 만큼 그의 말들은 울림을 준다. 외로운 사람에게 너만 그런 것이 아니니 참고 견디면 반드시 좋은 날이 오리라는 희망을 주고 모든 날들이 특별한 날이듯 모든 사람이 특별한 존재라는 자존감을 심어주기에 새삼 인간이라는 것에 위안이 된다.

어디서 누구와 만나 어떤 이야기를 나누었느냐에 따라 장소의 의미가 달라지듯 누구의 무슨 책을 어디서 읽었는가에 따라 장소의 의미도 달라지는가. 미국에 와서 이곳 태생의 소설을 읽으니 우리나라에서 읽을 때와는 달리 작가와 한층 가까워지는 기분과 정신이 확장되는 느낌이었다. 그러기에 모름지기 독자는 작품을 읽으며 작가를 만나기 원하고 창작의 현장에 가보고 싶어 하는지 모른다. 그러나 지금으로서는 요원한 일이니 무릇 뜻이 있으면 길도 있다 했거늘 그런 날이 있으리라 기대를 하며 가없는 대서양 푸른 물결에 눈길을 보낸다.

나이아가라 폭포

　새벽 다섯 시 컴컴할 때 집을 나섰다. 워싱턴 DC에 사는 종질녀가 한 시간이나 걸려 여행사까지 데려다 주었다. 여행객 두 명과 합류하여 여행사 차로 또 한 시간을 달려 13박 14일 일정의 미국 서부여행을 하고 온 여행객들과 합류했다. 비수기엔 단체 여행객들이 적으니까 친지방문으로 미국에 온 단기 여행객들을 받아주어 그들과 함께 2박 3일 일정의 관광에 나섰다.

　고속도로 중앙선에는 키 큰 나무가 울창해 꼭 숲속을 달리는 것 같았다. 버스는 두 시간을 달려 화장실에 들르고 두 시간을 달려 식당으로 데려갔다. 점심 후 다시 두 시간을 달려 도착한 곳이 캐나다 국경지역이었다. 주변경관과 길이 좋아선지 차가 좋기 때문인지 기분 덕인지 종일 차를 탔어도 피곤하지 않았다.

　미국에서 캐나다로 들어가는 데는 레인보우 다리 하나만 건너면 되었다. 가이드는 입국 과정에서 꼬투리가 잡히면 관광도 못하고 버스에서 기다려야 하니 여권을 준비하라 이르고 과일이 발각되어도 안 된다며 비닐봉지를 들고 통로를 지나갔다. 점심 전에 주의를 주었어도 몇 사람이 오렌지와 망고를 내놓았다. 긴장했거나 기가 막혔거나 흔히 있는 일인지 가이드는 무심한 얼굴로 그것들을 수거해 길가 쓰레기통에 버렸다. 젊은 사람 얼굴에 여간해서 화내지 않는 노인의 담담함이 어려 있는 것은 다양한 사람을 상대하며 큰일을 여러 번 치른 사람의 침착함일 것이다. 다리 아래로 그리 넓지 않은 나이아가라 강이 흐르고 있었다.

멀리 나이아가라 폭포가 보였으나 가이드가 헬리콥터를 타고 관광하는 사람들을 안내하느라 나머지 사람들은 휴게실 겸 기념품 가게에서 기다려야 했다. 잘 됐다싶어 주소만 적으면 송달되는 그림엽서를 사서 편지를 쓰려고 야외 의자에 앉으니 심술부리듯 바람이 사납게 불었다. 막상 엽서를 대하니 여수 때문인지 즐겁다기보다 화선지에 먹물 번지듯 마음은 적이 쓸쓸했다. 영화나 책에서 보던 세계 3대 폭포 가운데 하나라는 폭포를 보러온 것이 분명 예삿일은 아니며 이곳에 다시 올 일은 없을 것이다. 신바람 나는, 생애 처음 일어난 일이라는 생각이 들자 일상에서 일고 잦는 모든 일들이 그렇지 않던가, 그런 하루하루가 쌓여 지금의 내가 형성되었다는 사실이 새삼 정수리를 쳤다. 어제 내 머리를 흐트러뜨린 바람이 오늘의 그것이 아니듯 오늘 오고간 생각들이 내일의 그것이 아닐 터. 지금 이 시간이 얼마나 귀하고 소중한 것이냐, 누가 내 머리를 쓰다듬는 것 같은 기분이 들어 마냥 앉아 있고 싶었다.

생각이 깊어지는데 누가 불렀다. 이걸 안 쓰면 편지가 북한으로 갈 수 있다는 말이 떠올라 주소 아래 South Korea라고 적으니 평소에 잊고 있던 분단국가라는 사실이 상기되어 기분이 이상했다. 어, 내 발가락이 다섯 개였네, 라는 말처럼 뜬금없긴 마찬가지였다. 전후 세대인 내게 정전 63년은 남의 이야기 같았으나 언제라도 전쟁이 일어날 수 있는 휴전국가라는 사실이 새삼 섬뜩하게 다가와 떨치듯 가게 주인에게 엽서를 주고 차에 올랐다.

거짓말처럼 눈앞에 나이아가라폭포가 나타났다. 사진이나 그림에서 보았던 것보다 훨씬 폭이 넓었다. 버스에서 내리니 이슬비가 흩뿌리는 속에 폭포에서 튕기는 물방울이 안개 낀 듯 자오록했다. 아직 얼음이 녹지 않아 양쪽으로 빙벽이 그대로인데 얼마나 소리가 큰지 옆 사람의 말조차 소리에 묻히곤 했다. 밀려오는 물의 위력 때문에 귀가 멍멍하여 인디언들이 천둥소리로 알았다는 말도 이해되었다. 까마득하게 높이 설치된 고속 엘리베이터를 타고 공중에 올라가서 내려다보고 엘리베이터를 타고 지하로 내려가서 유리창으로 올려다보아도 물살이 엄청난 느낌은 그대로였다.

아이맥스 영화관에서 입장할 때 준 입체 안경을 쓰고 화면을 보니 덮칠 듯 다가오는 폭포의 위용이 실감났다. 빙하기를 지나 얼음이 녹아내리면서 내려앉은 지각변동으로 자연스레 폭포가 만들어지고 강을 차지하려는 인간들의 싸움이 장구한 세월동안 이어져 왔다는 곳. 특히 이곳의 전설은 슬픈 사연을 간직하고 있었다. 인디언들은 해마다 한 해의 안녕을 기원하며 폭포 앞에서 제사를 지내고 제물로 처녀를 바쳤다. 어느 해 제비뽑기에서 추장의 딸이 뽑혔다. 딸은 아버지에게 걱정하지 마시라고 하였으나 추장은 엄마 없이 자란 불쌍한 딸이 제물로 바쳐져 죽게 되었다는 사실이 기가 막혔다. 그러나 추장으로서 이를 번복할 수 없는 일이니 제물로 바치기로 하였다. 제사를 지낸 후 딸이 폭포 한가운데로 던져진 순간, 아버지도 폭포 속으로 몸을 던졌다. 천금 같은 약속을 지키고 두 사람은 물살 속으로 사라졌다.

캄캄한 밤, 19층 호텔 창문에서 바라본 폭포는 아무 소리도 들리지 않고 오색빛깔 조명으로 화려했다. 호텔이 위치와 배경을 고려하여 자리 잡았는지 아침에 내려다 본 폭포의 모습도 아름답고 나이아가라 강의 물결이 멀리까지 한눈에 보이며 바다인 듯 호수인 듯 광활했다. 말발굽 모양의 폭포가 바라보는 위치에 따라 모양도 크기도 다양하고 물결의 빛깔도 사방에서 튀는 구슬처럼 희거나 옥빛이었다.

이거 하나 보러 그 먼 길을 달려 여기까지 왔는가, 누가 묻는다면 왜 세계인들은 끊임없이 여기를 찾아오는가에 답이 있을 것이다.

비상을 꿈꾼다

-자유의 여신상

아침에 일어나자 보슬비가 내렸다. 오늘 일정이 뉴욕 시내를 둘러보는 것이었으나 비가 올 것이라 해서 어젯밤에 엠파이어스 테이트 빌딩과 여러 나라 국기가 즐비하게 꽂혀있던 록펠러센터, 가수 싸이가 공연하였다는 엠스 스퀘어 광장을 돌아본 것이 꿈에 떡 맛 본 듯 긴가민가하여 아쉽기만 하였다.

젊은 예술가들이 자신의 역량과 꿈을 펼쳐보기 소망하며 찾아 드는 곳. 겉으로 보기엔 고층 빌딩만 빽빽이 들어서 숲을 이루었으나 젊은이들이 가장 오고 싶어 하는 곳. 세계의 정치 경제 예술의 중심지로 금융시장을 쥐락펴락하고 최첨단 기술과 최신 디자인의 옷이 나오자마자 유행된다는 곳. 언젠가 며칠 동안 묵으면서 브로드웨이에서 뮤지컬도 구경하고 메트로폴리탄 박물관과 미술관, 패션쇼와 전시회장을 뉴요커가 되어 걸어 다니며 제대로 보고 싶었다.

아쉬운 마음 뒤로 한 채 버스에 오르니 맨해튼 거리가 여전히 사람들로 북적이고 차는 서서히 시내를 벗어나 유람선 터미널로 향했다. 터미널은 자유의 여신상을 보려고 온 관광객들로 복잡했다. 한눈에 알 수 있는 중국 사람들은 특유의 억양 때문인지 다른 사람들을 의식하지 않고 떠들어대는 습관 때문인지 무척 소란스러웠다. 그래도 민족정신이랄까, 결속력이 강한 중국 사람들은 세계 어디에 뿌리를 내리든 서로를 도와주고 챙겨주면서 자기들의 터전을 굳건히 한다. 여기서도 차이나타운을 이루어 살고 있으며 우리가 타려는 유람선 페리호도 중국인들이 운영하는 회사였다. 승선을 기다리던 삼사백 명 남짓한 사람들이 모두 같은 배를 탔다. 뿌옇게 물안개 피어오르는 허드슨 강 위로 배가 천천히 나아가자 우뚝우뚝 솟은 고층 건물의 맨해튼 시가 한눈에 들어왔다.

자리에 앉아 웃고 떠드는 사이 멀리 오른손을 높이 치켜든 자유의 여신상이 보였다. 누가 먼저랄 것 없이 사람들이 환성을 올렸다. 몸체가 드러나자 자리에 앉아있던 사람들이 일어나더니 창가로 다가가 사진을 찍거나 배 안을 돌아다니며 구경을 하였다. 비가 흩뿌리는 속에서 유리창을 통하여 비취빛 여신상을 보는 기분은 신비로웠다. 비 내리는 것을 아랑곳 하지 않는 사람들이 갑판으로 나가 사진을 찍었다. 배가 돌아가면서 여러 방향으로 여신상을 보여주는데 가까이서 보다 떨어져 보아야 형체가 제대로 보였다. 짙푸른 강물 빛깔도 내려앉은 희뿌연 하늘빛도 차분한데 구름 사이로 떠오르는 햇살처럼 솟아있는 파르스름한 여신상은 상상했던 것보다 큰 모습으로 힘찬 기상이 느껴졌다.

자유의 여신상은 미국 독립 100주년을 기념하여 프랑스 국민들이 기금을 모아 세웠다. 뉴욕시 리버티 섬에 있으며 길이 46미터로 받침대까지 포함하여 93,5미터에 이르는 거대한 상으로 오른손에는 횃불이, 왼손에는 1776년 7월 4일 자유를 선언한 것을 상징하는 서판이 들려 있다. 프랑스 역사학자가 건립을 제의하고 프랑스에서 설계하여 동판으로 만들어 조립한 후 미국으로 가져온 다음 설치하였는데 엄청난 크기에 뉴욕 시민들도 놀랐다고 한다. 밑에서 받침대까지 엘리베이터를 타고 가면 전시장도 있고 거기서 꼭대기까지 올라가려면 나선형 계단으로 걸어 갈 수 있다지만 미리 예약을 해야 가능하기에 자유여행을 할 기회가 있다면 돌아볼만 하였다. 색깔이 푸르게 보이는 것은 동(銅)이 공기 중에서 화학반응을 일으켰기 때문인데 그것이 오히려 고풍스러워 보였다. 전쟁과 가난과 억압을 피하여 미국으로 이주해 오던 사람들에게 횃불 밝혀 자유와 희망을 주던 자유의 여신상이 세계문화유산으로 등재되어 이제는 뉴욕을 상징하고 있다.

수녀님은 옷차림 때문에 어디를 가도 남의 눈에 띄기 마련이다. 여행객 중에 성당에 다니는 자매가 반가워하며 다가와 말을 걸자, 수녀님이 친절하게 응대하면서 이야기가 길어지는 듯싶어 나는 갑판으로 나갔다. 배 후미에는 성조기가 꽂혀 있고 사람들이 빗속에서 그걸 배경으로 사진을 찍고 있었다. 빨간색과 흰색 열세 개 줄에 주를 상징하는 쉰 두 개의 별이 그려져 있는 미국 국기는 관공서는 물론 거리 어디서나 쉽게 눈에 띄었다. 모자 티셔츠 바지의 옷 디자인이나 열쇠고리 목걸이 따위의 액세서리에서도 많이 보여 국기가 거부감없이 생활 속 깊숙이 들어와 있다.

비는 여전히 보슬보슬 내리고 빗방울은 강물 위에 떨어지자마자 흔적도 없이 사라지고 아무 일 없다는 듯 강물은 무심히 흐른다. 배가 밀려가듯 앞으로 나가자 멀리 보이는 회색빛 고층 건물도 물안개 자오록한 여신상도 멀리서 가까이서 멈춘 듯 떠있는 페리 유람선도 채도 낮은 그림처럼 아름다웠다.

신록 우거지는 오월의 산야, 안개비 내리는 풍경을 바라보는 일은 즐겁다. 그 뿐이랴, 장대비나 작달비가 아니라 더도 덜도 아니게 이만큼씩 내리는 가랑비는 우리나라 시골풍경이나 허드슨 강 위나 기분을 차분하게 한다.

이런 흐뭇한 마음은 주위의 경관까지 윤색시키며 여수에 잠기게 한다. 우리는 어디서 왔다 어디로 가는가, 해묵은 화두 하나 떠올라 쓸쓸하거나 밑도 끝도 없이 출몰하는 설익은 감정에 당황하여 홀로 쓴웃음 짓는다. 낯선 풍경 못지않게 낯선 자신과 마주한다. 어딘가 숨어있다 청산하지 못한 빚처럼 불쑥 얼굴 내밀어 당황하게 하더라도 이런 낯설음을 떨쳐버릴 수 없는 것은 지나온 생에 대한 자기연민 때문일 것이다. 어디서 왔다 어디로 가든지 지금의 나는 내 의지대로 묵묵히 내 길을 갈 뿐이야, 중얼거리며 안개비 내리는 허드슨 강 자유의 여신상 앞에서 새삼 스스로 옥죄었던 인습과 타성으로부터의 자유, 비상을 꿈꾼다.

마음이 머물던 자리마다 그리움은
피어나고

—애틀랜타의 마거릿 미첼

막 물오른 나뭇잎들이 초록을 더해가는 오월 초, 외사촌동생이 살고 있는 조지아 주 애틀랜타에 갔다. 서로 사는 곳이 멀기도 하고 살다보면 친척들 찾아보기도 힘들어 이참에 명희를 보아야겠다며 큰오빠도 우리와 동행했다. 애틀랜타 공항이 어찌나 넓고 복잡한지 오빠와 함께 가지 않았으면 게이트를 찾는데 고생할 뻔했다. 공항에서 전철을 타고 한참을 가니 명희 남편이 기다리고 있었다. 젊어서부터 음식 솜씨가 좋던 명희는 결혼 후 미국으로 와 식당을 하고 있는데 한창 바빠서 나오지 못했다며 그는 미안해했다.

내가 결혼한 첫여름에 소동 둘째 외삼촌댁에 갔다. 우리 내외가 왔다고 명희는 점심상을 차려왔다. 여름 손님은 호랑이보다 무섭다는데 화덕에 불을 지펴서 만든 반찬들이 어찌나 맛있던지 밥하느라 불빛에 익은 그녀의 붉은 얼굴과 맛깔스런 여름반찬들, 훌훌

불어가며 먹던 뜨거운 밥이 생각나곤 했다. 그 얘기를 하며 네게 또 신세지는구나, 하였더니 언닌 별 말을 다한다며 서글서글한 얼굴로 환하게 웃었다.

새벽이면 산책로를 함께 걸었다. 생각만으로 입안에 단물이 고이는 수밀도가 맛있던 과수원과 잠자리 떼 진을 치고 날던 외갓집 이야기가 즐거웠다. 낯선 나라에서 사느라 아이들도 자기도 힘들었지만 이젠 제 앞가림하는 아이들이 대견해 시름이 없단다. 두릅순이 향그럽던 울창한 숲으로 둘러싸인 그림 같은 집에서 사흘을 묵으며 먹던 그가 담근 슴슴하고 맛깔스런 열무김치 맛이 생각날 듯싶다. 내 손으로 만든 밥 한 끼 대접하고 싶다했더니 부모님도 모두 돌아가셔서 한국에 들어갈 일은 없다며 쓸쓸히 웃는다. 또다시 만날 일은 요원하고 더러는 갚을 길 없는 빚을 지기도 하는 것이 사람살이인지 그녀를 생각하면 고맙고 미안하다.

이튿날, 제부가 안내하여 마거릿 미첼 기념관에 갔다. 애틀랜타에 간다고 했을 때 제일 먼저 마거릿 미첼이 떠오른 것은 젊어서 본 영화 〈바람과 함께 사라지다〉가 인상 깊기 때문일 것이다. 친정 동네 온양에는 대형 스크린이 없어 천안극장으로 가서 본 여주인공 비비안 리의 아름다운 모습과 쏘는 듯 강렬한 눈빛의 클라크 케이블의 연기가 젊은 날을 설레게 했다. 목화농장의 유복한 가정에서 자라나 자기주장이 강한 스칼렛 오하라가 남북전쟁으로 빼앗긴 타라 농장과 피폐해진 집안을 일으켜 세우려는 강인

한 의지에 공감하였다.

'만약 애슐리를 이해하였다면 그를 사랑하지 않았을 것이며 레트를 이해하였다면 그를 잃어버리는 일은 없었을 것이다. 그녀는 희미하게나마 그것을 알게 되었다. …설혹 패배하더라도 패배를 인정하려 들지 않는 조상의 피를 전수받은 그녀는 고개를 힘차게 쳐들었다. … 내일은 또 내일의 태양이 떠오르는 법이니까.' 주인공의 복잡한 심사가 얽혀있는 마지막 한마디로 소설은 끝난다. 모든 걱정의 팔, 구십 프로는 쓸데없는 걱정이라는데 내일 일까지 앞당겨 근심 속에 살아가는 현대인들에게 이 말은 큰 울림으로 지금도 회자되고 있다.

마거릿 미첼은 1900년에 애틀랜타에서 태어났다. 저널리스트로 일하며 7년에 걸쳐 이 소설을 썼다. 그러나 출판될 가망이 없다고 생각하여 다락에 처박아 두었다가 출판사에서 일하는 친구의 권유로 35세 때 출판사에 넘겼다. 소설은 출간과 동시에 대성공을 거두어 미국에서 가장 권위 있는 퓰리처상을 받으며 작가는 스타반열에 올랐다. 그 후 영화로 만들어졌고 그 해 아카데미상 각 부문에서 열 개를 받으며 전 세계의 영화상을 휩쓸었다.

이 소설은 작가가 아버지에게 전쟁이야기를 늘 들으며 자라서 그런지 소재가 광범위하고 사물과 자연에 대한 묘사가 뛰어났다. 상, 하 두 권으로 된 소설집은 적지 않은 분량인데 폭넓은 사고와 정확, 치밀한 문장으로 정성 들여 썼기에 독자가 많았다. 그러기에 이 소설이나 영화를 좋아하던 사람들이 원근을 가리지 않고 이곳을 찾아올 것이다. 안타깝게도 작가는 49세에 자동차 사고로 사망하여 애틀랜타 오클랜드 묘지에 묻혔다. 언젠가 또다시 여기에 온다면 묘지에 가보고 싶다.

기념관 이층에는 상장이며 영화 포스터, 팸플릿, 신문에 난 기사 따위들이 벽면 가득 붙어있었다. 대서특필의 신문기사를 다 읽어 볼 수 없다 해도 작가와 배우들의 사진, 지면 할애정도만 봐도 당시 사회에서 사람들이 얼마나 환호하였는지 짐작할 수 있었다. 해설사가 작가와 작품에 대해 설명한다는데 그걸 들을 시간 여유는 없었다. 오빠가 한국에서 왔다고 얘기하니까 연세 지긋한 안내원이 놀란 표정을 지으며 우리를 지하 전시실로 안내했다. 그곳에는 작가가 쓰던 침대며 타자기, 재봉틀, 전화, 소파 따위의 가구와 부엌살림까지 있었다. 정갈하고 세련된 생활용품이나 소품으로 당시의 생활 모습을 알 수 있었다. 평일인데도 사람들이 줄지어 들어오고 있었다.

여행지에서 기념품을 사는 것은 그곳의 추억이 묻어있고 떠나는 아쉬움을 달랠 수 있기에 즐거운 일이다. 일층 기념품 가게에서 흰 드레스를 입고 기념관 앞을 달려 나오는 스카렛 오하라가 찍힌 자석사진과 작가의 얼굴이 그려진 손톱깎이를 샀다. 아기자기하게 예쁘거나 특이한 디자인의 소품을 보면 갖고 싶고 좋아할 누군가에게 주고 싶다. 사진을 책꽂이 위에 올려놓고 바라보거나 손톱을 잘라낼 때마다 아, 그곳에 갔었지, 행복해 할 것이다.

기념관을 나서며 아쉬운 마음에 다시 되돌아보았다. 아담하고 고즈넉한 이층 건물이 오월의 잔디 위에 정물처럼 앉아있다. 마음이 머물던 자리마다 그리움도 피어나 미소 짓게 할 것이다.

요세미티 국립공원과 화수분

이종사촌동생 승경이네 집 마당에는 노란 꽃이 핀 듯 화사하게 레몬이 열렸다. 개나리의 발랄함도, 산수유 꽃의 미미함도 아닌 순정의 노란색이 갈맷빛 잎사귀 사이로 보이는 모습은 정겨웠다. 오월 중순의 우리나라 날씨라면 꽃 진 자리에 겨우 꼬투리나 맺히겠지만 이곳은 날씨가 따뜻해서 일 년 내내 열린다며 그녀는 밤새 떨어진 레몬을 주워왔다. 한두 계절도 아니고 계속 열린다니 사계절이 뚜렷한 나라에서 온 나는 믿기지 않는 일이어서 레몬나무가 볼수록 신기했다. 십여 년 전에 집 보러 왔다가 레몬나무가 마음에 들어 이 집을 샀다고 한다.

어제 버지니아 비치를 떠나 캘리포니아 주 로스앤젤레스로 왔다. 이곳은 미국에서 뉴욕시 다음으로 인구가 많고 우리나라 교포들이 가장 많이 산다는데 땅이 얼마나 넓은지 상상이 되지 않아 머릿속에서 계속 불빛만 어른거렸다. 비행기 안에서 내려다 본

시가지 불빛이 끝 모르게 반짝거리고 사방을 둘러보아도 자동차 행렬과 불야성을 이룬 거리는 광활했다. 공기 청청한 산골 동네에서 올려다 본 밤하늘의 별처럼 하늘에서 내려다 본 도시의 불빛들이 별무리인 양 은성했다.

동생이 뜨거운 물에 레몬 즙과 꿀 가루를 넣은 차를 내왔다. 새콤하고 향그러운 레몬 맛 그대로였다. 나무 아래에는 대여섯 개의 레몬이 늘 떨어져 있어서 설거지 할 때는 반으로 잘라 그릇을 닦고 나무에서 잘 익은 것은 따서 집에 오는 사람들에게 나누어준다며 동생은 즐거워한다. 실지로 신맛은 살균, 세척 효과가 있어서 냉장고 청소할 때 식초를 사용하는데 생선회를 먹을 때 레몬즙을 떨어뜨리거나 식기를 세척할 때 천연의 신맛을 이용하니 화학성분이 들어간 양조식초보다 나을 것이다.

"걔는 활수여."

손이 큰 승경이를 말할 때마다 둘째 이모가 하는 말에 맞게 레몬나무가 주인 성품을 알아주는 것 같았다. 나무하고도 인연이 가능하다면 둘이는 인연일시 분명하다. 돈만 쏟아진다고 화수분은 아닐 터이니 무엇이나 계속 안겨주면서 자신은 물론 남에게도 기쁨을 준다면 화수분이 아니고 무엇이겠는가.

다음 날, 2박 3일 일정으로 여행을 떠나는데 동생이 출근 전에 우리를 여행사에 데려다 주었다. 교포들이 모여 사는 곳에는 온통 한글 간판이어서 영어를 몰라도 사는데 지장 없을 거라는 말은 맞는 것 같았다. 산에는 키 큰 나무들이 밀밀하고 차도 양쪽은 수풀로 이어진 미국 동부지역하고는 딴판인 이곳은 비가 귀해 보이는 산 모두 마른 나뭇잎만 어른거렸다. 이런 곳에서도 사람들은 살고 있어 비탈진 산에 지은 집들이 위험하지 않느냐 했더니 준공검사가 엄격하기 때문에 모두 안전하다고 한다.

50인승 버스에 여행객들이 타고 로스앤젤레스 시내를 벗어나자 황량한 벌판이 나타났다. 자라다 만 키 작은 나무와 누렇게 말라버린 잡풀이 이따금 이는 회오리바람에 사정없이 흔들리는 모습이 더러 눈에 뜨일 뿐 그대로 황무지였다. 아침 컴컴할 때 나왔으니 피곤하여 잠이 들기도 했으나 자다 깨어 바라보아도 지평선은 아득했다. 이따금 산이 나타난다한들 끝도 없이 이어질 듯싶은 벌판과 별반 다를 바 없었다. 승객들은 하나 둘 잠이 들고 한참 설명하던 가이드도 조용한데 오직 할일은 이것뿐이라는 듯 우직스런 남정네처럼 버스는 달렸다. 한참을 달리던 버스가 화장실 이용이 편리한 마켓에 우리를 내려놓았다. 허허벌판에 이런 가게며 식당이 있는 것이 의아스러웠으나 우리나라 휴게소와는 달라 번잡하지 않고 조촐했다.

얼마를 자다 깨었던가. 나무가 보인다싶더니 거짓말처럼 산림이 울창한 숲이 이어졌다. 막 신록이 우거지기 시작한 오월의 산은 기세 좋게 물이 오르며 끝이 보이지 않게 키 큰 나무들이 도열하고 있었다. 나무들이 얼마나 키가 큰지 끝을 볼 수 없는 이곳이

별천지 같았다. 나지막한 산이 완만하게 누워 시야를 시원하게 해주는 우리의 산야와 대조되는 수천 년 된 나무들이 울창한 숲속. 수만 종의 나무와 동식물이 서식하는 미국 캘리포니아 주 요세미티 국립공원이었다. 서울의 다섯 배가 된다던가. 풀이나 나무, 동물 하나 함부로 건드릴 수 없는 자연보호 구역이기에 동, 식물의 낙원이라는 설명이 이어진다. 손대지 않고 관찰해보니 우기는 우기대로 건기는 또 그대로 질서가 지켜지면서 자연의 모습이 유지되더라는 곳이다.

얼음이 얼었다 녹으면서 물이 삼단을 이루며 쏟아지는 길고 아름다운 요세미티 폭포는 마침 5월이라 볼 수 있었다. 커다란 화강암 바위라는 엘 카피탄의 위용에 놀라고 공을 잘라 놓은 듯해서 이름 붙인 하프 돔은 멀리서 보아 그런지 운치가 있었다. 치솟은 나무 꼭대기를 보려면 고개를 반짝 쳐들어야하는 메타세콰이어 숲, 가이드는 계속 설명을 하며 산속을 달리다가도 잠간 차를 멈추게 하여 볼만한 것을 보라 하였다. 돌도 깨끗하고 물도 맑게 흐르는 계곡을 끼고 숲길을 걷다보니 다람쥐와 예사로 마주쳤다.

그곳을 벗어나자 신기하게도 언제 그랬냐싶게 거짓말처럼 또다시 사막이 나타나고 황량한 벌판이 끝 모르게 펼쳐졌다. 역시 아까처럼 썰렁한 사막을 달리다 지루하다싶을 때쯤 버스는 샌프란시스코 호텔에 우리를 풀어놓았다.

사막지대에 터를 잡고 문명을 입힌 사람들의 개척정신도 천혜

의 수림을 그대로 보존하려는 자연주의도 무엇에 홀린 듯 이해가
안 되긴 마찬가지여서 꿈결에 본 듯 아득하였다.

그렇더라도 세계인들을 불러 모으는 미국 최대의 국립공원 요
세미티나 승경이네 집 레몬나무나 화수분이라 생각되었다. 엄청
나게 대단한 것을 보고나면 현실감 없이 쉽게 적응이 안 되는 내
정신의 부피, 용량의 한계를 절감하며 누가 잡아끌듯이 깊은 잠속
으로 빠져들었다.

그랜드 캐니언과 체리

전조등을 밝힌 버스가 채 밝지 않은 부유스름한 길을 달렸다. 어젯밤에 불야성을 이루던 라스베이거스 시가지는 잠자는 듯 고요했다. 새벽밥을 먹고 나선 여행객들은 도란도란 얘기하더니 곧 잠이 들었다. 보통 네댓 시간씩 차를 타고 가서 관광하기 때문에 일정대로 움직이다보면 피곤이 쌓일 수 있어 차안에서 잠을 자두어야 했다. 다행히 나는 머리가 땅에 닿으면 잠이 들어 피곤하지 않았으나 버스 안에서 장시간 에어컨을 쐬는 일은 고역이어서 궁여지책으로 머플러를 얼굴에 얹고 의자에 등을 기대곤 했다.

멀리 차창 밖으로 보이는 산엔 흙을 뒤집어 쓴 누런 풀들만 너풀거리고 버스는 한참 달리다 인디언들이 살았었다는 동네에 멈췄다. 사막 한가운데에 가게들이 모여 관광객들을 상대로 기념품을 팔고 있었으나 물건은 뜻밖에도 중국에서 만든 것들이고 조악해서 살만한 것은 없었다. 아무리 둘러보아도 눈 둘 곳 없이 삭막

하였으나 구릉을 이룬 황무지에서 올려다본 하늘은 유감없이 푸르렀다. 늘 보아 새로울 것 없는 하늘인데 이곳에서 보니 장마 끝에 갠 청명한 하늘처럼 유달리 반가웠다. 다시 차를 타고 양쪽으로 끝 모르게 펼쳐진 사막을 지루하게 달려 다다른 곳에는 주차장인지 버스들이 즐비했다. 완만한 오르막길을 얼마쯤 걸어 올라가서 삼거리가 나오자 가이드는 이정표 위에 돌을 얹으며 이쪽으로 오라고 표시를 해 주었다. 여러 나라에서 온 관광객들에 휩쓸려 길을 잘못 들기 십상인 곳이다. 앞사람을 보며 걷다보니 그랜드 캐니언이 나타났다.

순간 망망대해 같은 느낌에 아연했다. 협곡의 폭이나 길이가 광활하면서 진하고 옅게, 넓고 좁게, 길고 짧게 켜켜이 지층을 이룬 돌들이 두께를 알 수 없이 보이는 곳마다 산을 이루고 절벽을 만들어 펼쳐놓은 풍경이 아득했다. 세상의 색이란 색을 모두 도모하여 오밀조밀 이겨 발라놓은 이름난 화가의 오브제 같기도, 세상의 소리란 소리를 모두 압축 저장해놓은 음의 저장고 같기도, 인간사 희로애락을 한 권 책으로 만들어 사람 숫자만큼 쌓아놓은 서책 같기도 하였으나 기껏해야 얄팍한 내 상상에 불과할 터. 광활한 사막이고 끝 모를 벌판이며 천 길 낭떠러지 등등, 눈길을 잡아당기는 광막함에 전율이 일었다. 숨죽이고 바라보며 얼마를 그러고 있었을까, 할 일은 이것뿐인 것처럼 사진을 찍었으나 두근거리는 가슴은 쉬이 가라앉지 않았다.

그랜드 캐니언은 미국 애리조나 주 북부 고원지대를 흐르는 콜로라도 강물에 의하여 깎여진 거대한 계곡이다. 깊이가 1,600미터에 이르고 폭이 넓은 곳은 30킬로미터에 이르며 아메리카 출신 존 웨슬리 파월이 콜로라도 강을 1869년과 1871년 두 번 탐험하면서 세상에 알렸다고 한다. 수억 년 동안 강물이 흐르면서 지표면이 침식작용을 하거나 융기를 하면서 형성되었다는 자연의 모습은 경이로웠다. 지금은 국립공원으로 지정되었고 유네스코 세계유산으로 등재되었다. 세상은 늘 진취적인 사람들의 행동과 수고로 만들어지고 돌아가는지 모른다.

숨죽이며 잔잔히 흐르던 물결이, 천지를 뒤집을 듯 휘몰아치던 광란의 바람이 수수만년 동안 부침하며 쌓아 놓은 세월의 무게라 할까. 기쁨은 순간이요, 눈물 한 자락, 서러움 한 켜, 슬픔 한 동이씩 끌어안고 사는 우리네 인생이 그러하듯 그랜드 캐니언은 다양하게 결을 이룬 거대한 가슴 펼치고 의연히 누워 있었다. 눈에 보이는 것 또한 극히 일부분이고 무어라 찬사를 하기에도 필봉이 둔하여 표현할 길 없는 안타까움에 가슴이 탁 막히는 느낌이 들어 그랜드 캐니언 귀퉁이 철책을 짚고 서서 경배하듯 망연히 바라보았다.

고등학교 세계사 시간에 열정적으로 얘기하던 선생님 모습과 교과서에 나왔던 사진을 보며 그런가 보다 별 감흥 없었던 묵은 기억이 떠오르면서 얼마나 엄청난 자연의 모습이며 역사이고 흔적인지 이 마음이 그 마음이었구나, 이제야 이해가 되는 것이다. 정녕 자연의 신비, 하늘이 만든 걸작이라 할 수밖에 없었다. 백문이 불여일견이라는 말을 굳이 들추지 않더라도 아, 탄복이 나왔다. 일행들이 저만치 앞서가고 있으니 뒤처질세라 그들을 따라가다가 미진한 마음에 다시 뒤돌아보았으나 아득한 기분은 여전했다.

차에 오르자 앞좌석에 앉은 사람이 기다렸다는 듯 체리를 한 움큼 주었다. 어느새 입안엔 침이 고여 별로 먹고 싶지 않았으나 어쩔 수 없이 하나를 입에 넣었다. 뜻밖에 전혀 시지 않고 아주 달콤해서 혀에 살살 녹는다는 표현이 알맞았다. 의아해서 다시 하나를 입에 넣으니 역시 달콤한 특유의 향이 입안을 기분 좋게 했다. 언젠가 체리를 처음 맛보고 너무 시어서 도로 뱉어버리곤 그 뒤로 먹지 않는데 그건 아마 우리나라에서 수입할 때 설익은 것을 들여왔기 때문인가 싶었다. "체리가 참 달콤하네요." 촌스럽게도 오목조목 귀여운 아이의 볼우물 같은 체리의 맛과 향을 이제야 알겠다고 말했더니 빙긋 웃으며 다시 한 움큼 주었다. 밤톨만한 적보라 포도주빛 체리의 달콤 상큼한 맛이 환상이어서 집에 가면 실컷 사먹으리라 생각했다. 하도 다정하여 친구인 줄 알았던 앞자리 쉰 초반의 두 여자는 이번 여행으로 알게 된 사이라는데 무엇이 즐거운지 연신 소리 낮춰 웃었다. 동행 없이 여행 떠난 그들의 용기가 부러워 겁나지 않느냐 했더니 오히려 자유로워 좋다며 한 사람이 그랜드 캐니언에 두 번째 왔다며 활짝 웃는다.

　오래 벼르다 떠났거나 기분전환 하려고 가벼운 마음으로 나섰거나 장구한 세월 축척된 자연 앞에서 절로 고개가 숙여지고 인간이란 얼마나 작고 하잘 것 없는 존재인가, 자명고 같은 깨달음을 얻는 것이 여행의 소득이고 보람인지 모른다. 세계 처처의 관광지는 저마다의 매력으로 한번 왔던 사람을 다시 발길 돌리게 한다. 상기도 혀끝에 남아있는 체리 맛을 그리워하듯 그랜드 캐니언, 그 헤아릴 길 없는 너른 가슴 다시 보고 싶어 할 것이다.

캘리포니아 솔뱅 마을

여행은 잠자고 있던 세포를 깨어나게 하고 게으름 피우던 오감을 열게 한다. 강하고 자극적인 음식에 길들여진 입맛이 부드럽고 달콤한 음식에 호사를 하고 이제껏 보지 못하던 아름답고 신선한 풍광에 어리둥절하여 눈이 반짝인다. 처음 본 사람이 무심코 던지는 우스갯소리에도 귀는 다감해져 말의 의미는 물론 감추어진 뉘앙스까지 감지하면서 마음이 너그러워진다. 거칠 것 없는 햇살이 투명하고 끝 간 데 모르게 펼쳐진 캘리포니아 포도밭을 훑으며 불어오는 초록빛 바람이 감미롭게 살갗에 스치면 어찌 누구라 하여 아무렇지 않겠는가.

로스앤젤레스에 와서는 생각했던 것보다 날씨가 추워서 여행 내내 적당히 도톰한 잠바 생각이 났다. 아침 일찍 집을 나설 때도, 여행 중에도 그랬다. 요세미티 국립공원은 오월이라 해도 산 속이라 그런지 바람이 세게 불고 추워서 어찌나 떨었던지 여행 짐을 줄인다고 얇은 옷만 챙겨 온 것이 후회스러웠다. 그나마 내복 한 벌을 챙겨 와서 얇은 옷일망정 두세 겹 껴입으며 견디곤 했으나 어디서 잠바 하나 사 입고 싶은 생각이 굴뚝같았다. 아무리 둘러보아도 옷가게는 쉽사리 눈에 띄지 않고 쇼핑센터나 마켓은 모두 한곳에 모여 있기에 일부러 차타고 한참을 나가야 하니 바쁜 사촌동생에게 부탁하기도 미안했다. 이런 내 마음을 읽기라도 한 듯 버스는 덴마크의 민속촌이라 부르는 솔뱅 마을에 우릴 내려줬다. 정해진 여행 코스라 해도 가게들이 밀집해 있으니 우선 반가웠다.

이곳은 유럽, 특히 덴마크에서 건너온 사람들이 모여서 생활 터전을 이루었기에 미국 속의 유럽이라는 마을이다. 여행객들을 상대로 장사하도록 정부에서 허용하였다는데 작은 집들이 예쁘고 아기자기한 생활용품이나 특색 있는 토산품들과 풍차 조형물도 한 몫 하면서 볼거리가 많았다. 밖으로 화분을 내걸어 운치 있는 커피숍이나 여러 나라 물건들이 오밀조밀 자리하고 있는 가게들이 많아서 시간이 넉넉하다면 찬찬히 구경하고 싶었다. 그러나 주어진 시간은 잠깐이니 우선 옷가게를 찾아가 안쪽이 포근하게 생긴 모자달린 남색 잠바를 사서 그 자리서 입었다. 어찌나 따뜻하고 푸근한지 추위에 자꾸 오그라들던 마음도 펴지면서 이제 세상 어디를 간다한들 문제없을 것 같았다. 말할 것도 없이 여행할 때는 계절에 맞는 옷이나 신발 따위의 기본복장을 갖추어야 한다는 것을 새삼 깨달으며 기지개를 켰다. 마음도 여유가 생기고 시간도 남아돌아 마을을 돌면서 은도금이 된 깔끔한 티스푼과 그림이 예쁜 디자인의 엽서를 몇 장 샀다. 어느 찻잔에나 어울릴 듯싶은 스푼은 한동안 기분 좋게 할 것이다.

솔뱅 마을에 입장할 때 특이했던 것은 입구에서 차량을 죄다 점검하고 정비가 불량한 차는 입장시키지 않았다. 우리가 탄 버스는 이상이 없었으나 앞서 가던 버스는 무엇이 문제였는지 통과되지 않아 그 차에 탔던 여행객들이 짐은 그대로 두고 모두 우리 차로 옮겨 탔다. 그 버스는 정비하느라 시간이 걸려 우리가 쇼핑을 끝내고 식당에서 점심을 먹고 났을 때야 나타나 자리를 옮겼던 사람들이 그 버스로 돌아갔다. 여행 중에 차량을 점검하는 것이 생경스럽고 번거롭기는 하였으나 오히려 승객의 안전을 우선으로 생각하고 사고를 예방하려는 미국인들의 사고방식이 미더웠는지 누구도 불평하지 않았다. 50인승 대형 버스를 네댓 시간씩 타고 다니면서 멀미를 할까 걱정하였으나 두 시간마다 휴게실에 들러서 그런지 머리도 아프지 않고 지루하지도 않았다. 길도 완만하고 차 자체가 편안하면서 서두르지 않고 여유 있게 운전하는 운전자의 노련한 솜씨 덕도 있었을 것이다. 더구나 안전벨트가 없어서 의아했는데 달리는 듯 멈춘 듯 버스가 별로 큰 요동 없이 한결같은 속력으로 굴러가는 느낌이 들어 그게 없어도 불안하지 않았다. 안전벨트가 필요치 않을 만큼 운전이 과격하지 않았다는 말이다. 선진국과 후진국의 구분은 사람을 대하는 태도, 인권에 대한 생각의 차이라고 하는데 우선 마음을 편안하게 해서 좋았다. 어느 연세 드신 여행객은 버스에 올랐다가 안전벨트가 없는 것을 보고 놀라더니 차에서 내렸다. 안 되겠는지 그예 그분은 여행을 포기하고 돌아갔다. 우리와 다른 문화와 인식을 이해하고 공감하려는 노력이 지구촌에서 더불어 살아가는 방법인지 모른다. 가이드가 의무적으로 하는 설명이나 무심코 던지는 말도 상황에 따라서 신선하게 들리고 차를 타고가면서 주마간산 격으로 바라보는 이국의 풍경이나 풍물도 다분히 의식의 폭을 넓혀놓는다.

일정을 마치고 여행사에 오니 동생이 기다리고 있었다. 함께 떠났으면 좋았을 텐데 직장에 다니느라 어쩔 수 없다 해도 아쉽고 미안했다. 마침 하늘에는 해가 떴는데도 보일 듯 말듯 이슬비가 내렸다. 어느새 넓은 아스팔트 도로가 물을 뿌린 듯 빗물로 번들거렸다. "난, 비가 내리면 눈물이 나." 동생이 자동차 와이퍼를 작동하면서 물기어린 목소리로 말했다. 워낙 비가 귀한 곳이라 비가 내리면 반갑기도 하지만 집 생각, 엄마생각이 난다며 차창 밖으로 시선을 돌렸다. 나와 이모를 만났으니 더했겠지만 엄마가 보고 싶어도 쉽사리 오갈 수 있는 처지도, 형편도 아니고 남의 나라에 살면서 겪는 어려움들이 결코 녹록치 않았으리라 여겨져 애틋했다. 몸집도 크고 성격도 서글서글하며 담대한 그녀가 속은 이렇게 여린 구석도 있었구나, 그동안 그리움이 너무 깊었구나, 오랜 이국생활에서 쌓인 외로움 같아 안쓰러웠다. 제 나라에 돌아오지 않고선 무엇으로도 치유되지 않을 그리움, 다른 나라에 사는 사람들의 향수병이라는 생각이 들었다. 떠나는 날에도 우리가 공항 게이트에 들어서자 그예 커다란 눈에서 방울방울 눈물이 떨어졌다. 저걸 어쩌면 좋으냐. 내 마음에도 눈물이 흘렀다.

스톤 마운틴과 삼존불

　우리가 오면 보여주려고 생각하였던지 명희 남편이 우리를 데리고 스톤 마운틴(Stone Mountain)이라는 돌산으로 갔다. 애틀랜타에서 가장 유명하다는 이곳은 커다란 화강암 덩어리가 그대로 산이었다. 몇 만 년 전 화산작용으로 용암이 흘러나와 굳어진 바위라는데 어마어마하게 커서 산이라 이름 붙인 것 같았다. 돌출된 바위도 극히 일부분이며 산 아래에는 돌 위에 나무도 자라고 풀도 자라 꽃을 피우고 있었다.

　산꼭대기에서 바라보면 애틀랜타 시내가 한눈에 보인다지만 산 위에 오르려면 케이블카를 타야 했다. 막상 도착했을 때는 정문이 닫혀있어 아쉬웠다. 뒤편으로 가면 산으로 올라가는 계단이 있다는데 길은 멀고 날씨가 너무 더워서 산 아래만 돌아가면서 보았다. 돌산을 중심으로 공원이 조성되어 있어 골프장, 박물관, 놀이시설 따위의 즐길 것들은 많았다.

제부가 앞서가더니 우리를 산 아래편에 있는 암각 부조를 가리켰다. 이렇게 커다란 바위산에 이런 조각이 있다니, 뜻밖이었다. 멀리서 보았을 땐 보일 듯 말듯 미미하였으나 가까이 가보니 제법 크고 넓었다. 말을 타고 가는 세 사람의 모습을 축구장만한 넓이로 돋을새김하였는데 형태의 주변을 파내는 기법은 치밀하고 정교했다. 크기도 크기려니와 단단하기 짝이 없는 화강암 벽면을 쪼아가며 조각하기가 쉽지 않았을 텐데 어떻게 저리 큰 돌 옆구리에 조각을 하려고 마음먹었을까. 미국에 오기 전엔 이런 곳이 있는지조차 몰랐으나 둘러보고 나니 꽤 의미 있는 장소였다.

1861년, 미국에서 내란으로 남북전쟁이 일어났다. 당시 애틀랜타는 남군의 중요한 보급기지 역할을 하였고 스톤 마운틴도 격전지였다. 이 부조물은 남북전쟁의 패배로 상처받은 남부의 자존심을 되살리기 위한 작업으로 시작되었다. 부조상의 인물은 제퍼슨 데이비스(Jefferson Davis) 남부 연맹 대통령, 로버트 리(Robert E. Lee) 남부 총사령관, 리 장군의 충실한 부하였던 스톤월 잭슨(Stonewall Jackson) 장군이며 북부 연맹에 항복하기 위해 길을 떠나는 남부 연합 대표들의 모습이었다. 구상하고 완성하기까지 우여곡절을 겪으며 여러 번 공사를 중단하여서 60년이 걸렸다고 한다.

역사적 사실을 근거로 기록에 중점을 두었다 해도 승전의 기쁨이 아니라 전쟁의 패배를 인정하고 항복하러 길 떠나는 사람들의 모습을 후세에 남기려 한 것은 결코 쉬운 결정은 아니었을 것이다.

사실기록에 가치를 두고 돌을 쪼게 하였으리라, 추측하면서 이곳 사람들의 역사의식과 정성도 보통이 아니라는 생각이 들었다.

그래, 정성일 것이다.

이걸 보면서 내 나라 충청남도 서산시 운산면에 있는 마애삼존 불상이 떠올랐다. 백제시대의 유물이라 하여 충청도에서는 '백제의 미소'라 부르기도 한다.

내가 삼십 중반의 나이에 태안에서 살 때였다. 어느 해 오월 운산에서 문학회 모임을 끝내고 산에 올랐다. 얼마나 올랐을까. 발길을 막아서듯 절벽 바위에 삼존불이 있었다. 인적 드문 산속 깎아지른 수직 화강암에 돌을 쪼아 새겨 놓은 세 부처의 모습은 가히 충격이었다. 둥실 떠오른 보름달 같이 통통하고 온화한 얼굴에 살짝 웃는 미소가 일품인, 가운데 부처의 얼굴은 무어라 표현할 길이 없었다. 곧 터질 듯 화사한 미소가 해무리인 양 주위를 환하게 밝혔다. 만지면 살아있는 사람처럼 온기가 느껴질 듯싶은, 아니 두 손으로 감싸 안아보고 싶은 포근함이었다. 동글동글 잘 생긴 얼굴에서 번지는 편안하고 따뜻한 미소는 보는 이로 하여금 시름을 잊게 하는 마력이 있었다. 저걸 만든 이의 손은 아마 사람의 손이 아닐지도 몰라. 아니면 부처님의 손을 빌려 사람의 형상을 만들었던 게지. 진흙을 주물러 빚는다 해도 저리 피돌기 도는 생명력이 느껴질 순 없을 거야. 금방이라도 날아오를 듯 겉에는 날개옷을 걸친 것 같았으나 그보다 평화의 상징인 듯 자비의 표본이듯 얼굴의 이미지는 몇 십

년이 지난 지금도 또렷이 남아 가슴 설레게 한다.

이 삼존불은 뛰어난 조형미로 미술사적 가치를 인정받아 국보로 지정되었다. 조각가들은 작품을 만들며 결국 자신의 얼굴을 만든다는데 부처님께 온갖 정과 성을 다하려는 참된 마음이 모아져 이런 불가사의한 형상을 만들었을 것이다. 울타리조차 없는 산속 바위에 새겨진 삼존불 앞에서 기댈 데 없는 불쌍한 중생들이 숨어들듯 찾아와 촛불을 밝히고 소원을 빌었을 게다. 힘 있는 사람의 강요에서였든 불심이 돈독한 불자의 공양으로 장인의 손을 빌어 만들었든 이것은 백제인들은 물론 후세 사람들까지 의지처이고 숭배의 대상이었을 터이다.

몇 년 전, 그곳에 들렀을 때는 철책과 유리로 보호막이 둘러쳐지고 누군가 켜놓은 촛불이 바람에 일렁이고 있었다. 머금은 미소야 천 년이 가도 그대로겠지만 이제는 기도와 경배의 대상이 아니라 문화재와 미학적 가치로 인해 멀리서 가까이서 찾아오는 사람들에게 구경거리요, 탐구할 공부의 대상인지 모른다.

미국에서 스톤 마운틴의 상징인 부조를 바라보며 대단한 기록물이라는 생각이 들었으나 감동은 없었다. 부조 앞 넓은 잔디밭에서 한여름 밤에 벌이는 불꽃놀이와 레이저 쇼가 도깨비장난처럼 볼만하다는데 나름대로 이유는 있을 것이다.

새삼 오늘은 삼존불이 더욱 장하고 귀하게 여겨져 언감생심 백제의 미소를 흉내내본다.

미키마우스 열쇠고리

— 플로리다의 디즈니 월드

아무리 찾아도 보이지 않던 열쇠가 주머니 속에 있었다. 업은 아이 삼년 찾는다고, 서두르다보니 가방 속만 뒤적거렸다. 급히 집을 나서는데 열쇠고리에 달린 미키마우스가 한심하다는 듯 동그란 눈으로 빤히 바라보았다. 검고 둥근 귀에 입을 쫙 벌린 표정을 보자 흠, 절로 웃음이 나왔다. 그 익살스런 표정 속에 디즈니 월드가 들어있었다.

플로리다에 가기 전에는 미국 최대의 놀이시설인 그 유명한 디즈니 월드가 거기 있는 줄 몰랐다. 애니메이션 감독이며 제작자인 '월트 디즈니'는 어려서 만화가가 꿈이었다. 그는 생쥐와 생활하면서 미키라는 이름을 붙여주고 움직임을 관찰했다. 귀여운 모습을 디자인하여 빨간 옷과 커다란 노란색 신발을 신겨 깜찍한 캐릭터를 만들었다. 미키마우스는 그렇게 태어났고 디즈니 월드를 만드는 계기가 되었다. 우리 집 아이들 어릴 때 미키마우스가 그려진 티셔츠나 가방, 문구용품을 사주면 팔짝팔짝 뛰면서 좋아했는데 그때 그곳에 데리고 갔었다면 얼마나 좋아했을까, 뜬금없이 이미 어른이 된 아이들 어릴 때가 떠올라 적이 쓸쓸했다. 세월은 어른은 물론 아이들한테도 유수와 같다.

이모와 큰오빠와 애틀랜타를 출발하여 올랜드 공항에 내리니 외사촌오빠 내외와 딸이 마중 나와 있었다. 미국에 살아도 서로 만나지 못했다며 사촌인 두 오빠는 얼싸안았고 이게 얼마만이냐, 이모와 나도 반가워했다. 딸이 운전해서 한 시간쯤 달려간 오빠네 집은 숲속에 지은 이층 저택이어서 호텔같이 깔끔한 방을 하나씩 차지하고 편하게 지냈다. 대문도 없이 널찍한 대지에 비해 시(市)에서 허락했다는 집 뒤 채마밭은 오종종하니 손바닥만 했다. 그래도 밭에는 오이 피망 토마토가 매달렸고 겨울 없이 온화한 날씨로 꽃이 피고 지며 연이어 고추가 열린다는 건 신기했다. 그걸 나무라고 할 순 없으니 그곳에선 고추가 일년생이 아니라 다년생 식물이라는 생각이 들었다.

미국인과 결혼하여 남매를 낳고 마이애미에서 살고 있다는 종질녀는 뜻밖에도 한국말을 전혀 못했다. 아이들이 어릴 때 낮에 일하러 나갔다 밤에 들어오니 우리말 들을 기회나 말할 상대가 없어 그랬다면서 올케언니는 아이들에게 미안해했다. 특히 플로리다는 한국 사람도 드물어 어른들도 지내기 어렵다는데 아이들이 자라며 얼마나 외로웠으며 어린 애들 데리고 일하느라 언니

오빠는 얼마나 힘들었을까. 이민을 결정하고 우리나라를 떠날 때의 심정 또한 얼마나 비장했으랴싶어 타국에서의 삶이 결코 수월치 않았을 것이라는 희떠운 생각이 들었다. 날씬한 몸매에 산골 처자 같은 순박한 인상의 그녀가 까만 눈을 깜빡거리며 미국인 특유의 몸짓으로 미소 짓는 모습은 애틋했다. 한국 사람이라고 저절로 우리말이 터득되는 것은 아닌가 보다, 사람이나 식물이나 어디에 뿌리내리느냐, 처지나 환경에 따라 이렇게 다르다는 것을 새삼 느꼈다. 영어가 유창하고 사고 또한 흠잡을 데 없이 미국사람인 그녀는 아버지가 부탁했다며 삼일 동안 운전을 하면서 우리를 안내해주어 고마웠다.

오월 초순의 날씨가 우리나라 여름 날씨처럼 무더웠다. 호수와 늪지대의 자연을 이용해서 만들었다는 디즈니 월드는 얼마나 넓은지 주차장에서 입구까지 모노레일을 타고 갔다. 입구에서 마법의 성인 매직킹덤을 보러 가는데도 배를 타고 갔다. 거리는 공연하는 배우들과 구경하는 사람들, 각국에서 관광 온 사람들로 인산인해를 이루어 걷는다기보다는 밀려가는 형국이었다. 인기 있는 놀이 기구나 볼만한 부스에는 입장하려는 사람들이 구불구불 줄지어 섰다. 모노레일을 타고 노래를 들으며 캄캄한 굴속을 돌아가면서 동물과 인형들의 움직임을 구경하는 동화나라는 오색 조명으로 환상이었다. 각 나라의 고유의상을 입은 인형들이 춤추는 모습, 동물들의 재롱을 보고 아이들이 소리 지르며 환호했다. 돌아 나오는데 결코 짧지 않은 시간이었으나 다시 들어가고 싶었다.

미키마우스 손을 잡고 서있는 월트 디즈니 동상을 구경하는데 귀에 익은 〈레잇 고〉 노래가 흘러나왔다. 그제야 지난겨울 우리나라에서 성공을 거둔 애니메이션 영화 〈겨울왕국〉을 이곳에서 만들었다는 생각이 났다. 이 영화의 배경인 신데렐라 성과 주인공 엘사 캐릭터의 모습도 보였다. 아이들을 겨냥해 만든 애니메이션 영화가 한국에선 성인들에게 더 인기 있었다는 것에 디즈니제작사도 놀랐다는 기사를 읽은 적이 있다. 섬세하고 아름다운 영상과 성악가들의 훌륭한 노래솜씨가 감동을 주고 엘사와 안나 자매의 따뜻한 마음씨가 우리나라 사람들의 정서와 통했을 것이다.

이튿날은 미국의 첨단 과학 기술을 체험할 수 있는 앱콧으로 들어갔으나 다 둘러볼 수는 없었다. 나라마다 다양한 성 모양의 집이 볼만한데 안에서는 고유의 음식과 물건들을 팔고 있었다. 전시되어 있는 물건이나 그림으로 그 나라의 풍습이나 생활상을 알 수 있었다. 신기하고 진귀하면 자세히 들여다보다가 지루하다 싶으면 대충 훑어보고 다리쉼을 하면서 차를 마시며 이야기 나누는 시간들이 각별했다.

야외의자에 앉으니 오리들이 뒤뚱거리며 발치로 다가와 먹을 것을 달라는 듯 꽥꽥거렸다. 감자튀김을 던져주려다 오리에게 먹이를 주지 말라는 주의 글이 있어 멈췄다. 거리는 꽃 탑이나 꽃 장식인형들이 즐비한데 커다란 연못에는 바구니 같은 대형 화분이 일정한 간격으로 둥둥 떠 있어 낭만적이고 운치가 있었다.

　이틀을 꼬박 돌아보았으나 디즈니 월드는 넓고 볼 것은 많았다. 돈벌이에 불과하다 할지라도 아이들에게 꿈을 심어주고 사람들에게 즐거움을 줄 수 있다면 필요한 것이리라. 세계 인구 세 명 가운데 한 명이 다녀갔다는데 그만큼 사람들에게 인기 있다는 반증일 것이다. 아쉽더라도 어쩌겠는가, 거기서 붙어 살 수 없는 일이니 발길을 돌리는 수밖에.

　서운한 마음 알아챘는지 올케언니가 모두에게 미키마우스 열쇠고리를 사주었다.